青衿春华

陈东晓 著

南方传媒 | 花城出版社

中国·广州

图书在版编目（CIP）数据

青衿春华 / 陈东晓著. -- 广州：花城出版社，2025. 6.（2025.7重印）-- ISBN 978-7-5749-0453-8

Ⅰ. I247.5

中国国家版本馆CIP数据核字第2025FX6162号

青衿春华
QINGJIN CHUNHUA

陈东晓／著

出 版 人	张 懿
责任编辑	梁宝星
责任校对	汤 迪
技术编辑	凌春梅
封面设计	苏星予
出版发行	花城出版社
经　　销	全国新华书店
印　　刷	佛山市浩文彩色印刷有限公司
开　　本	880毫米×1230毫米　32开
印　　张	9.75　1插页
字　　数	233,000字
版　　次	2025年6月第1版　2025年7月第2次印刷
定　　价	49.00元

版权所有·侵权必究。如发现印装质量问题，请与出版社联系。

联系电话：020-37604658　37602954

让青春吹动长发
　拨动你的心
让青春洗尽风尘
　温暖你的梦
　　　　　——题记

序　言

　　作为曾经的文学青年，我远离文学已经三十年了。

　　之所以远离，一方面，我一直在基层工作，忙于生计和事务；更重要的是，我自知禀赋不高，学识浅陋，若以作品示人，不仅误人子弟，而且贻笑大方。

　　基于这样的认识，三十年来，虽然我仍保有阅读的习惯，但从不在人前激扬文字，阔论文学。

　　我年轻时并不相信眼泪，与多愁善感相去甚远。进入知天命之年，我发现自己突然变了，变得喜欢回忆和感性无比。

　　偶然一次整理书柜，无意中翻到大学时的一本影集。我端详良久，禁不住热泪盈眶。

　　"爸，还这么长情呀？"

　　大学刚毕业的儿子，见我怅然若失，微笑着说。我马上擦去眼泪，放下手中的影集。

　　"爸是看见了青春和奋斗，我们那代大学生，其实挺不容易的。"

　　儿子点了点头，若有所思。

　　"那您把它写出来呀，让我们年轻人也了解了解。"

　　"你们年轻人，跟我们 70 年代出生的，有代沟啊。如果写出来，大家觉得是梦呓，那不成了笑话吗？"

　　"笑话？怎么会呢？我知道您的一些经历。您那代大学生，至少比我们有韧性。"

"唉,我才情不够,只怕画虎不成反类犬。"

"您年轻时写过小说,有文字基础,这就够了。只要真诚,就能打动人心。"

我听了有点吃惊。在我眼里,儿子一直是个长不大的小孩,没想到不知不觉中,他成熟了。

"让我考虑考虑吧。"

"爸,与其在回忆中伤感,不如在书写中升华。您不是经常说,所有的事情,都是从果敢和强健中做出来的。"

我表面不置可否,内心却被触动。是啊,青春已逝,伤感总不如书写。也许,书写才是对过往岁月最好的纪念。

经过一段时间的考虑和构思,我决定拿起笔来,向青春和生活致敬。

利用双休日,我悄悄回到阔别多年的母校。走在熟悉的校园,站在住过的宿舍,我和小说中的人物,一起交流沉思,一起惆怅流泪,一起前行高歌。

我百感交集,分不清这是现实还是虚构。冷不防脑海中那个叫李震东的人物,突然大声说话:

"老伙计,我即将出场啦。如果你想梦回大学校园,请和我一起翻开第一节吧。"

一

夜就像母亲，把忙碌了一天的潮州城拥入怀中。

从北向南、傍城而过的韩江，流走了白天的拥挤和喧哗。

李震东站在广济桥上，望着两岸蜿蜒的万家灯火，心头的阴霾渐渐散去了。

时间定格在1990年9月18日。这天上午，李震东跨进韩山师专，就读于中文系首届本科班。

这个班，实际上是华南师大招录的寄读生，通过合作办学，为韩师升格为本科院校创造条件。

李震东来校时的心情十分阴郁。同村的同学考上海关中专，家族摆桌请客，奔走相告。

家里的大妹不知天高地厚，对那人的父亲说："叔叔，我大哥考上本科都没请客，您个孥仔（小孩）考上大专，咋就这么欢喜？"

"你懂个屁！伊将来毕业去海关工作，条件多好！你大哥教书，一个月有几个钱？"

大妹无言以对，只好走开了。

李震东知道自己将在潮州这个"省尾国角"的历史文化名

城，度过四年的时光，然后，拿着印有"华南师大"字样的文凭，按照教育系统哪里来、哪里去的分配原则，奔赴农村中学教书，最后老死于乡间。

夜幕下的广济桥，像是为情人而设。那卿卿我我的身影，在暗淡的路灯下幸福着。

看着别人两情相悦的浪漫，李震东渴望不久的将来，也能有个相知相爱的女友。

南面沙洲上的狗叫，传送着夜的静寂。李震东意识到时间不早，便朝桥东的校门走去。

"韩山师范专科学校"，校门上八个由校友、国学大师饶宗颐题写的大字，在灯光的照耀下显得金碧辉煌。

这所依山傍水的专科学校，每年都为潮汕输送大量的中学老师。

李震东从小学开始，就知道老师是人类灵魂的工程师，知道他们辛勤耕耘，却过着清贫的生活。对于女老师，人们认为待遇虽低，但是个好职业，因为她们有寒暑假，有利于抚育下一代。而对于男老师，那可就不一样了！社会的普遍现象是，人们表面尊重，内心深处是看不起的，因为他们穷酸，没有地位。一般的家庭，如果可以选择，没有哪家愿意让自家的男孩大学毕业后到中学教书。

李震东的家世代务农，没有人受过高等教育。祖父一辈，唯一有点文化的伯祖，抗日战争时期参加粤军，至今杳无音信。李震东是家里的长子，父亲对他寄予厚望，希望他考取大学，为这个苦难、贫寒的家族争光。

知道李震东考上师范大学，父亲默不作声。离开村来韩师上学之前，父亲告诉他，族里在外打工的堂叔说，还不如走个后门，去读个税务、经济什么的中专学校，将来国家包分配，有个好职业，娶老婆还容易些。

想着自己考上师范大学，不但没有为家族添彩，反而为家族丢脸，刚才散去的阴霾，又像幽灵附体，勒得他喘不过气。

见鬼去吧！在改革开放，商品经济迅猛发展，人们越来越重视利益的今天，哪个女生会爱上我这个未来的教书匠？

忘不了高三的时光，李震东喜欢上班里一个家在城里的女生。思念像一只毒蚊，叮得他奇痛无比。

整个寒假，李震东神思恍惚，多次寄信诉说衷肠，但都石沉大海。

很快就高考了，绝望中李震东突然接到回信。几行大字蛮横地闯入眼帘：癞蛤蟆想吃天鹅肉吗？你给我记住，好好学习，考不上大学，回农村修理地球去！

原来，信都被女生的母亲截留了。

李震东觉得自己就像现在的广济桥，从前那十八梭船锁画桥的美景不再，变成喘着粗气的钢泥桥面，任凭汽车和行人来回碾轧。

夜越来越深了，校园的灯火熄灭，仿佛一张看不见的大网，把他包裹起来。

一阵雨突然淅淅沥沥落下来。李震东打了一个冷战，快速向宿舍跑去。

二

失落和苦闷跟着李震东睡觉，醒来后又如影随形，跟着他走进教室。

"从明天开始，值日安排、收缴班费、困难补助、卫生评比、生活保障等，由生活委员震东同学负责。"

"哦，对了，本科班的厕所，关系到你们的形象，请震东同学也管一管，经常组织清洗，保持卫生。"

"临时班委会运作一个月后，正式选举班长、副班长和委员。"

听着班主任徐佩兰的女高音，李震东的心像被什么堵住一样。

本来，他以为自己会被临时指定为班长。他读的是县重点中学，从高一开始就是班长，后又被推举为校团委副书记，牵头组织过许多班际活动。

怨自己啊！也许是入学的成绩比人家差吧，班主任才不会选择你。谁让你偏偏在紧要关头分散精神，耽误学业？

天鹅肉有毒啊，现在好了，任生活委员，管后勤，管厕所，活该！

临时班委会结束了，李震东呆坐着，猛然想起班里还有女厕。我的妈呀，带头清洗男厕，怎么说都不成问题，带头清洗女厕，这不丢人现眼吗？

失落和苦闷把他捆绑起来。

"震东，放心吧，女厕的卫生管理由我负责。"

教室里传来悦耳的声音。李震东抬头一看，原来是学习委员朱红缨。

朱红缨是李震东的老乡，两人高中时并不同校，是来韩师的路上认识的。她身高一米六左右，长发披肩，眉宇间透着聪颖和灵气，还有一点腼腆。

"哦，红缨，谢谢你！"

朱红缨的善解人意，无形中为李震东松了绑。

回到宿舍已是傍晚。本科班的宿舍靠近韩文公祠，男生住在三楼，女生和89级大专班的师姐住在五楼。

李震东住的303室，有八个叠铺床位，因故只住了七人。

阳台比别室宽，向北多伸出一点，站着能看见韩文公祠的门柱，抬头能看见上层晾晒的衣服。

睡在上铺的是同桌辛志坚，开学认识后，李震东和他有过交流。

见李震东回来了，辛志坚问："听说你进班委了，任什么呢？"

"生活委员，负责后勤和厕所。"

"很好啊，这说明班主任知道你有生活经验。我建议，我们开个会，把宿舍的氛围调动起来。"

李震东点了点头，和辛志坚一起到食堂吃晚饭，边吃边商量如何建设文明宿舍。

晚上八点多钟，大家梳洗完毕，辛志坚开口了。

"各位同学，缘分让我们将在303度过四年的时间，大家一定期望有个好的环境和氛围，对不对？"

"震东同学已被临时指定为生活委员。高中时，他就是学生干部，各方面的经验比较丰富。下面，请震东同学，就建设文明宿舍发表意见，大家掌声欢迎！"

掌声响起来，大家抬起头，齐齐望着李震东。

"各位同学，我认为我们宿舍的目标，第一是整洁整齐，内外卫生要从自我做起，向军营看齐；第二是团结友爱，要和睦相处，互相学习，互相帮助；第三是执行纪律，学校的规章制度，宿舍的值日安排，关键在于执行。

"为营建团结和谐的集体，我提议每人先交100元，建立公共财务，日用品统购统管。

"如果大家没有意见，建议由志坚同学负责管理，并担任室长。"

"好啊！这是韩师第一个实行共产主义的宿舍！"

大家兴高采烈，坚决拥护。辛志坚在半推半就中担任了室长。

303灯光明亮，温馨的感觉就像停泊的港湾。

三

303真的进入共产主义了。肥皂、牙膏、牙刷、牙签、篮球、工夫茶茶具、茶叶、餐具、毛巾、剃须刀、饼干等，除了衣服、被子、鞋子，一切实行统购共产。

每天早上六点三十分，值日的室友就起床了。开门第一件事，是提着一只红色的、里面有隔层的桶子，到食堂打饭。桶子底层盛着稀饭，上层放着杂咸、面包，小心翼翼地提到宿舍。醒的唤起未醒的，大家刷牙洗脸后，一起吃早餐，然后赶在八点之前进教室上课。

教室在伟南楼，这是校友、港商陈伟南捐建的教学楼。中文系的课程安排并不紧凑，一般是上午上课，下午阅读、写作业或是班务活动。

上课的老师除了班主任徐佩兰，清一色的男性，多数是潮汕籍的，操着一口潮式普通话。

朱红缨告诉李震东，老师们的水平还是不错的，但普通话听了有点难受，有人把"久仰"念成"狗仰"。

303全员来自农村，中小学时老师用方言教学，普通话基础较差，因此听到潮式普通话，并不感觉有什么别扭。辛志坚、陈小艺、许春生、余粮、杨喜书、黄七月都说亲切易懂。

不知是谁起的头，晚上熄灯后，303进入夜谈时光。刚开始大家只谈文学诗词，但很快就变成人物品鉴。

辛志坚说："真没想到，班主任居然是教心理学的。"

许春生从蚊帐里伸出脑袋,说:"难道漂亮女人只能是演员、舞星?"

"春生,我是说教心理学的,应该懂得调适自己,你看她整天眉头紧锁,愁绪满怀。"

"那肯定是遇到什么感情挫折。"

余粮说着打开手电筒,宿舍里一下子明亮起来。

"问世间情为何物,直教生死相许!"杨喜书顿觉伤感。

陈小艺背起陆游的《钗头凤》。"红酥手,黄滕酒,满城春色宫墙柳。东风恶,欢情薄。一怀愁绪,几年离索。错!错!错!"

第一个周末到来了。秋雨绵绵,校园的林木花草,掩映在朦胧之中。

"这样的天气适合晚上聚餐,校外不远处有家狗肉店。"辛志坚一呼六应。大家各自撑起一把雨伞,漫步在烟雨中。

到了狗肉店,老板热情推荐,说狗肉要点腹肉,腹肉肥瘦相间,最是好吃。大家商量着,又点了炸豆干、炒石螺、蚝仔烙、溪虾、煎鲫鱼、炒菠菜、咸菜汤。

陈小艺说,还是要学学李白,喝点酒,才能读好书、作好诗。

辛志坚拿出公款,在店里买了一瓶16元的孔府家酒。酒过三巡,陈小艺放下酒杯,唉声叹气:"报告一个不幸的消息,班主任离婚了。"

消息可靠吗?大家的目光聚焦在陈小艺身上。

"真的,我表姐在潮州工作,跟班主任是大学同学。她丈夫在澳大利亚留学,喜欢上当地华侨富商的女儿。"

"唉,分离太久,绝对生变。"余粮拿着酒杯,像个诗人。

"自古红颜多薄命!"黄七月拍案顿足。

李震东摇着头，独自喝了一杯："秦观这家伙骗人，说什么'两情若是久长时，又岂在朝朝暮暮'。"

"世界上没有永恒的东西，何况感情？"杨喜书的眼睛有点模糊。

"两人之间的事，外人是不清楚的，也许离婚对班主任是个解脱。"

"春生说得有道理。喂，震东，听老香黄说，高中时你就在报纸发表文章？"陈小艺马上转换了话题。

"哪个老香黄？"李震东抬起头问。

"数学系的，你不认识？"

"哦，认识。他是我高中的师兄，入学时是他带队去接我们的。"

陈小艺说的人叫黄启，因平时喜欢用潮汕凉果"老香黄"冲水喝，老乡们就给他起了这个绰号。

"小艺，发表又能怎么样？文学早被边缘化了。"

"这证明有水平呀。我们总不能没有半点墨汁，就去误人子弟。另外，为了佳人，大家要争做才子。"陈小艺又饮了一杯，激情满怀。

一直低头喝酒的辛志坚，抬起头，说："争做才子，请问佳人在哪？我告诉你们，此物只应天上有，痴心妄想水中月。"

"唉，我高中时的青梅还在，没想到竹马跑了！"杨喜书有点醉了，十分伤感。

陈小艺满脸通红，站起来，唱起《在水一方》："绿草苍苍，白雾茫茫，有位佳人，在水一方。我愿逆流而上，依偎在她身旁……"

四

日子像一条没人留意、静静流淌的小河。

晚饭后,李震东沿着林木参差、硬石铺成的坡路,前往山顶操场散步。

"震东啊,等一下!"

后面的声音低沉、急促。李震东回头一看,原来是师兄黄启。

"师兄,您……"

"刚才在路口看见你,我就跑上来了。"黄启气喘吁吁。

"哦,有事吗?"

"我在做老香黄生意,要印制一批广告卡片,快帮我想想,怎么说才好呢?"

黄启从口袋拿出样式。李震东接过手,看了又看。"香黄虽老,韵味悠长。"

"嗯,配上这图案,行啊。"

两人边走边谈,很快登上山顶操场。黄启掏出香烟,顺手递给李震东一根。

"师兄,我不会。"

"不会要学呀,烟是办事的联络棒。不递烟,门房是不给你开门的。"

经不住再三劝说,李震东点上烟,轻轻吸了一口。

"最近我贩卖老香黄,赚了一点小钱。明年毕业,我准备去做生意。"

"做生意?读了这么多年的书,您就舍得放弃?"

"我早想做生意了,之所以没有辍学,是因为现在跟改革开放初期不同了，不能只靠胆子做事。人要有文化，有文化就能透过现象看到本质，这样才能赚到钱。"

"师兄是少年老成啊！"

"穷人的孩子早当家。从初中开始，每年寒暑假，我都在打工。"

"我真佩服您！"

"震东，你的情绪好多了。"

"我想通啦，既来之，则安之。"

"这就对了。其实，在韩师读书挺好的。"

"为什么呀？"

"你有专长，在这里容易脱颖而出。如果在华师本部，那竞争就大了。宁做小国的国王，不做大国的臣民。另外，潮汕的党政机关里，有不少韩师校友呢。"

黄启的早熟、精明，让李震东感到惊讶。"谢谢您的指导！"

黄启吐出一口烟，继续说："凡事靠悟。当务之急，你要学会适应城市生活。"

"请多多指教。"

"这样吧，干脆我带你去学交谊舞。"

"师兄，去哪学呀？"

"潮雅苑四楼被外包了，白天经营中餐，晚上举办舞会。你看，商品经济的手，伸到韩师来了。"

到达潮雅苑四楼，交谊舞已经开始。入耳的曲子悠扬舒缓，像微澜，充满动感。

两人在后排的沙发坐下来。闪烁的霓虹灯下，红男绿女迈着轻盈的步伐，在眼前穿梭。男的搂着女的后背，女的优雅地把手搭在男的肩膀上。男女表情轻松，说说笑笑，充满青春的活力。

黄启附耳对李震东说:"跳舞的多是社会青年,也有部分学生。"

"他们是来这里健身吗?"

"不,是来交友的。震东,这里的老板我熟悉,等会儿放'慢三'的曲子,我让他安排女生带你跳。"

"不,不要!"

李震东紧张得连连摆手。他从没牵过女生的手,更不要说搂着后背。从农村小学到县城高中,他们男女同学是不同桌的,初高中时连打招呼也没有。

"懦夫,不学怎么行呢?"黄启起身,找老板去了。

一会儿,一位身穿长裙的女生,笑容可掬地走了过来。她大方地伸出左手,做出邀请的姿势。

李震东窘迫极了,黄启立即把他从座位上拽起来。

李震东无可奈何,只得起身,站得像军人一样笔直。

女生耐心讲解着。李震东顿觉两颊发热,手心冒汗。他小心翼翼牵起女生的右手,轻轻搂着她的后背。

她教他跟着节奏,进三步,退三步,然后像画圆画弧一样地旋转。

进退间,李震东如履薄冰,如临深渊。

五

"厕所的卫生管理干净到位,女生宿舍还过得去,但个别男生宿舍,凌乱邋遢!"

"震东,你要告诉他们,一屋不扫,是无法扫天下的!"

徐佩兰望着李震东,情绪激动。朱红缨低着头,扑哧一声笑了。

"老师,作为生活委员,我巡查不力。请您放心,一定改进。"

徐佩兰点着头,站起来宣布会议结束。

走出教室,李震东问朱红缨:"刚才,你不是笑我吧?"

"我怎么会笑你呢?你看班主任上纲上线,天好像要塌下来。"

走廊上的盆景迎风而动,好像也笑起来。

两人走在山下操场的小路上,朱红缨指着前方,说:"那边有个流动书摊,每天下午三点开始摆卖。"

李震东跟着走上前去。书摊上的书籍琳琅满目,跟中文有关的多为当代小说、名著以及古籍释读。

朱红缨购买了钱锺书的《宋诗选注》和《围城》。李震东则买了王朔的《一半是海水,一半是火焰》和《我是你爸爸》。

"王朔是个怪才,他的小说是痞子文学。"

黑不溜秋的书商说:"小说本来是审美的,但苏童的小说却是审丑的,他写负面人性。小弟,这里有他的《妻妾成群》,值得一读。"

没想到书商说出这样的话,李震东立即答应买下来。

朱红缨拿起一本《苏轼词作精读》,翻阅起来。

"巧了,今天是中秋节,一翻就是苏轼的《水调歌头·中秋》。"

"但愿人长久,千里共婵娟。红缨,苏轼有大情怀,咏月比李白、杜甫境界更高。"

"'今夜月明人尽望,不知秋思落谁家?'这是王建的诗句,可惜他文名太小。其实,古今思愁尽在其中。"

"哦,我没读过。"

李震东原以为自己读书甚广，接不上话时才知是井底之蛙。周末没有任务，303 的同学吃完午饭就回家了。

李震东望着有点发黄的墙面，感到孤独、寂寞，随手从床头堆放的书中抽出一本，是苏童的《妻妾成群》。

呸！形单影只的，女朋友连个影儿都没有，狗日的还妻妾成群。

他扔下书，准备到楼下散心。刚走出宿舍，抬头望见朱红缨正提着行李，微笑着从楼梯走下来。

不知是哪根心弦被拨动了，李震东心里有一种莫名的高兴。

"红缨，等一下，我也想回家。"

登上大巴后，两人静静坐着，好久没有说话。

最后还是李震东先开口了："你这人有才，但也敏感多思。"

"说有才错啦，其他的都对。"

"你看我呢？"

"心气颇高，也不甘寂寞。"

"你是怎么知道的，是从我说话的语气，还是哪个方面？"

朱红缨注视着李震东，马上又移开视线，望向窗外。

车窗外的田野连成一片，景致十分开阔。天空中见到排成人字、南飞的大雁，远远有成群的黄牛，在河边吃草。

车子到达县城，朱红缨发出邀请："到我家坐坐吧。"

李震东沉默不语。朱红缨笑着把行李递给他，说："我爸妈出差了，他们在家也不会吃了你呀。"

朱红缨的家是座"四点金"的潮式庭院，类似于北方的四合院。庭中的大水缸种着荷花，还有一些叫不出名字的花木。

"这院子，是曾祖父留下的。民国时他任过县长，是潮汕知名诗人，离这不远的老县衙，里面还有他的咏荷诗。"

"难怪你很有文学修养,原来是家学渊源,是遗传。"

"文学跟家学、遗传没有直接关系,如果有,那李白的儿子岂不是浪漫主义诗人了?"朱红缨把一杯水递给了李震东。

"这要看具体情况吧,苏洵、苏轼、苏辙,父子仨都是文学家,你能说这跟家学、遗传无关吗?曹操、曹丕、曹植也是啊。"

两人你一句、我一句谈论着,不觉中,天色渐晚。李震东急着赶回村去,便起身告辞了。

朱红缨关上大门,跟着李震东走了出来。"震东,路上小心点,注意安全。"

"放心吧,没事的。别送了,你回去吧。"

李震东挥了挥手,迅速跑开了。一段路后,他回头一看,发现朱红缨还站在那里眺望。

六

陈小艺在中文系文学社的刊物《三角梅》上发表了一首小诗。

李震东和辛志坚商量,决定利用下午空闲时间进行研讨。

辛志坚主持了会议。"嗯,我们的议程分两步,先由小艺朗读,再请各位发言。"

陈小艺立即站起来,昂首挺胸:

遇 见
我心如松
却在这闲淡春风的日子
与你邂逅

远黛眉山
　　飒爽英姿
　　心弦如珠落玉盘

　　假如灿若辰星
　　是你的眼睛
　　我愿在这辉光下醉卧不起

"哎哟，好啊！"大家欢呼起来，热烈鼓掌。

"小艺，那眼睛让你醉卧不起的人是谁啊？"杨喜书眼镜后面的眼光，像在审问犯人。

许春生漫不经心地说："哦，难怪最近老唱情歌。"

"喂！昨晚走出图书馆，小艺唱了《一帘幽梦》，什么'谁能解我情衷，谁将柔情深种。'"余粮模仿着，也唱了几句。

黄七月望着陈小艺，笑嘻嘻地说："自己柔情深种，还装着问是谁种？"

陈小艺目瞪口呆，不知所措："各位同学，这……这是研讨吗？"

李震东说："小艺，别顾虑嘛，大家想了解一下创作背景。"

研讨会变成了隐私追问会。辛志坚装着咳嗽，既不反对也不阻止。

一阵敲门声鼓点般渐次响起，喧闹顿时消散。

陈小艺转身开门，只见两名女生站在门口，笑靥如花。"打扰了，我们是503的，刚才有袜子掉下来，可能在你们阳台。"

陈小艺迅速走向阳台，很快提着袜子出来了。

"师姐啊，以后如果掉下的是衣服、项链，也没问题的。"

接过袜子，两人你看我望你，笑逐颜开。

"谢谢，告辞了，欢迎大家有空到503食茶。"

"哎哟，两位师姐通情达理，长得也很耐看。"许春生对这次遇见做了概括。

"春生，你看女生真准，看男生一点也不准。我跟你说过多次，我是班里年龄最小的，隔几天，你又问我是哪一年出生的，你这人以后一定重色轻友。"黄七月揶揄着。

"我看啊，要允许重色，但不能轻友，这是规矩。今后，谁要是谈了女朋友，必须向集体汇报，当然啦，细节除外。"

辛志坚说得若无其事，大家笑得前仰后翻。

陈小艺做着暂停的手势，说："我建议，今晚到503拜访。"

"好的，乘胜追击。"许春生随声附和。

师姐们笑脸相迎，热情地摆上零食，冲起了工夫茶。

303、503每个人都做了自我介绍。下午的两位师姐，叫沈霞和李小虹。大家天南地北，愉快地交谈着。

陈小艺说："我提议两室结对子吧，共建文明宿舍。"

"行，好主意。"李小虹回答说。

"冬至快到了，我们一起到岗山水库郊游，怎么样？"许春生的提议得到大家的赞同。

冬至的早晨薄雾蒙蒙，303全员出动，分成二组前往市场。辛志坚、陈小艺、余粮、黄七月负责采购食品。李震东、许春生、杨喜书则购买了野炊用的铁锅、木炭和餐具。

一切准备就绪，十多辆自行车如离弦之箭，朝岗山水库进发。

"哎！哎哟！"突然一声尖叫，李小虹连人带车摔倒在路边。

许春生急忙刹车，跑上前飞也似的。"小虹姐，你没事吧？"

"没事，自行车掉链子啦。"李小虹起身，拍了拍衣服。

"放心吧，我能修。"

原来，许春生的父亲是村里的修车匠，他从小也就跟着学会了修车技艺。

一会儿，自行车的链子又挂上合啮了。李小虹骑上车，微笑着朝许春生挥手。许春生站在原地，挥动着满是油污的手。

李小虹的背影渐渐从视野消失了，许春生才醒悟到必须迎头赶上。

岗山水库似乎没有冬天，两岸树青草绿。空气里弥漫着一股淡淡的清香，辽阔的水域清澈澄碧，成群的野鸭在水中忽高忽低，轻快出没。

大家欢呼雀跃，欣赏着眼前的美景，完全沉浸在欢乐中。

七

回校后，两室之间的联系更加密切了。

303只要谁有空，都会帮助师姐们到热水房打水。沈霞和李小虹作为特使，时不时来送速食面和饼干。

每一次，许春生都会自掏腰包，到楼下的小卖部购买几袋瓜子，然后拿到503聊天。

转眼间，时间的脚步又向前迈进了。

李震东发现宿舍抽屉的钥匙丢了。傍晚时分，他来到教室寻找，没想到杨喜书坐在座位上流泪。"哦！喜书，你怎么啦？"

杨喜书抬起头，见是李震东，马上擦干眼泪。

地上丢着折断的心形扇，和几封撕得粉碎的信件。"干吗把信撕了？"

"我在跟过去告别！"

"什么事呀？"

"我俩分手了。"

"分就分了，干吗大动干戈呢？"

"唉，人家说了绝话。"

"哦，说什么啦？"

"说我俩道不同，不相为谋。你知道潜台词是什么吗？"

"我怎么知道呢？"

"她是说，'我在经济学院，你在韩师，将来的道路，完全不同'。"

"如果是这样，那分手还有什么可惜啊？"李震东望着杨喜书，拍了拍他的肩膀。

"震东，我接受现实。"

"喜书啊，吃一堑，长一智。"

杨喜书点了点头，起身收拾地上的东西，并把它扔进了垃圾桶。

第二天，李震东发现黄七月不但脸色苍白，而且神思恍惚。

"七月，你没事吧？"

李震东关心地询问。黄七月只是摇头，一言不发。见他快要流泪的样子，李震东约他到韩山僻静的地方，坐了下来。

"到底出什么事啦？"

"震东，我可能不行了，宿舍里的几本好书，留给你做个纪念吧。"

"几天前还好好的，怎么一下子就不行呢？"

"上个月一次，这个月二次，早晨起床底裤全是湿的，现在越来越严重了。"

李震东听了哭笑不得，长长舒了一口气。

"傻瓜！这是遗精，是正常的生理现象。初三时，你没上过生理卫生课吗?"

"上过啊,但是到了第十二章,老师在黑板上写下生殖系统四个字后,就宣布自学。生理卫生课又不是主科,谁还会去自学呢?"黄七月破涕为笑。

两人回到宿舍,许春生立即迎上来,欲言又止,沉默了一会儿,语带羡慕地说:"特大喜讯!小艺……"

"春生,别卖关子,快说!"

"小艺已坠入情网!我看见他牵着女生的手,在韩文公祠散步。"

李震东说:"哦!是不是诗中那个人?"

"是啊,英语系的。"

陈小艺的情缘一下子在303公开了,他像中奖一样收获了许多祝福。

"小艺,你最好把她带来,让大家叫一声嫂子。"黄七月也变得开心起来。

陈小艺经常哼着歌,主动承包了很多杂活。晚上熄灯后,他常打着手电筒,写写画画。

"小艺,是不是在写诗啊?"辛志坚问。

"不是。"

宿舍气氛平静,大家不知不觉入睡了。半夜里,李震东听见有声响,抬头见黄七月蹑手蹑脚,轻轻拉开陈小艺的蚊帐,把放在枕边的笔记本拿了出来。

李震东做着手势,"嘘"了一声,示意拿到阳台。打开手电筒,原来是新写的一首诗!

李震东和黄七月读了十分感动。两人为陈小艺的才情,为有这样的同学而自豪!

在江边

夕阳醉美
舒展你的笑容
纯净的江水
是你清澈的眼睛

江边冬意浓
含颦望远
是不是浪花不溅
裁不成白云朵朵

阳光终将普照
何须面朝大海
江岸自有花枝暖
春风哪堪笑人痴

八

午饭后，陈小艺对李震东说："你怎么这样沉得住气啊？"

"怎么回事？"李震东不明就里。

"真不知道呀？你的《狗肉》在《汕头日报》发表了！""吃顿狗肉，居然弄出一个名堂。以后我们吃牛肉、鸡肉，震东，你也要写出来。"黄七月十分惊讶。

"我看除了人肉，什么肉都要吃，即使是驴唇马嘴。"余粮说。

辛志坚提议说："我们趁热打铁吧，现在就进行研讨，先请震东朗读全文。"

"我的文字不同于诗歌,不适合诵读。小艺,你到楼下的小卖部复印吧,每人一份。"

"好的,各位稍等。"

一会儿,大家接过复印件,通读起来。

狗　肉

"扬州八怪"要数郑板桥的怪招最多。他崇青藤(徐渭)山水,刻有闲章一枚,曰"青藤门下走狗"。这位甘愿四脚着地的"走狗"先生,却喜吃狗肉。据说与之索画,敬以狗肉,他必欣然接受,且灵光闪闪,泼墨淋漓。

啖狗肉而生妙笔,这大概是郑先生的怪癖。狗肉味美,可感知而不可言传也。东晋陶渊明说,此中有真意,欲辨已忘言,这诗用在吃狗肉上再也贴切不过了。

你若往狗肉摊去,那位站着、胖得几乎望不到脚尖的老板,一边操刀一边说,狗肉,润胃啰!那涌动的阵阵暗香,会痒得你口水横流。

吃是一门艺术,吃狗肉也颇讲究。酒鬼喝酒,求飘飘欲仙之境,烟虫吸烟,妙在饭后。而吃狗肉,最好走进乡村,在阴雨潇潇的冬夜,或是乍暖还寒的春晚。这时候,点上刚出锅的狗肉,摆上一盘花生米,三四好友围着小桌,在烛光摇曳中,一边细嚼慢咽,一边娓娓而谈。窗外雨滴芭蕉,狗咬蛙鸣,天籁百态,皆入耳中。能喝会饮者,举杯把盏,不亦快哉!

关于狗肉,作家阿城曾描述他在云南的精彩吃法：将一狗囚禁，饿之三天三夜，以糯米喂之。狗饥不择食，必狼咽而下，计糯米至十二指肠，以乱棒击毙，剖腹取十二指肠炖之，食之甘味无穷也。只是方法残忍，胆小如孟子者，会因闻其声而不忍吃其肉。

吃狗肉有时会让人想起《伊索寓言》中狗吃肉的故事：一狗衔着肉过桥，见其影倒映于水中，以为另一狗也衔着肉，旋上前与其打架，想夺影之肉。怎料肉从嘴中掉出，飞入河中。有饥饿者吃狗肉颇像寓言里的狗，不过那狗最后是馒头、大饼两头空，他却因贪吃而撑坏了肚子。

这则寓言，钱锺书先生把它做了发挥。他说人确实需要一面镜子来自照，才能明白自己是什么东西。不过能自知的，根本不用照镜子；不能自知的，照了镜子也没用。就像这只衔肉的狗，照镜之后，它反而大叫大闹，空把自己的影子，当作狂吠的对象。

我不知道有没有人吃狗肉时，照到自己的影子也狂吠起来？

"妙趣横生寓哲理，文白夹用成风格。"杨喜书开口了，"大家多提意见。"

"文白夹用，我看既是特点，也是缺点，但瑕不掩瑜。震东之才，我们班谁可当之？"辛志坚先抑后扬。

余粮说："文章在潮汕市级报纸发表，算是有层次了，干脆复印几十份吧，分送同学和老师参阅。"

"余粮，一篇小文，不值得这样张扬。"

"过分的谦虚，就是虚伪！"

许春生刚说完，李小虹提着糖果，沈霞拿着郊游的照片走了进来。大家接过照片，争着一睹为快。

"春生，谢谢你帮我修车。"

李小虹迅速剥开一颗糖果，递给了许春生。

许春生把糖果放入嘴里，抬头见李小虹正对着自己微笑。那蒙娜丽莎似的笑容，让他心跳加速。他迅速移开视线，假装镇定地望向阳台。

李小虹和沈霞告辞了。许春生、黄七月起身，把两人送到楼梯口。

两人上楼去了。黄七月见许春生还傻傻地站着，轻轻拍着他的肩膀，说："两张脸，很耐看吗？"

九

临近下课，徐佩兰告诉同学们，周末将正式选举班委。"临时班委自运作以来，做了大量工作。大家对各位委员的能力、水平有了初步认识。这次选举面向全班，按得票高低，确定当选。"

白天很快过去了，303热闹起来。

"震东的能力是公认的，我建议让他来带领我们。"辛志坚说。

"志坚，每个人的选票都应该是自由意志的表达。"

"从私下交流的情况看，大家倾向于震东。"余粮说。

"余粮，你这不是拉票吗？"

杨喜书望着李震东，说："不管怎么样，我们选定你啦。"

"喂，喂！让朱红缨当副班长，大家没意见吧？男女搭配，干活不累。"陈小艺扮着鬼脸。

"一切都是你们安排的吗？"

"朱红缨还是有公心的,女厕管得还可以。"黄七月笑嘻嘻地。

"七月,你进过女厕是吗?"

"女厕管得好,是你告诉我们的。我没进过,你倒是进过啊。"

许春生最后说:"反正一句话,震东任班长,朱红缨任副班长。"

全班大会正式开始了。徐佩兰身着正装,健步走上讲台。

"同学们,这次选举,是我们本科班的一件大事。希望大家从大局出发,按照人尽其才的原则,公道正派地选出新的班委,为建设优秀的班集体,尽责尽力。"

徐佩兰说完,示意负责计票、监票的同学,把选票发给大家。

全班49人,投票很快完成了。接着,在监票人监督下,进行唱票、计票。唱票人每念一次,计票人便在黑板写下姓名和画"正"字。

同学们在座位上耐心等待。一会儿,投票结果出炉。

"现在我宣布,李震东,45票,当选班长;朱红缨,38票,当选副班长;陈小艺,36票,当选文体委员……"

徐佩兰眉飞色舞,带头鼓掌。全班立即响起热烈的掌声。"下面,请新当选的班长李震东同学发言。"

李震东站起来,走上讲台,朝徐佩兰和同学们鞠躬:"衷心感谢同学们对我的信任和支持!我们都来自潮汕,这片被称为海滨邹鲁的大地。韩师,以她悠久的校史和不断的文脉,成为潮汕文化的一颗明珠。我们中文系,历来文风蔚然,人才辈出。我相信,在老师们的指导下,大家一定能够虚心学习,不辱先贤。作为班长,我一定为这个集体尽心尽力。行动胜于言语，所有的一切，都必须用实践来证明。"

"同学们！让我们携起手来，用努力奋斗的成果，来证明我们本科班是团结的，是优秀的！"

教室里再次响起掌声，徐佩兰脸上露出灿烂的笑容。

班委会随后召开，李震东强调班委成员要按职责做好工作，让每位同学在集体中感受到温暖的气象。

"报告班长，一定完成任务，我们先走啦。"

大家跟着离开，剩下李震东和朱红缨。两人的眼光不经意碰在一起，朱红缨脸色泛红，李震东下意识地摸了摸头。

"红缨，我想组织同学们游韩文公祠和鳄渡秋风亭，让大家在景点中，感悟韩愈情怀，你看怎么样？"

"好啊，我们在潮州读书，不了解韩愈是不行的。潮汕人缅怀韩愈治潮的功勋，让江山易姓为韩。你看恶溪改称韩江，笔架山变成韩山，连他手植的橡木，也叫成韩木。"

"看来你对韩愈颇有研究。到时游韩文公祠，请你为大家解说。余粮跟我谈过《祭鳄文》，让他解说鳄渡秋风亭吧。我和小艺负责队伍纪律、出行安全。可以吗？"

"可以呀，我会认真准备的。震东，这个给你！"

朱红缨微笑着，从笔记本抽出十斤饭票，递给了李震东。

"不行！你想饿肚子吗？"

"女生饭量小，我每个月都吃不完。"

朱红缨把饭票塞进李震东口袋，迅速离开教室。

"红缨……"李震东大喊。

朱红缨头也不回地走了。

十

午后的阳光斜映在校门口,同学们在陈小艺的指挥下,迅速集合。

"稍息。立正,向前看!报告班长,列队完毕!"

陈小艺学着军人举起右手,向李震东敬礼。李震东立即回礼,面向队伍即席发言。

"同学们,韩愈是潮州绕不开的重要人物。这次游览鳄渡秋风亭和韩文公祠,是感悟韩愈情怀,进而学习韩愈精神。"

"请大家听指挥、守纪律。好!现在出发!"

在李震东、陈小艺的带领下,队伍气势昂扬,整齐有序。

绵延的韩江北堤,一座镶嵌着"鳄渡秋风"的四方形白石高台,泰然立于中段。堤下的几棵木棉,张开迎客的双臂。

同学们又迅速列队,陈小艺大声说:"请余粮同学出列,为大家解说。"

余粮也学着军人,向同学们敬礼。可惜五指拱起,军礼变成"猴礼",大家忍不住笑出声来。

"我们站的地方,就是鳄鱼成灾的古渡口。当年的恶溪边人头攒动,韩愈就站在这里,宣读《祭鳄鱼文》。大家可能会说,这明摆着就是愚昧。不!这是驱鳄的动员令,它消除了百姓的恐惧,增强了胜利的信心。

"接着,韩愈动员、组织了一批好汉高手,对鳄鱼进行射杀围捕。一场声势浩大的战斗,让不可一世的鳄鱼,仓皇南窜。

"后人感念韩愈驱鳄功绩,勒联于亭台门柱:佛骨谪来,岭海因而增重;鳄鱼徙去,江河自此澄清。

"同学们,鳄渡秋风亭这个景点底蕴深厚,环境优美,适合发怀古幽思,更适合像小艺这样的才子,带着女友山盟海誓。"余粮说完，立即爆发出如潮的笑声。

陈小艺毫无思想准备，望着余粮说："班长交代你顺带也把我出卖吗？"

又是一阵笑声。大家兴致勃勃，走进亭台参观。只有许春生耷拉着脸，看也不看就转出来。

远远地，江边有个移动的身影。哦！那不是小虹姐吗？许春生立即冲上前去。

"小虹姐，你怎么在这里？"

"大哥，您认错了吧？"

女生回过头来，嫣然一笑。许春生眨了眨眼，霎时间失望透顶。

哎呀，咋就认错呢？自从吃了那颗糖果，许春生的心房第一次住进了人。那蒙娜丽莎似的微笑，一直在里面绽放。

想到李小虹很快毕业，许春生愁肠百结。他无数次告诫自己，别痴人说梦，但事与愿违，理智的清醒，终究敌不过情感的牵引。

前方不远处的一片芒花，像白发一样随风摇曳。

"春生，列队啦，我们去韩文公祠。"李震东大声呼喊。到达韩文公祠，朱红缨早有准备，不紧不慢解说起来："韩文公祠，是现存最早纪念韩愈的祠宇。祠址原在城南，因韩愈曾在笔架山手植橡木，南宋时遂迁到这依山傍水的地方。现祠为明清建筑，内分二进，并带两廊。

"正门祠名四个大字，为胡耀邦题写。登上庙堂的台阶共五十一级，象征韩愈五十一岁时因谏迎佛骨，贬潮任职。祠内有历代碑刻三十六块，最早的是苏轼的《潮州韩文公庙碑》。

"苏轼在庙碑中评价韩愈，文起八代之衰，而道济天下之溺。韩愈强调文以载道，引人向善、向上，这实为不刊之论。

"刚才讲到橡木，等会儿大家参观就会看到。橡木形如华盖，叶细而长，状如棱角。春夏开始开花，红白相间，甚是美丽。科举时代，潮州人以花的繁华或者稀疏，来预测科名的兴盛或衰败。

"就讲到这里，请同学们移步进祠，仔细体会。"

"好，好！"李震东带头鼓掌，望着朱红缨微笑。

同学们参观完毕后，准时到达食堂。大家落座后，陈小艺引吭高歌。

"团结就是力量，这力量是铁，这力量是钢……"

十一

文学游览之后，同学们十分活跃。韩愈治潮驱鳄、赎奴、兴教、重农的事功，成为热议的话题。

流动书摊有关韩愈的书籍，被抢购一空。许春生还未开口，书商笑着说："对不起，韩愈的没有了。"

"没有就没有嘛。喂，有李清照词选吗？"

"这个有。"书商指着书架说。

其实，许春生并不喜欢李清照的婉约。他购书的目的，是想送给李小虹。因为李小虹曾对他说，岗山水库的一切，像李词中的某种意境。

接过词选，无意中翻到相思的名句：此情无计可消除，才下眉头，却上心头。

许春生的心，瞬间又纠结起来。

"喂！春生……"

没想到，想谁来谁。李小虹从场边走了过来。

许春生欣喜异常。"哦，小虹姐！你看，李清照词选，给！"

"行啊，精装本。嗨，春生，你喜欢什么？我也买一本送你。"

"小虹啊，我有事找你。"沈霞的突然出现，让许春生失去与李小虹交流的机会。

"来啦。春生，再见吧。"

李小虹走后，许春生的脑海回放着刚刚对话的情景。他觉得李小虹的眼神、语气是特别的。他想起家里那条白色的围巾，决定周末动身回去，拿来送给李小虹。

303的大多人回家了，宿舍里剩下李震东、辛志坚和黄七月。"空气里都能闻到少男少女怀春的味道。"辛志坚像被什么触动了。

李震东忍不住大笑，说："难道你就不怀春吗？"

"春叫猫儿猫叫春，听它越叫越精神。老僧亦有猫儿意，不敢人前叫一声。"

辛志坚表示一切未定，不想去触碰情感。黄七月正喝着水，喷了辛志坚一脸，水杯失手摔坏了。

"志坚，你咋就这么滑稽呀？"

辛志坚望着黄七月，一双小眼睛乌黑漆亮："我从小就喜欢听潮汕艺人讲古。"

"晚上我请你吃拌饺。"黄七月像个学艺的徒弟。

"怎么能落下我呢，不是说有福同享吗？"李震东瞅了黄七月一眼。

"好嘞，到校外小店吃吧。"

每人点了一盘拌饺和一碗汤。饺子馅是鲜肉、炸鱼干，和上沙茶酱，均匀搅拌就成拌饺；汤是西洋菜、猪肚、花蛤、鲜虾混搭在一起。

家乡的风味，就像西晋张翰日思夜想的莼鲈。

"七月，春生最近好像心事重重。"李震东边吃边说，"应该是中了丘比特的箭。"

"那就追呀，闷在心里有什么用？"

"岗山水库回来后，我感觉春生看上李小虹了，我再观察吧。"

辛志坚说："人家感情的事，你掺和什么？"

"如果是真的，我愿意做电灯泡。"

李震东说："可能性不小。一次郊游，咋就念念不忘？"

"这要问你们这些早熟的人，高中时，我还不知道人是怎么来的。"

辛志坚说："反正这四年，我是不涉足情场的。"

"志坚，你不会是为情所伤吧？"李震东问。

"我堂哥读大学时与女友山盟海誓，毕业后女的分配在省城，他回农村中学教书，几年前疯了。"

"什么？你再说一遍。"黄七月耳朵轰鸣。

"疯了啊。两人开始还鸿雁传书，堂哥托尽人情，一直想调往省城，结果竹篮打水一场空。"

辛志坚见两人悲伤叹气，笑着说："说点别的吧，我在写小小说，想批评一下校园负面人物。"

李震东望着辛志坚，抹了抹眼睛："很好啊！这对端正校风是个促进。我相信，你一定行。"

墙上的挂钟响了，老板提醒要关门了。仨人这才打住话题，一起走出小店。

十二

星期天傍晚，303空无一人。

许春生小心翼翼，把放着围巾的盒子，锁进抽屉。"不戴就留着,将来送给女友。"白色的围巾,是大姐专门为许春生编织的。想起大姐的关心,一股暖流从心田缓缓流过。

　　许春生打开抽屉,又看了看盒子,思考着如何把围巾送出。

　　拿到503吧,那里人多嘴杂,肯定不行。如果放进课桌的抽屉,事先又必须侦察位置,而且还要利用没有上课的时机。如果能在楼梯口,来个美丽的遇见,那该多好!

　　许春生决定在走廊上守株待兔。

　　第二天下午,李震东和陈小艺组织篮球训练。

　　"唉,我有点头晕。"许春生手按住太阳穴,躺在铺上。黄七月摸着许春生的额头,说:"喝点水吧,好好休息。"

　　大家下楼去了,许春生从铺上一跃而起,迅速走出门口。走廊静悄悄的,许春生望着楼梯口,心里想着和李小虹相见时,怎样说话才能让她高兴。

　　时间一分一秒过去了,幸福依然没有出现。许春生感觉腿酸腰疼,干脆在楼梯口斜对面的铺位坐下来。

　　楼梯不再沉默,橐橐的脚步声终于响了。第六感让许春生的心脏咚咚直跳。他立即起身打开抽屉,拿出盒子就往外跑。

　　"春生,要出去呀?"

　　熟悉的声音,让许春生心醉。抬头一看,只见李小虹和沈霞正从楼梯走下来。

　　许春生一下子愣了,不知所措。瞬间,他回过神来,指着盒子说:"周末我回家了,同学爸托带的。"

　　"我也回家了。春生,303每人一块。"李小虹把一袋南瓜糖,递给了许春生。

　　"小虹,我们去买肥皂吧。"

　　沈霞拉着李小虹走了。许春生只得退回宿舍,把盒子锁进抽屉。他像泄气的皮球一样沮丧。

许春生反抱着头，斜卧在铺上。哎哟！怎么就这么巧呢？沈霞姐啊，沈霞姐啊，两次机会，你都不该出现，可你偏偏出现！我的好事全让你弄坏了。

许春生坐起来，喝了一口水，脑海浮现李小虹、沈霞两人形影不离的情景。看来，守株待兔不行，应该改变方式。

他决定利用上课，侦察李小虹的位置，然后再在无课的时候，把盒子放进抽屉。

哦！这样还不行，还必须附上一张字条，表明心意。写什么好呢？李小虹不是喜欢李清照吗？那就模仿着写几句吧。

小虹姐：
  你好！天冷了，我回家给你带了一条围巾。
  常记水库日暮，晴虹辉映回舟。
  争渡、争渡，惊起一滩野鹜。
春生

下午，许春生把盒子和字条，终于放进李小虹的抽屉。

走出教室，许春生感到从未有过的轻松。他快速走向山顶操场，准备好好放飞一下思绪。

夕阳染红了韩山。许春生刚到山顶操场，远远传来一阵笑声。

循声望去，一辆自行车在前方飞驰。男的时而双手离开车把，女的紧抱着男的腰身，哈哈尖叫。

不对啊，这声音怎么这样熟悉？定睛一看，原来是李小虹和中文系王老师！

许春生顿觉天旋地转，心肺像爆竹一样啪啪断裂。

自行车突然转过方向，迎面而来，此事千真万确。

许春生急忙掉头，向李小虹的教室奔去。他迅速打开抽屉，揪出盒子和字条。

喘着气跑出校门，许春生买了一包烟，在江边坐下来。他猛吸着烟，颤抖着把撕碎的字条，一片一片撒进江中。

江水就在眼前流过，毫无声息地带走了青春的纯净和美好。从家里到韩师，前后不过七十二小时，许春生的梦彻底破碎了。他打开盒子，轻抚着白色的围巾。想起大姐的关爱，泪水如断线的珠子，一滴一滴，落了下来。

"大姐，大姐啊，就让围巾随水流去吧，把我的痛苦一并带走。"

许春生远望着茫茫的韩江，天边如血的残阳，在眼前晃动。

十三

每天吃完晚饭，许春生把洗好的饭盆一放，话也不说就走出宿舍。

李震东感到异常，问黄七月："春生怎么啦？闷闷不乐的。"

"唉！他知道实情了。那天我故意说小虹姐在谈恋爱。他叹了口气，眼睛湿润了。"

"你怎么知道小虹姐谈了？"

"没有不透风的墙，不是跟你说过吗？我一直在观察。"

"那她跟谁好上啦？"

"我们系王老师，她哥跟王老师是大学同学，两人早就认识。"

大家感到意外、吃惊。意外的是许春生暗恋李小虹，吃惊的是师生恋竟然出现在中文系。

陈小艺感叹起来："没想到春生看上师姐。唉，防贼容易防心难！"

"小艺，这有什么奇怪？再说师生恋吧，王老师比小虹姐，实际上大不了几岁。"

"七月，做做春生的工作吧，让他尽快从困境中走出来。"余粮说。

"良药万千，唯时最神。时间，会冲淡一切的。"杨喜书扶了扶眼镜。

"注意啊，今后别在春生面前，再提小虹姐的事了。"李震东说。

许春生的失恋，让辛志坚感慨万千。他觉得感情就像不羁的洪水，心堤若不巡不守，就会横冲直撞，泛滥成灾。他更坚定自己的信念，大学期间一定把心堤牢牢守住。

黄七月见辛志坚的表情，比许春生还许春生，便调侃说："志坚，别多愁善感，你不是说一切未定，情感绝不投降？"

气氛又活跃起来。

陈小艺大声说："请安静，志坚有喜事！"

大家一齐望向陈小艺。"什么喜事，别卖关子。"

"志坚的《猫兄其人》发表了。"

陈小艺从铺上拿出几份墨香犹存的《三角梅》，递给大家。

猫兄其人

"猫兄"其名，黄君之绰号也。

一次入夜，黄君听见窗外猫儿叫春，便学着"喵喵"几声。只见两只花猫从窗外一跃而进，对着他痴痴呆看。

宿舍里的空气顿时活跃起来，室友们笑瘫在床上。一室友见黄君蹲在床上，猫须似的胡子以"人中"为界，左右井然，便戏称他为"猫兄"。黄君也不拘小节，嘻嘻笑纳。

黄君真有几分"猫性"。白天，他像一条瞌睡虫，迷迷糊糊总是睡不够。上课铃声响了，他才蛤蟆般爬了起来。揉揉惺忪的睡眼，来不及洗漱，拿起毛巾往脸一抹，啃着一只酸包就往教室跑。到了教室，他坐下来喘喘气，不觉又打起呵欠来。一会儿，头慢慢向桌前滑，好像铁遇到磁石，就睡着了。

黄君在梦中云游，任凭老师慷慨激昂。他认为进了大学不应活得太累。至于成绩嘛，60分万岁！考前突击，干个通宵达旦也是没问题的……

"幽默风趣，讽刺有力。"陈小艺话音刚落，响起一阵掌声。辛志坚微笑着，拱手致意："请大家批评指正。"
"向志坚同志学习！"黄七月举起右拳，余粮、杨喜书也跟着吆喝。

"我们要多写多练啊。学期结束后，我想对班里的文学活动进行总结，让更多的人了解我们本科班。"

李震东的提议得到大家的赞同。

十四

心理学的素养，像是抚平了徐佩兰离婚的忧伤。她的眼神变得柔和，说话也温和起来。

"在震东同学的带领下,我们本科班团结上进,值得充分肯定。"

"希望班委的每一位同学,在学好专业的同时,主动追求进步,积极向党组织靠拢。"

寒假前开完班委会,徐佩兰带着满意的神情迈出教室。

陈小艺故技重施,煞有介事地说:"我们先走啦,正副班长还有事商量呢。"

大家一溜烟跑了。朱红缨看着李震东,脸色泛红。

"红缨,缓一天回家吧,明天我们一起去游西湖。"李震东摸了摸头。

"好啊,我也一直想去。"

潮州西湖依山傍水,湖光山色。南面湖水荡漾,如长带飘逸;北面山色青翠,如葫芦横卧。

李震东和朱红缨是从市区的牌坊街,经虹桥进入西湖的。走在碎石铺成的路上,树上的几声鸟鸣,反衬着环境的清幽。两人走近湖心亭,只见湖心亭六角三楹,外护雕栏,有回栏曲桥与湖岸连接。

"暖风吹得游人醉,错把潮州当杭州。"朱红缨兴奋地说。

"红缨,'西湖渔筏',是潮州八景之一,可惜现在没有渔筏了。只能发挥一下想象,你看烟雨朦胧中,岸柳飘摇,湖中的渔筏,网撒网收,多有诗意。"

"沧海桑田,物换星移。震东,听说湖与江原是相通的,后因筑堤而两分,鱼入韩江,当然就没有渔筏了。"

万顷烟波新月上
一湾流水小桥横

望着湖心亭的楹联，李震东说："这联是江西蔡公时撰书的。蔡公时，年轻时追随孙中山，参加辛亥革命。1928年5月初，他随北伐军进驻济南。面对日寇暴行，作为外交官，他奉命交涉，最后竟被残忍杀害。他是'济南惨案'的烈士，是中国外交史的第一人。"

朱红缨听了颇为伤感，说："你怎么知道这么多呀？"

"书上得来的。"

"西湖还有许多妙联。给你念有意趣的，夜静人听鱼读月，春深鸟对人谈天。"

"你很用功，记忆力也很好。"

李震东虽不露声色，但心里还是有点得意的。

"哦，这联对仗工整，想象新奇。上联说夜深人静，人听见鱼出水谈月的声音；下联更奇，鸟在春深花繁之时，竟然跳出来与人聊天。"

两人边说边走，很快来到湖边的涵碧楼，遗憾的是涵碧楼没有对外开放。

"震东，涵碧楼听说是郭沫若题的。"

"一水方涵碧，千林已变红。你知道现代潮剧《七日红》吗？"

朱红缨摇了摇头，注视着李震东。

"1927年9月23日，南昌起义军进入潮州城，周恩来、贺龙、郭沫若等驻扎涵碧楼。驻守期间，起义军发动群众打土豪、斗地主，建立红色政权。9月30日，起义军因寡不敌众，被迫撤离潮州。这七天的历史，被称为'潮汕七日红'。"

"南昌起义军为什么会选择进驻潮汕呢？"

"他们想占领一个出海口，建立潮汕工农政权，再进军广州。"

"哦,难怪有人说,周恩来能听懂简单的潮语。"

"我没看过正式报道,但周恩来一生四下潮汕,倒是真的。"

"周恩来毕业于南开,是吗?"

"是的。周恩来在校期间胸怀大志,他说吾貌虽瘦,天下必肥。校长张伯苓和创始人严修,把他视为宰相之才,免除他的学杂费。严修想将女儿许配给他,不料周恩来拒绝了。"

"为什么拒绝呀?"朱红缨听得津津有味。

"时间不早了,我们回家吧,路上再说。"

十五

"震东,继续呀!"

朱红缨登上车,有些迫不及待。

"周恩来说,我是个穷学生,如果和严家定亲,我的前途必然受到严家的支配,因此便辞却了。"

"那严修一定很生气吧?"

"严修这人有雅量,他不但不生气,反而促成了周恩来留学日、法,并在经济上给予大力援助。"

"严修,真君子也!"朱红缨学着古人的口吻说。

"到我家坐一会儿吧。"到达车站,朱红缨再次发出邀请。

"抱歉!我家里有事。"李震东挥手告别,转车回家了。

1991年的初春,迈开她轻盈的步伐,挥动着点睛的彩笔,在春风春雨的鼓动下,把校园描绿了。

李震东告诉朱红缨,他撰写的《中文系首届本科班文学活动巡礼》已经完稿,请她修改完善。朱红缨表示,上学期同学们的各类习作,平均每人超过四篇,一些没有发表的作品也颇有深意,建议在《巡礼》中作为例子,加以点评。

李震东征求、综合了大家的意见,把修改稿送徐佩兰审阅。

徐佩兰说:"校刊主编邓老师是我的老同学,我带你去拜访他,争取早一点发表。"

走进校刊编辑部,邓老师正在改稿。徐佩兰说明来意,邓老师抬起头来,看了一眼。

"你就是李震东,最近还吃狗肉吗?"

"老师,潮州春季不杀生,吃不到啦。"

徐佩兰笑着露出洁白的牙齿:"老邓啊,听说学校团委正组织交谊舞舞会,你参加吗?"

"我不会也不要,我相信我的脑神经比脚神经发达。"

"老古董!跳舞是休息、交际的方式。"班主任白了邓老师一眼。

"震东,把你们班的文学活动跟邓老师汇报一下。"

"别浪费时间,把稿子拿来。"

李震东恭敬地呈上稿子,邓老师立即翻阅起来。

一会儿,邓老师说:"写得还不错嘛,尤其对作品的点评中肯,文采斐然,稍作修改可以发表。"

文章很快刊登出来,让李震东感动的是,邓老师还加上"编者按",对同学们的文学游览、习作研讨、创作热情等给予充分肯定。

《巡礼》在校园广泛传阅,中文系本科班声名鹊起。

黄启对李震东说:"我们班的女生说,李震东这人有才,但有才的男生一般是不英俊的。"

"有才是过奖了,但猜我不英俊是对的。你看我一站就跟郑板桥的竹配成了一对,一张脸长得好像在生谁的气,所幸还不会弯腰驼背。"

黄启哈哈大笑，说："震东，你找时间来我们班吧，让她们审阅一下。"

夜谈时光又到了，黄七月问陈小艺："你女朋友最近好吗？"

"好不好跟你什么关系，怎么能这样问话呢？"杨喜书瞪着黄七月。

陈小艺倒是不以为意："她挺好的，经常耍小脾气。喂，喂！大家还不知道吧，震东才好啊。"

陈小艺突然把"战火"引向李震东，大家像被什么抓住一样，问是怎么回事。

"根据神探福尔摩斯的调查，朱红缨喜欢上震东了，她看震东的眼神不对。爱情就像咳嗽一样，是无法掩盖的。"

"胡说！我怎么不知道啊，她的眼神哪里不对？我们之间什么也没有。"李震东有点措手不及。

"在天愿作比翼鸟，在地愿为连理枝。"余粮像在背诵。

"余粮，子虚乌有的事，你们就会胡乱猜测。"

"日久必生情。震东，我提个建议，如果你们谈恋爱，也不宜公开，毕竟是正副班长，有一定影响。你们要像地下党员，不要暴露身份。"辛志坚像老革命在传授经验。

为了证明李震东是喜欢朱红缨的，陈小艺破天荒说出自己的经历，然后话锋一转，强调同理可证，李震东也爱上朱红缨，并进行全面的"揭露"。

"我猜测，你们的感情开始于女厕。你对朱红缨主动管理女厕，心存感激。工作上的接触，你发现她有文才，慢慢有了好感。震东，放寒假时，你们是一起回家吧，别以为我们都是傻子。"

"我今晚才知道，303的同学都是人精，但我告诉你们，我真的没……没有。"

"你口吃没有,就证明你有!你这是任凭风浪起,稳坐钓鱼船。"余粮笑出了声音。

夜谈时光变成了李震东的审判大会。除了许春生沉默寡言,李震东越是解释,大家越不相信。

李震东干脆不说,装作睡觉了。

十六

李震东来到校刊编辑部,对邓老师的奖掖、扶持表示感谢。

"震东,希望你继续努力,把班集体带得更有生气、更有活力。"

"我一定努力。老师,您除了编校刊,听说还研究校史和潮汕文化,我想请您为我们讲讲校史。"

"可以啊!在韩师读书,不了解校史,就不配做韩师人。我们只有铭记过去,才能更好地走向未来。"邓老师爽快地答应了。

春天的太阳柔和地照在伟南楼上,同学们快步走进教室。在李震东的主持下,在同学们的掌声中,邓老师身着西装,表情严肃地走上讲台。

"同学们,韩师校史悠久,可谓千年学府。她的前身是建于北宋的韩山书院,历宋、元、明、清各朝,一直是州府的官办书院。院址原在城南,后多次变迁,直至清康熙三十年,也就是1691年,定址于现在韩文公祠的南侧,并延续至今。

"随着'西学东渐',1903年,韩山书院改名惠潮嘉师范学堂,成为我国第一批、广东第一所师范学堂。从这时开始,不管岁月如何流逝,校名如何变更,师范二字成为韩师永远的坚持。

邓老师喝了一口水,坚定的眼光从同学们脸上掠过。"在韩师的历史上，有三个人不得不提。第一位是爱国志士丘逢甲，他于1897年受聘为书院山长。丘逢甲一直在台湾推行新学，为什么会跑到潮州？原来，1895年4月，清政府与日本签订了丧权辱国的《马关条约》，台湾及其附属岛屿，澎湖列岛被迫割让日本。5月，丘逢甲担任台湾义勇军统领，率领民众抗日。由于寡不敌众，同年秋季，不得不内渡广东。同学们！'四百万人同一哭，去年今日割台湾。'丘逢甲是多么痛心疾首啊！两年后，受潮州知府邀请，丘逢甲到书院掌教。他任职的时间虽短，但为校史增添了光彩。

"第二位是方乃斌。1922年8月2日，潮汕遭遇特大风灾，无数房屋一夜倒塌，三万多人在灾难中丧生。二十七岁的方乃斌临危受命。在几无完室的情况下，他亲撰劝捐启文，发动各界出钱出力。不久，又动身前往南洋，艰难募捐。皇天不负有心人，方乃斌最终筹得银圆五万多块，领导全校重建了教室、宿舍、图书馆、音乐亭。风灾不仅没有导致学校停办，而且使其扩大了办学规模。

"第三位是李育藩，他是韩师危难中，挽狂澜于既倒的关键人物。1936年，中日关系已经十分紧张，李育藩刚任校长，一方面强抓军训，提高学生军事素质，一方面设法保存图书。'卢沟桥事变'以后，中日战争全面爆发，战火烧向南方。1939年4月，潮汕战事日紧，李育藩意识到事态严重，开始考察迁校场所。几经辗转、挫折，最终在揭阳籍制糖专家张季熙博士的帮助下，择定古沟村张氏祠堂及周边民宅作为临时校址。李育藩迅速组织、完成了迁校这个艰巨的任务。1939年6月，汕头沦陷，韩师在一个月前已经迁校，一场劫难擦肩而过。"

讲到这里，邓老师忽然脱去西装上衣，扔向旁边的藤椅。

"同学们，如果没有李育藩校长的敏锐、机智和辛劳，韩师将不复存在！同学们，亡国奴的教训是血是泪！当年韩师校友高唱：'枪在我们的肩膀，血在我们的胸膛，我们要捍卫祖国，我们要齐赴沙场。'他们的年龄跟你们差不多啊！那样的勇气，真是天下兴亡，匹夫有责！

"今天，我们生活在和平的年代，难道有理由因为困难而退缩？有理由因为个人得失而埋怨？"

"不！我们坚韧不拔，我们青春无悔！书生报国无他物，唯有手中笔如刀！"

邓老师挥动着手臂，慷慨激昂。教室里掌声雷动，经久不息。

十七

"邓老师讲得太好了，让人热血沸腾。"李震东激动地对余粮说。

"是啊，我沉醉其中，耳边仿佛响起田汉、聂耳的《毕业歌》。"

两人边走边谈，余粮突然拉住李震东的衣袖："喂！那不是师姐沈霞吗？"

李震东抬头一看，沈霞一手拿书，一手挽着一名男生，迎面而来。

"喂，师姐啊！"余粮迅速跑上前去，大声唤了一声。沈霞吓了一跳，抬起头来。

"淘气鬼！怎么能这样呢？"

那男生倒是大方，马上伸出右手，跟两人握手："你们好！我叫肖贵清，韩师政史系毕业。"

沈霞介绍了李震东和余粮，然后说："贵清在县委组织部工作，今天来潮州出差，顺便来看我。"

"师兄，师姐秀外慧中，你可要善待她啊。不然，我们找你算账。"

"孥仔鬼，你懂什么呀？"沈霞开心地拍了一下余粮。

李震东见沈霞手里拿着王蒙的小说《组织部来了个年轻人》，便说："组织部的年轻人，来考察干部啦。"

肖贵清微笑着说："抱歉，我马上要乘车回去，后会有期。"

肖贵清和沈霞走后，余粮告诉李震东，师范生想要离开教育线，除了自身素质，没有关系或者领导赏识，教育局是绝对不会放行的。

李震东沉默不语，他想起韩愈说过的"千里马常有，而伯乐不常有"。

晚饭后，杨喜书、辛志坚、黄七月沿着韩江大桥散步。在南堤桥头，黄七月看见一个熟悉的身影，骑着自行车，缓缓拐入潮州卫生学校。

"喂！余粮……"黄七月手指前方。

辛志坚、杨喜书马上抬起头。"什么？没有呀。"

"进卫校了，我去观察一下。"

一会儿，黄七月大喘着气回来了，表情像发现了新大陆。"你们见过余粮戴领带吗？太帅了！那女生坐上车，手里拿着票，应该是去看电影。"

"长怎么样？"杨喜书问。

"模样清纯。喂，我们回宿舍通报吧。"

夜里十一点，余粮回来了。

"余粮，今晚干什么去了？"辛志坚的语气像在审问。

"没……没有啊。"

"树上的鸟儿成双对，夫妻双双把家还。"杨喜书哼起黄梅戏。

"今晚的电影太好看啦。"黄七月敲了一下叠铺。

"我爱你，漂亮的领带，飘飘扬扬穿街过巷；你的舞姿是那样轻盈，你的心地是那样纯洁……"陈小艺即兴改唱了一首老歌。

"秀才的嘴巴都是臭的，反正……反正我什么也没有。"

"你口吃，就证明你有，你这是任凭风浪起，稳坐钓鱼台。"李震东学着之前余粮的口气。

辛志坚说："余粮，从实招来。"

余粮还没开口，一直沉默寡言的许春生开口了："303的智力是一流的，侦察水平也是一流的。余粮，从实招来！"

"既然这样，那傍晚谁看见我了？"

黄七月未语先笑："是无意看见的，我担心你一失足成千古恨，所以才跟进去。"

一切都暴露了。余粮像是被抓了现行，故意哀叹："那人是我高中同学的妹妹，他哥哥托我照顾她。"

"照顾，应该是生活上的照顾，你却进行情感照顾。和尚念歪经！"

"志坚，余粮不是和尚，是情僧，俗世自有未了情。"黄七月打开手电筒。

"梁山伯与祝英台同窗三载，还不知道她是女的，如果换成余粮、小艺，请问有可能吗？"

辛志坚的话引来一阵笑声。大家十分兴奋，久久无法入眠。

十八

像一阵暴风雨即将来临，英语老师脸上乌云密布。

"这次听力考试，我们班爆出冷门。试题难度不小，平时听力最好的同学，满分30只得了22分；一些平时很一般的同学，得了27分、28分！

"一位晚上遇见外籍老师，随口说出'Good morning teacher'的同学十分完美，满分！

"我告诉你们，所有的小聪明，都只是一种自欺欺人的愚蠢！"

英语老师越说越生气，突然朝李震东瞪了一眼。李震东吓得手心冒汗，迅速移开视线。

那天上午，李震东刚进听力室，发现听力课本忘带了。

英语老师知道后，马上把自己的课本递给他。

戴上耳机，李震东翻开课本，发现里面夹着一份标有答案的听力试卷。想到自己一直忙于班务和创作，荒废了听力，就把它抄下来，希望考试时能够侥幸通过。

学校团委正筹办举行"五四"文艺晚会，要求各系推荐参演节目。

"小艺，你准备一下吧，到时候代表中文系，上台演唱。"

"没问题，就是……"

"就是什么？吞吞吐吐的。"

"听力考试快到了，就是没时间复习啊。"

李震东一听，马上拿出试题答案。"先顶过这回吧，晚点再补回来。记住，绝对保密。"

"放心吧。"陈小艺露出了笑脸。

下课的铃声像警钟敲响了，李震东望着英语老师远去的背影，想到自己亵渎了他的信任，肠子都悔青了。

李震东逮住陈小艺，问："到底是怎么回事？"

"我只告诉过余粮。"陈小艺低着头,支支吾吾。

"你……你……"李震东气得说不出话来。

午饭后303召开会议,李震东严肃批评了陈小艺。陈小艺望着余粮,说:"你怎么能这样坑我?"

余粮不敢对视,转头对黄七月说:"你简直就是叛徒甫志高!"

黄七月申辩:"志坚,我只告诉过你,怎么人人都知道了?"

辛志坚说:"喜书、春生,想不到你们这样弱智的人,竟然也考了28分、30分。"

"互相埋怨,错而推责!"

303一下子鸦雀无声。李震东控制着自己的情绪,慢慢地说:"唉!都是我没带好头,辜负老师的一片心意和信任。现在,唯一能做的,就是真诚向老师道歉!"

"事不宜迟,晚上就去。"

沿着硬石铺成的路,迈着沉重的脚步,303全员来到英语老师位于山腰的家。

李震东轻轻敲了敲门,门开了,正是英语老师。"哦!震东啊,都进来吧。"

"老师,我辜负您的信任,请您处罚我吧!"

李震东诚恳道歉,把事情的来龙去脉说了一遍。其他人也纷纷做了自我批评,表示将合理安排时间,认真学好英语。

"年轻人啊,犯错并不可怕,可怕的是自我掩盖!改正就好,你们还是有勇气。过去的事情,就让它过去吧。"

李震东悬空的心,终于落地了。

英语老师冲起工夫茶,语重心长地说:"知之为知之,不知为不知,这是读书人最起码的道德。耍小聪明的人难有出息，害己害人啊！

"潮汕这片土地，精明人多而高明人少。精明就是人见其粗，你见其细。高明就是人见其近，你见其远。要做到高明是很难的。年轻人只有不断历练、领悟、总结，才能逐步走向高明，才能见人之所未见。希望你们诚实做人，健全人格，多学习、多思考、多实践，自觉扩大视野和胸怀。总之一句话，你们的形象，只能由自己去塑造。"

英语老师的一席话如醍醐灌顶。回到宿舍，春雨淅淅沥沥地下了起来。

春雨贵如油啊！

十九

很长一段时间，李震东和陈小艺都不知道教当代文学的王老师，就是李小虹的白马王子。两人误认为是另一位木讷的王老师。

陈小艺私下曾痛心地说："震东，小虹姐是鲜花插在牛粪上。"

"木讷并不是缺点，孔子说过，君子讷于言，而敏于行。"

"花不可无蝶，山不可无泉。太正儿八经的人，一定毫无情趣。"

知道真相之后，两人十分高兴。

陈小艺说："王老师是个性情中人，就是长得有点对不起观众。"

"说什么呀，男人的魅力在于才华。"

"同学们，据新华社消息，陕西省作家路遥的《平凡的世界》，获第三届茅盾文学奖。"

王老师踏上讲台，即宣布路遥获奖的消息。

"这是一部百万字的长篇小说，它以史诗般的品格，全景式描绘了改革开放中国城乡生活、情感思想的画卷。请同学们认真研读。

"今天，我们要展开讨论的不是《平凡的世界》，而是路遥的成名作《人生》。

"《人生》完成于1982年。据路遥自述，他为此整整准备了两年，写作时住进甘泉县招待所的普通客房。在近一个月的时间，每天工作十八个小时，分不清白天和黑夜，浑身如同燃起大火，五官溃烂，深更半夜在招待所转圈。所长给县委打电话，说这个年轻人可能神经错乱。县委指示，那人正在写书，不要惊动他。写作用了二十一个昼夜，完稿后，路遥身体浮肿，两腿僵硬，连行走都困难。

"同学们，为什么要介绍写作的过程呢？目的是让大家知道，路遥是以巨大的热情，以宗教般的虔诚，投入创作的。

"小说以陕北高原城乡生活的巨大差异为背景，以高中毕业生高加林和农村姑娘刘巧珍、城市姑娘黄亚萍之间的情感纠葛为主要矛盾，表现了选择的悲剧和人生的无奈。

"《人生》一反'文革'时小说人物形象的脸谱化、简单化现象，它最大的艺术成就，是写出了人性的复杂和多变，生活的沉重和挫折。

"小说对高加林和黄亚萍基于志同道合的结合予以肯定，对高加林抛弃刘巧珍寄予深切的同情，表现了插足者黄亚萍的自私、任性和轻浮，实际上是对其进行谴责。

"从道德的层面上审视爱情，是小说引起共鸣的原因，但这也是路遥的局限性。爱情是人性美好的绽放，单纯运用道德进行审视，显然是浅薄的。当然，尽管存在着某种局限性，但这并不妨碍它作为当代文学扛鼎之作的开创性意义。

"同学们，我们讨论了《人生》的艺术得失，但我希望不要停留在这个层面。大家读了之后，是不是也应该思考一下自己的人生？

"人生如长河行舟，没有航向是可怕的。浑浑噩噩过日子，无异于行尸走肉。"

王老师讲完，宣布进入互动环节。互动环节限定两个问题。

陈小艺第一个站起来。"王老师您好！在陕西的作家中，贾平凹也算是一个重要的人物，他的散文和小说都很畅销，请问您如何评价路遥和贾平凹？"

"路遥是继柳青、杜鹏程之后，陕西一流的作家，他的《平凡的世界》，我认为放在全国，也是一流的。贾平凹的小说，相比于路遥，缺乏历史的厚重感，因此，就目前而言，贾平凹只是个二流的作家。"

李震东接着说："高加林抛弃了刘巧珍，使我想起古人的一副对联：'仗义每多屠狗辈，负心多是读书人。'王老师，我想到的是，凡艺术之人，必定情感丰富、多变，特殊的如演艺圈的人，他们生活艺术化，艺术生活化，情变不断。因此我建议，漂亮的、传统的女生不要去嫁这类人。我说的艺术包括音乐、绘画、文学等，也包括像您这样搞文学评论的人。"教室里的空气顿时凝固了。

"我痴心于文学，但我对爱情是非常严肃的！我认为婚姻可以有多次，但爱情只能有一次！现在我宣布，下课！"王老师说完扬长而去。

李震东傻乎乎地站着,陈小艺走过来,说:"小虹姐没有委托你,干吗提这个问题呢?"

二十

打完程控电话,李震东走出公用电话亭,看见黄启拿着报纸,在校门口招手。

远远地,李震东发现黄启身旁多了一位女生。上前一看,原来是潮雅苑带过自己跳舞的那位。

"还认识吧,这位是丁晖。"

"哦,丁晖姐,你好!"

"你好!交谊舞学会了吧?"丁晖笑容可掬,大方伸出手来。

"哎,还是半桶水呢。"

"还不会?那让丁老师教你。"

丁晖伸手捏了一把黄启的鼻子,李震东立即明白两人的关系。

"师兄,您可是守口如瓶啊。"

黄启看一眼丁晖,说:"那会儿还不是嘛,后来跳舞接触多了,日久生情。"

丁晖红了脸,噘嘴说:"谁跟你日久生情呀?死皮赖脸的,寄贺卡,送凉果,约吃饭,什么手段都有。"

"男追女,天经地义啊。"

黄启露出得意的神情,把报纸递给李震东:"你的《下棋》在《汕头日报》发表了。"

"哦,谢谢!"

"震东,像这样一篇小品文,到底有多少稿费?"

"没有多少，40元吧。"

"唉，这要写多少篇，才能买到一部BP机呢？"

黄启把别在腰带，一只长方形、黑色的小东西取下来，说："这是BP机，目前正时兴呢。假如你要找我，打电话到人工台呼叫2928，人工台就会把你的电话发到机上，我收到后，就能及时回复。"

"哦，这样啊。"

"为满足用户需求，潮州邮电局最近在大街小巷，新建了许多公用电话亭。"

李震东觉得新奇，拿过BP机看了又看："这一只要多少钱？"

"三千块吧，钱是我做生意赚来的。我很快毕业进入社会，BP机便于交际联络。"

"师兄真了不起！"李震东把BP机递给黄启，竖起拇指。

黄启欣然自在，把BP机别在腰带上。"好了，我要去丁晖家，找时间再聊吧。"

"再见！"丁晖挽着黄启走了。

望着两人渐行渐远的背影，李震东心里有一股说不清的滋味。

黄启的能力，让李震东自惭形秽。想到自己别无长技，一文不名，失落的情绪涌上心头。看着丁晖在黄启面前小鸟依人，李震东心生羡慕，思绪万千。

"女生饭量小，我每个月都吃不完。"

朱红缨披肩的长发，散发着淡淡的清香，羞涩的神情，让李震东心生爱怜。他真想靠近她，让她倾听自己心跳的声音。

"喂！震东，快吃饭去。"

辛志坚看见李震东站在校外，大声呼喊。李震东回过头，小步快跑进了校园。

几天后,李震东约黄启到潮雅苑吃饭:"师兄,您快毕业了,这次无论如何,我请客。"

"行啊,你点菜吧。"

李震东很快点好菜,要了啤酒:"丁晖姐在哪工作?"

"去年大专毕业,局长老爸帮她安排在区政府。"

"国家干部,挺好的。"

"丁晖支持我做生意,经常为了我的事,在老爸面前撒娇。哎,父爱如菩萨,有求必应。"

李震东举起杯,说:"师兄,祝贺你们!"

黄启吸着烟,吐出淡淡的烟雾:"震东,今后的路子,无论怎么走,都不能把文学当成职业,如果靠稿费糊口,那就会像写《儒林外史》的吴敬梓一样,腹空千雷鸣。

"请你思考一下,我们都是凡夫俗子,如果努力换来的,却是生活的贫困,那读书的意义是什么?

"我无意否定文学的崇高,我的意思是,把文学当成滋养品,或者是敲门砖,就够了。"

李震东听着陷入了沉思。

二十一

校园里凤凰花开,蝉声轻唱。

徐佩兰把李震东叫到办公室,兴奋地说:"支部经过研究,决定把你列为入党积极分子。"

"谢谢老师,我一定继续努力。"

"你要学好党章、党史,系里将举办积极分子培训班。"

李震东点点头,接过徐佩兰递来的党章和一本简明党史。培训班如期举办,上课的老师是系主任纪传青。他慈眉善目,说起话来慢条斯理。

"同学们,我想告诉大家,中国共产党的成立,并不是偶然事件,而是历史的必然。让我们穿越时空,一起走进历史的隧道。

"1840年的鸦片战争,打开了清王朝闭关锁国的大门,中国逐步沦为半殖民地半封建社会。一批有识之士,对国家何去何从,进行了极为艰难的探索。

"在内忧外患,几近崩溃的危局中,曾国藩、李鸿章、左宗棠等人发起洋务运动。他们继承魏源师夷制夷的思想,提出中体西用,大力引进西方先进技术,大办军工民企,派遣学生出洋留学。

"北洋水师就这样建立起来。它的实力曾是亚洲第一、世界第九。然而,就是这样一支装备精良的海军,却在1894年甲午海战中全军覆没,这标志着洋务运动的彻底失败。

"中华文化自唐以来,一直是日本推崇的榜样。甲午海战后,明治维新时的一批日本学者,跪街痛哭,哀叹中国老师为何如此不堪一击!"

嘭!纪传青望着同学们,捶了一下桌子。

"国难日深,仁人志士们意识到,中国问题首先不在装备,而在于制度的腐朽不堪。于是,有了资产阶级的改良运动,这就是'戊戌变法'。变法从整顿吏治入手,极大触动守旧派利益,历时103天,就被彻底扼杀。

"'我自横刀向天笑,去留肝胆两昆仑。'视死如归的谭嗣同等六君子在北京被杀。

"维新派希望建立君主立宪的实践没有成功,仁人志士们认为必须彻底推翻帝制,学习西方建立民主共和制。孙中山领导的资产阶级民主革命,推翻清王朝的统治,建立中华民国,但中国人看到的并不是新气象,而是长期的军阀割据、群雄混战和各种屈辱的接踵而来。

"仁人志士们欲哭无泪,在苦闷、彷徨中陷入沉思。

"1917年,俄国'十月革命'为中国送来马列主义。1919年,反帝反封建的五四运动爆发,无产阶级作为独立的政治力量,开始登上历史舞台,并逐步发展壮大。仁人志士们高举民主和科学的旗帜,广泛介绍、传播马克思主义,这为中国共产党的诞生奠定思想基础。

"1921年7月,一个前所未有的无产阶级政党应运而生。从此,中国革命如火如荼,从胜利走向胜利。经过二十八年艰苦卓绝的斗争,终于建立了中华人民共和国。"

纪传青讲完了,进入考察环节:"请谈谈你为什么申请入党?"

"主任,您好!我申请入党,是基于对党的认识和了解,基于对人生、对真理的执着追求。"李震东站起来,做了回答。

"你对党有什么认识?"

"中国共产党生于忧患,长于苦难,兴于奋斗。党的先进性,体现了国家前进的方向。"

"讲得好!你们现在风华正茂,正是努力学习、争取进步的大好时期。"

"大家知道《共产党宣言》的首译者是谁吗?那磅礴大气的文字,谁能料到,竟出自一位名叫陈望道——未满而立的年轻人!同学们,你们要效法先贤,不负青春!"

纪传青用心良苦,同学们的思想受到一次深刻的洗礼。

二十二

天气越来越闷热了，鸣蝉无知，显得十分吵闹。303全员正准备期末考试，少了平时的欢声笑语。

"唉，再过几天，师姐们就毕业离校，从此各奔东西了。"陈小艺的感叹，勾起大家的回忆。时光的流逝，带走了昔日的欢乐，以及互助的点滴。大家默然无语，心中充满不舍。

还是李震东打破沉默："到时候，我们送送师姐吧。"

时间挽不住过客，503的师姐个个脸色凝重。大家帮着把行李提到山下操场，一辆大巴早已停在那里。

学校的广播站，播放着香港张明敏演唱的、旋律忧伤的《毕业生》：

> 蝉声中那南风吹来
> 校园里凤凰花又开
> 无限的离情充满心怀
> 心难舍师恩深如海
> …………
> 还记得那阳光遍地
> 也记得寒风又苦雨
> 无论是快乐失意日子
> 最温暖美好的友谊
> …………

89级大专班的毕业生，有的猛吸着烟，一言不发；有的拿出笔记本，留下联系方式；有的紧握着手，互道珍重；有的手挽手，低声细语。

看着李小虹和沈霞拥抱在一起,站在远处的许春生悲从中来,眼泪夺眶而出。

王老师也来了,慢慢走向李小虹。许春生见状,再也控制不住情绪,拔腿就跑。

广播站的歌声突然停止了。

一会儿,传来播音员磁性的声音:"亲爱的同学们!现在,我为大家朗读,署名为中文毕业生的诗作。"

别韩师

我无法平静
怎能说出
轻轻的我走了
正如我悄悄的来

我没了诗情
怎能写出
我挥一挥手
作别山水的云彩

啊,韩师!
韩山青青韩水长
皓月的清辉
照亮前行的路

再见吧,母校!
依偎在您的怀里
吮吸甘甜的乳汁

痛哭别离的忧伤!

操场上顿时弥漫着浓浓的离愁,广播站好像也在故意制造离愁别绪,《毕业生》一遍一遍播放起来。男生们满脸悲伤,女生们开始抽泣,接着哭成一团。

一直站在旁边的王老师,也热泪盈眶。李小虹从人群中跑出来,抱住王老师大哭。王老师掏出手帕,不停为她擦去眼泪。

忽然,有人唱响了《驼铃》:

送战友,踏征程
默默无语两眼泪
耳边响起驼铃声
路漫漫,雾茫茫
革命生涯常分手
一样分别两样情
战友啊,战友
亲爱的弟兄
当心夜半北风寒
一路多保重
…………

全场跟着高唱起来,送别的歌声和着惜别的泪水,响彻校园。

"请同学们上车,祝大家一路顺风!祝大家在新的岗位做出贡献!"

播音员适时做了提醒。同学们依依不舍,久久不愿离开。大巴狠心地发动了,司机多次按响喇叭,大家才不得不登车就座。

校园里像是加装了消声器,马上恢复了宁静。

许春生站在山顶操场,想起崔护《题都城南庄》的诗,不禁感慨万千!

> 去年今日此门中,
> 人面桃花相映红。
> 人面不知何处去,
> 桃花依旧笑春风。

二十三

503 的师姐走了,那走下楼梯熟悉的脚步声,那走在操场上苗条的倩影,梦幻般消失了。

"明媚鲜妍能几时,一朝漂泊难寻觅。花开易见落难寻,阶前愁杀葬花人……"

望着空空荡荡的 503,陈小艺哼起王立平谱曲的《葬花吟》。站在旁边的许春生悲伤不已,流下眼泪。杨喜书想起过去,也禁不住泪眼婆娑。

辛志坚张开双臂,揽住许春生、杨喜书的肩膀,说:"男儿当志存高远,你们多愁善感,没有出息。"

期末考试结束了,李震东和陈小艺决定前去看望黄启。

黄启毕业后留在潮州,在丁晖父亲帮助下注册公司,做起了生意。

夏天的韩江水浅流缓,远处的沙滩,一群白鹭正在觅食、嬉戏。两人一路交谈,如约来到公司。

"师兄,我们来啦!"

黄启立即跑了出来,挥着手说:"欢迎,欢迎啊!"

"黄启兄,还认识我吗?"

"陈小艺,你也是才子。"

进了公司,丁晖从沙发上起身,站了起来。

"丁晖姐,这位是我的同班同学陈小艺。"

"哦,欢迎,请坐。"

公司一厅二室,虽然不大,但整洁有序。一盆发财树摆在客厅中央,茶几上的金钱花绿意盎然。墙边的书架,除了各类书籍,陈列着装罐的老香黄、陈皮、茶叶。

"漂亮啊,井井有条。"李震东心情舒畅。

"这是丁晖同志收拾的。"

丁晖笑呵呵的。黄启把冲好的工夫茶,递给李震东和陈小艺。

"这茶价钱中等,口感怎么样?"

李震东喝了一杯,说:"嗯,挺好的。"

"这说明我承包茶园的路子对头。最近一些党政机关,开始购买我公司推出的茶叶。"

"师兄真有眼光,难怪日子比别人过得好。"

"黄启兄一定会成为韩师人的骄傲!"陈小艺竖起拇指。

"你们这一说啊,他可飘飘然啰。"

丁晖拿着牙签盒,端上切成小块的潮州朥饼。大家一边喝茶,一边吃饼。阳光从窗外照射在茶几上,幸福的时光悠长悠长。

晚饭时间到了,黄启带着大家来到一条巷子,在大排档点了菜。

服务生先上了鱼生、芥末,丁晖为每人夹了一块。黄启嚼着鱼生,打开一瓶白酒。

"酒香不怕巷子深啊。"

黄启说着举起杯,和李震东、陈小艺碰杯,丁晖马上又给满上。

"震东,舞会跳了吧?"

"师兄,还原地踏步呢。"

"怎么就这么难呢?"

"唉,每次跳起来,就像在过独木桥,下面有万丈深渊。"

"呵呵,你有心理障碍!"

丁晖笑得直捂肚子,陈小艺因呛不停咳嗽。"看来农村子弟,内心深处还是自卑的。"

李震东默不作声,举杯独饮。一连几次,又单独敬了黄启。

丁晖怕李震东喝醉,对陈小艺使眼色。陈小艺马上拦来一辆人力三轮,扶上李震东,赶回韩师了。

一觉醒来已近中午,李震东见陈小艺吸着烟,十分吃惊。"怎么啦!你也吸烟了?"

"烟是你的。有个事不知道该不该讲?"陈小艺把烟熄灭了。

"什么事啊?快讲!"

"刚才,我在操场看见朱红缨和一个男生,说说笑笑走出校门。"

"哦!那男的长得怎么样?"

"正面没看到,但背影高大,帮她提着行李。"李震东顾不上洗漱,迅速抽出一根烟,点起来,"对不起,我是亲眼看到的。"

"这样说，朱红缨有男朋友了。小艺，你先去打饭吧。"猝不及防的变故，就像高中那次失败的感觉。李震东做着深呼吸，力求让自己平静下来。

哎呀，城市女生本来就开朗大方，自己太敏感了，以致发生误判。

"震东，饭打好了。"陈小艺很快从食堂回来了。李震东一声不吭，无精打采。

"你要调整好自己啊。"

"放心吧，我没事的。"

"你去洗漱吧，吃完饭后回家，顺便理理思绪。"

李震东点了点头，拿起牙刷。

二十四

秋天的韩山层林尽染，校园里又活跃起来。

山下操场的篮球友谊赛，激战正酣。互有攻防的角力，快捷精准的投篮，不时引来雷鸣般的掌声。

徐佩兰见李震东手还在不停地鼓，走上前说："入戏啦！"

"哦，老师，您也来啦？"

"老师有事找你，到旁边说去。"

"好的，老师。"

"89级毕业后，系团总支书记出缺，纪主任提议由你担任。震东，谁接你的班合适？"

"我觉得小艺可以。无论是文学水平，还是组织能力，都没问题。另外，我建议余粮接替小艺。"

"我们的意见是一致的,同学们一年多来的表现,我心中有数。"

全班大会召开了,陈小艺陈词慷慨激昂,表示一定尽责尽心,不负老师和同学的期望。

李震东走出教室,看见纪传青站在走廊,微笑着向自己招手。

"震东啊,你要挑起这副担子,把它当成经风雨、增才干的机会。"

"主任,我一定日夜为公,不辜负您的期望。"

"说说你的考虑吧。"

"我的目标是凝聚人心,激发活力。具体说,第一是理顺关系,建议班长和团支书一人兼任,多出的人选调往团总支;第二是结合实际,开展系列活动,比如党团知识知多少、我为校园添光彩、拔河等比赛活动。"

"好,我支持你大胆工作!"

一个月后,纪传青在办公室,拍着李震东的肩膀,说:"行啊,中文系的凝聚力、向心力增强了。"

"谢谢主任夸奖。"

回到宿舍,辛志坚沮丧地对李震东说:"我俩古代文学的作业,都是90分,但我的评语只有一句话,请参阅震东同学评语。"

"这怎么回事呀?"

"纪主任发现我的作业,除一两句,其他的跟你一模一样。他说,看来你俩的脑袋是一样的。因此,李震东同学的评语,就是你的评语。"

李震东一听恍然大悟:"志坚呀,耍小聪明是没有出息的!"

"喂,大家晚上一起去拜访纪主任吧,志坚除外!"

"哎,最近我一直在写小小说,无暇顾及作业,我知道错啦。"

"志坚,那次在英语老师面前,你说得连自己都感动了,没想到又抄起来啦!"陈小艺嘟着嘴。

杨喜书生气地说:"你抄得了初一,难道就抄得了十五?"

"喜书,算了吧,让他写一篇《志坚抄袭记》,戴罪立功。"黄七月打了圆场。

"谢谢七月和七月的同学!"

华灯初上,303全员围坐在纪传青身边。

"志坚,还写校园人物志吗?《猫兄其人》写得不错嘛。"

"主任,今后就是……就是我死,也不抄袭了。"

纪传青并没有接题,温和地说:"读中文不在于考高分,关键是要在广博的基础上,达到能说会写。"

辛志坚望着纪传青,一下子如牛卸架。

"你们都知道钱锺书天分高、造诣深,但知道他多勤奋吗?他每天手不释卷,从不懈怠。连别人忽视的工具书,也不放过,字典、辞典、《大百科全书》全都读过。读书,单靠聪明是不行的,没有勤奋,怎么能够成为饱学之士呢?

"中文学习要做到随时随地。比如看电视,看到天安门前的两根石柱,如果你不知道它叫华表,就要查找资料,弄清楚、弄明白。

"一查你就知道啦。原来,它最先的名字叫谤木,古时立在交通要道,供人写谏言针砭时弊,后来才演变成现在的样子。

"现在天安门前的华表,建于明永乐年间。底座呈方形,顶端呈圆形,象征天圆地方;柱上刻有蟠龙和流云纹,上端插一云板；上面的神兽叫朝天犼，面向宫外寓意望君归，意盼皇帝不能游乐不归，要及时回宫，料理国政。

纪传青的话语如涓涓细流，滋润着大家的心田。

二十五

翻到南澳总镇府的照片，陈小艺想起郑成功为收复台湾，在那里招兵的故事。他决定组织游览，让同学们了解那段尘封的历史。

本来是周日出发，没想到徐佩兰临时通知，要他参加歌咏比赛。

"经理，不好意思，改期吧。"

"行啊，但要赔二百元。"

"为什么呀？"

"不为什么，因为你骗我。"

"骗你？我是要参加比赛啊。"

"别废话，拿来！"

满脸横肉的出租车经理把手一挥，几个壮汉马上站了出来。

陈小艺瞪着眼睛，紧握拳头。

同行的余粮见这架势，只好拿出二百元，拉着陈小艺走了。

"呸，卑鄙！卑鄙是卑鄙者的通行证，我要找人整他。"

"小艺，整他是没问题的，但我们目标固定，就当买个教训吧。"

余粮再三劝说，陈小艺慢慢冷静下来，他说："这样吧，南澳岛暂时不去了，我们先组织每月一谈。"

"什么每月一谈啊?"

"余粮,文史历来不分,读中文而不读历史,就没有历史思维。潮汕文史是个有趣的话题,有不少历史人物与潮汕结缘,我想以此题,每月组织一次讲谈,你看怎么样?"

"行,建议让震东先准备吧。"

陈小艺点了点头,比赛后很快主持了会议。

"同学们,这次举办每月一谈,目的是让大家在交流中学习文史,在碰撞中领悟人生。下面,有请震东同学开始第一讲。"

望 故 乡

葬我于高山之上兮,望我故乡;
故乡不可见兮,永不能忘!

葬我于高山之上兮,望我大陆;
大陆不可见兮,只有痛哭!
天苍苍,野茫茫;山之上,国有殇。

"同学们,此诗是辛亥元老、书法家于右任的绝唱,发表于1964年11月10日。同日晚上,先生在台北长逝。

"一衣带水的海峡,是最大的国殇,是最深的乡愁!先生晚年羁旅台湾,时刻都在思念故土。同学们,那是怎样一种锥心隐痛!叶落不能归根啊,他说即使变成野鬼,也要站在高山上,遥望大陆和故乡。

"大家都读过陆游的示儿诗。'死去元知万事空,但悲不见九州同。王师北定中原日,家祭无忘告乃翁'。

"陆游至死仍心念统一,但先生抒发的思国怀乡、魂牵统一的情感,比他浓烈得多!

"说到这里,先生与潮汕到底有什么缘分呢?原来,1935年先生曾为澄海县陈凌千的《潮汕字典》题签,这足见他对这本字典的重视。

"陈凌千受过高小教育,二十六岁与人合资,在汕头创办育新书社,开始销售、印刷书籍。

"陈凌千了解普通人不高的知识水平,觉得有必要编写一本潮音字典,供普通人查阅。他深入城乡,进行辨音调查,从《康熙字典》中学习编写方法。从1931年开始,历时五年之久,字典终于完稿。

"同学们,《潮汕字典》是潮汕第一部部首笔画字典,它的问世推动了文化教育事业的发展。

"值得一提的是,陈凌千因病早逝后,他的夫人为保住字典手稿,在历次政治运动中,用布条包裹,日系腰间,夜藏枕下,才使它逃过付之一炬的劫难。"

全班响起热烈掌声,李震东立即向同学们鞠躬。陈小艺似乎有军人情结,站起来,又向他敬礼。

李震东看见朱红缨打出胜利的手势,马上移开视线,走下讲台。

讲座结束了,李震东跟着同学们快速走出教室。

经过暑假的冷却,李震东明白距离是疗伤的良药。此刻,他庆幸自己到团总支任职,从此不用在班委开会时,见到朱红缨。

二十六

　　这绿岛像一只船
　　在月夜里摇啊摇
　　姑娘哟
　　你也在我的心海里
　　飘呀飘
　　…………

陈小艺站在阳台上，一边洗衣，一边唱歌。

"飘有什么用啊，来食茶正好。"黄七月对着阳台嘟囔，陈小艺毫无反应。

杨喜书说："遇见让小艺醉了自己，忘了七月。"

"天变地变，老鼠吸鸦片。"辛志坚拿着书，漫不经心。

"喂，说曹操曹操到，真来啦！"走向走廊的许春生又折回来。

"喂，小艺，小艺……"

大家抬起头，看见门口站着一位眼睛修长的女生。"大家好！小艺在吗？我是英语系的薛宝鸾。"

"在啊，请进。小艺！诗中人来啦。"黄七月微笑着。

陈小艺从阳台冲了进来，说："宝鸾，你怎么来了？"

"难道我不该来吗？"

"应该，应该，303欢迎宝鸾同学光临。"余粮马上接话。

"宝鸾，给你介绍一下，这位是余粮同学。"

"你好啊！原来让小艺醉卧不起的人是你。"

"哦，这三位是李震东、杨喜书、辛志坚同学。"

"宝鸾同学，我是第一个看见你俩牵手，不，不！散步的许春生。"

"嫂子,我是小叔黄七月。"

薛宝鸾一下子脸色泛红,陈小艺见她手提着纸包着的茶叶,说:"给我们的吧?"

薛宝鸾点着头,说:"我带了两斤单丛茶,给大家尝尝。"

"感谢嫂子、宝鸾同学的关心!"

黄七月又嘴快了,陈小艺瞪了他一眼,说:"罚你冲茶。"

黄七月笑嘻嘻地冲起了工夫茶。大家喝了,啧啧称赞。

"以后303的茶叶,我包了。"

余粮立即站起来,向薛宝鸾敬了个"猴礼"。

一会儿,陈小艺拿起车钥匙,跟薛宝鸾出去了。

辛志坚随后主持召开了品鉴会。

余粮第一个发言:"看来,薛宝鸾心胸开阔,人情练达。"

许春生说:"她的长相不叫美丽,叫漂亮。"

"哦,美丽与漂亮有什么区别?"黄七月问。

杨喜书说:"美丽是接近完美的状态,漂亮形容出彩,独有特色。"

辛志坚望着李震东,说:"你怎么不说话啊?"

"说什么呢,怎么能这样研究人家的女朋友?"

"好,大家祝福小艺吧。"辛志坚点着头。

潮汕的秋夜虫声呢喃。李震东刚走出图书馆,陈小艺就跟上来。

"震东,我有话对你说。"

"小艺,什么话啊?说吧。"

"下午我经过广济桥,看见朱红缨扶着栏杆,黯然神伤。"

"人家有男朋友了,干吗跟我说这个?"

"唉,自从你不参加班委会,她变得沉默寡言。隐隐约约,我总感觉那人,不一定是她男朋友。"

"不要去揣摩别人的心理,子非鱼,安知鱼之忧?"

"我是怕我的信息错误,误导你。"

"小艺,不管是什么情况,我都不谈。暑假我爸说了,别白谈,要专心读书,为家族争光。"

"嗯,我是不是也在白谈?"

"你的情况跟我不一样,要尽其在我,听其在缘。"

陈小艺低头不语,似有所悟。

二十七

"同学们,接系办公室通知,鉴于老师工作变动,现代文学由当代文学的王老师兼授。根据王老师的要求,下周将讲授沈从文的《边城》,请大家先行自学。"

陈小艺说完走出教室,余粮就跟上来,说:"小艺,《边城》写水边的故事,是不是请王老师把课堂移到江边,让同学们在清波荡漾中,感受小说的自然美。"

"行啊,有创意!韩江南面的沙洲有个凤凰台,你看怎么样?"

"那里原是'潮州八景'之一。可惜亭台已废,只有江水日夜流淌。"

"唉,美景总是一时,只有江河不废。"

"是啊,李白对此也感叹不已。"

"李白的诗,我还记得。'凤凰台上凤凰游,凤去台空江自流。吴宫花草埋幽径,晋代衣冠成古丘。'余粮,昔日繁华,转眼成空。"

"'三山半落青天外,二水中分白鹭洲。总为浮云能蔽日,长安不见使人愁。'小艺,满腹经纶,盼明主重用啊。"

叹完世事人生,陈小艺和余粮听见后面有人在喊。

"哎哟,一席话饱经沧桑,我推测老先生的年龄,至少有六十岁。"

两人回头一看,原来是徐佩兰,一下子哈哈大笑。"哦!老师,您怎么在这?"

"刚才听见你俩背诗,我就悄悄跟上来了。说得都对,但是老气横秋,绝不是青春。"

徐佩兰微笑着,走了。陈小艺和余粮相视而笑。

"小艺,离韩师不远、临江的凤凰塔,别有一番意趣。"

"好吧,我向王老师汇报。"

校门口清风拂面,同学们在陈小艺指挥下,列队慢行。辛志坚、黄七月抬着黑板走在前面,李震东、杨喜书抬着藤椅走在后面。

从凤凰塔上俯瞰,两岸一堤碧绿,水流平缓,像极了边城茶峒的小溪。大家指指点点,围着王老师,说这问那。

李震东发现朱红缨在注视自己,马上望向前方的山峰。心中的我告诫他:别自作多情,自寻烦恼。

"请同学们下塔!"余粮大声招呼着。

辛志坚、黄七月早已把黑板安好,王老师站着开始讲授《边城》。

"同学们,文学与水的关系,是个有趣的话题。刚才大家感知了韩江的品性,《边城》写的湘水,也像韩江一样温柔敦厚。翠翠和爷爷,就住在河边白色小塔的下面。

"这里过去也是渡口。大家看到没有?那边还系着一艘帆船,或许翠翠爷孙就在船上。

"《边城》以翠翠一尘不染的爱情为主题,如诗似画地描绘了湘西特有的风土人情,展现了人性纯净、善良的美好。

"小说最明显的艺术特色,是如水般温柔灵动的语言。沈从文早年满眼清波的生活经历,滋养了他的艺术情怀。这使他的语言流动而不凝固,自然而不雕琢。

"对爱情矛盾心理的刻画,是小说的另一特色。在看龙舟赛时,翠翠听说傩送喜欢一个撑渡的,脸开始发烧;在想到底谁是傩送喜欢的黄花姑娘时,她又有点心乱;面对傩送的问话,她腼腆得出不了声;在想到团总要把女儿许配给傩送时,又有点忧愁。翠翠时而有点快乐,时而像在生自己的气。像这类心理描写,真实细腻。总之,《边城》是现代文学抒情式的牧歌。"

"同学们,沈从文只是一个连小学都没毕业的人,但他凭着意志和毅力,最终打开文学大门,成为独树一帜的作家。"

王老师讲完后在藤椅上坐下来,宣布进入互动环节。

"老师,沈从文的语言如行云流水,意境深远。请问您如何看待文学语言?还有,翠翠的形象,是否有张兆和的影子?"杨喜书抢先提问。

"文学的语言,长期被错误地当成形式。实际上,文学首先是语言的竞赛,因此语言是内容的重要组成部分。至于翠翠,建议你对照描写,去看一看张兆和年轻时的照片。"

王老师站起来,动情地说:"沈从文追求张兆和,一如他无与伦比的韧性,令人动容和流泪。今天,让我们用他的情书作结吧:我行过许多地方的桥,看过许多次数的云,喝过许多种类的酒,却只爱过一个正当最好年龄的人。"

二十八

冬天的夜幕降临了,303 灯光明亮,静寂无声。

余粮见许春生拿着书走出宿舍,突然站起来,一本正经地说:"好消息!王老师和李小虹终成眷属。"

"这么快呀,要结婚啦?"黄七月放下手中的沈从文散文集。

"从王老师礼赞沈从文追求张兆和的语气、神情,我完全相信,师生恋一定成功!"

"各位同学,我那无与伦比的韧性,令小虹动容和流泪,让我用写给她的情书作结吧。"

余粮声情并茂,303沸腾起来,大家捧腹大笑。

辛志坚说:"你和卫校的那位是兄妹恋吧?喂,近亲是不能结婚的。"

"小艺无与伦比的韧性,令宝鸾父母流下热泪,最终收下这个金龟婿。"黄七月跟着模仿。

"别拿我开涮啊。喂!喜书,还记得翠翠的影子张兆和吗?"

"什么意思呀?"

"你是专家,请谈谈沈从文和她的师生恋。"

黄七月好奇、兴奋起来:"请喜书进行普及、辅导。"

杨喜书沉吟片刻,接着说:"讲就讲吧,只要有利于大家的身心健康。

"1929年,二十六岁的沈从文在吴淞中国公学,无可救药地爱上了学生兼校花张兆和。

"张兆和外号叫黑牡丹,皮肤黝黑,眼睛修长传神,追求者众多。

"十八岁的张兆和打开一封薄薄的来信,自己的老师沈从文说,我不知道为什么忽然爱上你了。

"张兆和十分吃惊,思考后决定不予理睬。没想到越不理他,他越疯狂地写和寄。沈从文说,我不仅爱你的灵魂,也爱你的肉体。

"喜书,暂停一下,震东有话要说。"辛志坚突然插话。李震东愣了，马上又反应过来。

"志坚，这话新奇吗？难道你谈婚论嫁只爱灵魂，不爱肉体？"

黄七月笑得叠铺微微颤动。杨喜书扶了一下眼镜，继续说下去。

"张兆和忍不住了，她找到校长胡适，借问这样做师道何存？出乎意料的是，胡适说，这有什么不好呢？沈从文将会成为中国最有影响力的小说家，他顽固地爱着你。我和你父亲熟悉，要不我做个媒吧。张兆和急得涨红了脸，扔下一句，我顽固地不爱他，就走了。

"沈从文有流鼻血的毛病，校园里流传着他为张小姐几乎殉情自杀的故事。

"感情在日复一日中发生化学反应。张兆和忽然感觉自己在扼杀中国最有希望的小说家。虽然她仍没理睬，但认真阅读来信，不知不觉成为生活的一部分。

"1931年6月，已在青岛大学任教的沈从文，在信中对张兆和说，很多人愿意做君王的奴隶，我却只愿做你一人的奴隶。

"1932年夏天，沈从文来到苏州九如巷找张兆和。门开了，二姐张允和告诉他，兆和去图书馆了。腼腆的沈从文留下旅馆的地址，走了。

"在二姐的帮助下，张兆和找到了沈从文，并把他请到家里做客。

"1933年初，沈从文拜托二姐帮他向父母提亲。在得到首肯后，张允和立即给他发去只有一个允字的电报。这个自卑的乡下人，在历尽艰辛之后，终于喝上了甜酒。同年9月9日，沈从文与张兆和在北京完婚。婚后不久，创作完成了《边城》。

杨喜书讲完拿起水杯，辛志坚接着说："请发表感悟。喂，怎么都不吭声？要不，震东先说吧。"

"唉，被爱是幸福的，爱人是痛苦的。志坚，你也说说，不要总是给大家下套。"

"我就一句话，美女是一把刀。小艺，快说。"

"爱情虽然折磨人，但也升华了人。余粮，轮到你了。"

"所谓韧性，其实就是厚脸皮。七月，你说。"

"好，我说，今晚的讨论到此结束，散会。"

二十九

周末的月亮刚上枝头，陈小艺、余粮照完镜子，轻快地走出宿舍。

光棍们足不出户，表面在认真看书，内心却孤单寂寞。李震东放下书，点着烟走向阳台。许春生拿起水杯，独向走廊。

"震东、春生，看电影啦！"辛志坚突然大喊。

"什么电影？"两人转过身来，莫名其妙。

"80年代初，有部电影叫《快乐的单身汉》，你们看过没有？"

许春生说："油嘴滑舌，单身汉快乐，那你开心去。"

"哎，我逗你们玩的。"

黄七月望着杨喜书，说："喂，在座谁研究过谈恋爱，请传道授业。"

"七月，我失恋过，这算不算研究啊？"

李震东说："说点别的吧。喜书，那天你说，沈从文婚后并不幸福，具体是什么情况？"

黄七月一听，马上来了精神。

"下面，欢迎喜书为我们上课。"

"嗯，闲着也没事，说就说吧。

"沈从文婚后幸福的时光，非常短暂。后来的一件事，让他和张兆和长期处于冷战状态。

"一开始两人的爱就不对等。沈从文一往情深，无法自拔，他的爱就是旷日持久的追求。张兆和则从吃惊、厌恶，再到默许、感动和接受。与其说这是一种爱，不如说是对其才华的欣赏和痴情的认可。

"结婚后，沈从文一如既往爱着张兆和。但她冷静、理性的性格，并没有让这个敏感、细腻的丈夫感受到关爱。

"随着孩子出生，张兆和变成家庭主妇。她抱怨丈夫，明明囊中羞涩，却收藏文物、接济朋友。对于丈夫拿手的小说，她更是不闻不问。

"沈从文十分落寞，怀疑张兆和是不是不爱他，内向的性格让他更沉默了。在这种情况下，一个崇拜他，照着他小说主人公装扮的她出现了。可以肯定，沈从文动心了。

"沈从文有过痛苦的情感挣扎，最终选择向张兆和真诚坦白，但得到的不是原谅，而是冷漠。两人虽然没有离婚，晚年也相濡以沫，但在我看来，他们的婚姻是失败的。"

"喜书，你从沈从文婚恋中得到什么启示？"黄七月像个学生，第一个提问。

"我认为，爱情的本质是两情相悦。也就是说，你喜欢她，刚好她也喜欢你。而沈从文和张兆和不是，这就难免失落、遗憾。追求，是有限度的，只是主动点破而已；义无反顾地追求，即使得到了，也只是感动而不是爱情。另外，两个人的生活、社会背景，差距不能太大。"

"你说的两情相悦是少见的，因此，爱情绝对是奢侈品。"

许春生学有所悟。

李震东说:"爱情是纯粹的,但爱情终究要走向婚姻,而婚姻是现实的。当纯粹遇到现实时,现实将决定纯粹。"

"你总结得好。鲁迅不是说过,爱情终究要落实到穿衣吃饭。"杨喜书也产生共鸣了。

"真没想到,喜书总结得这么深刻。建议你写本《爱情指南》,供韩师的少男少女参阅。"辛志坚仍是调侃的语气。

一直认真听讲的黄七月,忍不住了:"我不赞成现实论,如果爱情真的来临,你们是逃不掉的,现实也是阻挡不住的。"

"七月,你这是理想主义,我堂哥为什么疯了?"

"喂喂,我们各抒己见,伤心的事,别再提啦。"李震东做了提醒。

楼梯口传来陈小艺、余粮说话的声音,黄七月马上进行总结:"刚才,喜书同学为我们上了一节生动的爱情课,我提议,大家对他表示感谢!"

303立即响起了掌声。

三十

"小艺,你任班长以后,同学们对你的工作是认可的。"

"震东,谢谢你的帮带。我历练太少,还须继续努力。"

"都努力吧。哦,每月一谈快轮到你啦,建议你选好议题。"

"放心,我正准备呢。"

两人刚进宿舍,走廊上传来薛宝鸾的声音:"小艺,录音机和磁带拿来啦!"

"太好了,谢谢啊!"

陈小艺接过录音机,立即放下磁带。一会儿,机中响起流行歌曲《让我一次爱个够》。

陈小艺跟着唱起来,大胆直白的语言,在歌声中被演绎成炽热柔情。

"小艺真有天赋,听说他母亲是镇潮乐社的?"黄七月问薛宝鸾。

"是啊。"薛宝鸾点了点头。

"小艺呀,你俩形影不离,还爱不够啊?"辛志坚不知哪来的兴致,也学唱了一句。

杨喜书说:"志坚,你的普通话,也太普通了吧。让我一次爱个够,怎么唱成爱只狗!"

笑声如潮。一会儿,薛宝鸾说:"录音机是为'每月一谈'准备的。"

"我们班的最高机密,小艺你也跟人家说了?"余粮放下跷着的二郎腿。

"这也是机密呀,那当我不知道啦,录音机拿回去。"

"宝鸾同学,开玩笑的。303在你面前没有机密,即使志坚谈恋爱,也可以向你汇报。"

薛宝鸾笑容荡漾。陈小艺把磁带从录音机里退出来。

许春生大惑不解:"小艺,使用录音机,到底想弄什么名堂?"

"反正跟'每月一谈'的主题有关,大家不都在学习吗?猜猜看。"

辛志坚说:"会不会用来播放有关文天祥的潮剧?他勤王来到潮汕,在潮时平叛安民,最后在海丰五坡岭,被元兵所俘。"

"'人生自古谁无死,留取丹心照汗青。'四年后,文天祥在北京取义成仁,壮烈殉国。"黄七月做了补充。

李震东说:"我不猜录音机,猜历史人物,是要讲郑成功打败荷兰侵略者,收复台湾的历史?他曾在潮汕招兵,南澳县至今仍有他的遗迹。"

"不会是诗人杨万里吧?他平叛来到潮州,写过赞潮的诗。其中有两句,'旧日潮州底处所,如今风物冠南方'。南宋时,潮州已是粤东的区域中心。"杨喜书扶了扶眼镜。

"理学家朱熹也来过潮汕,并留下记游诗。朱熹与潮汕文化,值得一讲。"余粮望着陈小艺。

许春生灵机一动,说:"60年代初,老舍来过潮汕,写诗称赞潮剧。'姚黄魏紫费平章,潮剧春花色色香。'我跟志坚一样看法,录音机肯定是用来播潮剧的。"

"唉,都别急嘛,到时自然知晓。"

几天后,陈小艺拿着录音机和磁带,快步走上讲台。"同学们,请聆听潮乐《悲壮文昌阁》。在欣赏之前,我先对潮乐做个简介。

"潮乐是潮汕文化的奇葩,肇始于唐宋,成熟于明清。她源于潮汕民歌、舞蹈、小调,吸收了外界多种腔调、素材,是音乐多元化的融合。总的来说,潮乐古朴典雅,优美抒情,但也呈现多样化的艺术风格。

"《悲壮文昌阁》是普宁艺人方少澄创作的、缅怀民族英雄林则徐的潮乐精品。"

陈小艺说完按下开始键。播出的乐曲如泣如诉,时而激越悲壮,时而哀婉低回。

"同学们,历史的偶然是否意味着必然?谁能想到,林则徐的人生,会像彗星划过长空,在潮汕陨落。

"1850年初,积劳成疾、久病加剧的林则徐,告假获准,回到故乡福州调治身体。

"不久,洪秀全在广西金田发动起义,随即攻城克寨,势如破竹。腐朽不堪的清政府,在无御敌之将的情况下,又起用他为钦差大臣,令他奔赴广西,督剿起义。

"六十六岁的林则徐,不顾患有疝气、脾泄、喘嗽等严重旧疾,立即从福州出发。山道崎岖,经诏安、潮州、揭阳,11月19日,到达普宁县城。一路的颠簸,让他气若游丝,不得不在洪阳文昌阁住下。11月22日,因医治无效,与世长辞。

"同学们,出师未捷身先死。普宁百姓闻讯,如丧考妣。棺木抬回时,洪阳万人跪哭野祭。

"'苟利国家生死以,岂因祸福避趋之。'这是林则徐以身许国的诗句。直到生命的最后,他用一生的行动,诠释了自己的誓言。"

"忠魂流芳文昌阁。请同学们起立,向英雄致敬!"

陈小艺拉起事先准备好的画像,喊着口令,向林则徐鞠躬!教室里随后响起热烈的掌声。

三十一

陈小艺意犹未尽。回到303,他动情地说:"林则徐是近代以来,值得研究的英雄人物,可惜人们提起他,往往停留在虎门销烟上。"

李震东说:"林则徐的真实形象是立体的。比如,他从小性格急躁,容易冲动,父亲怕他长大坏事,给他起名则徐,并书'制怒'二字,挂在客厅警醒。再比如,他是水利专家,治理过大运河、长江、黄河,戍疆时倡导兴建坎儿井。"

"震东,我建议大家认真准备,找时间进行专题交流。"陈小艺的提议得到大家的赞同。

踏进图书馆，李震东抬头一看，朱红缨正在查阅资料！他呆立原地，心里想着如何抽身退出。

"震东，你也来啦？"朱红缨好像早就感知到了。

"我……我来查阅有关林则徐的资料。"李震东支支吾吾。

"那边好像有，我帮你找吧。"朱红缨很快把一本书递给李震东，"你瘦了，写作别太晚。"

"谢谢！"李震东构筑的心堤，瞬间被冲垮了。他感觉自己像淹在水中，成了朱红缨的俘虏。

"现在谈也白谈。"父亲的话像警钟又敲响了，他找了个借口，逃也似地走了。

几天后，夜谈时光在广济桥上展开。潮汕的冬夜不感寒意，月亮像一朵硕大的白玫瑰，盛开在韩江上空。清辉下视线所及，看见平缓的江水，蜿蜒的长堤和点点的渔火。

杨喜书第一个开口：" '长空有月明两岸，秋水不波行一舟，'林则徐是文学家，这是他题福州西湖宛在楼的对联。"

余粮马上接过话题："林则徐并不刻板和无趣，而是有山水情怀的人。你看他的诗作：'青山不墨千秋画，绿水无弦万古琴；青山有色花含笑，绿水无声鸟作歌。'"

辛志坚说："历代的文学成就，概括起来，就是《诗经》、诸子文、汉赋、唐诗、宋词、元曲、明清小说。实际上，清代的对联也可为一项，林则徐是其中的佼佼者。'海到无涯天作岸，山登绝顶人为峰。'少年作对，即显凌云壮志。"

黄七月说：" '海纳百川，有容乃大；壁立千仞，无欲则刚。'从对联可以感知，林则徐是个大格局的人。他还是书法家呢，他的书法，洋溢着浩然正气。"

许春生说："林则徐十分重视家教，他在澳门前山写下《十无益》，作为家训告诫子孙。我印象最深的是第一条：'存心不善，风水无益。'有多少兄弟骨肉，为使风水福荫自己，费尽心机，他们不知道存心不良，换来的是兄弟怨恨，家庭颓败。"

"这么一说，林则徐的形象就更加有血有肉了。震东，你在想什么呢？"陈小艺十分开心。

"我想到湘江夜话，林则徐识人之明，谋国之忠，令人敬仰。"

"1850年初春，告假还乡的林则徐船经湘江，在长沙做了短暂停留。在众多求见者中，林则徐唯一想起的是素未谋面的左宗棠。他惜才爱才，专门派人迎请左宗棠。"

"三十七岁的左宗棠，终于在夜船见到心仪已久的老英雄。他们一见如故，彻夜长谈。林则徐告诉左宗棠：'沙俄将会成为中国的边疆大患，东南方若起战端，御洋或许有人，但西定新疆，则非君莫属。我在新疆绘制了地图，搜集了资料，现在全部交给你，将来治疆或许有用。'左宗棠行礼接过，感激涕零。"

"历史证实了林则徐的预见。二十六年后，已经六十四岁高龄的左宗棠，抱着死也为鬼雄的决心，抬棺出征。经过两年多的浴血奋战，胜利收复新疆。"

"大家想一想，新疆占国土面积的六分之一，如果这六分之一丢掉了，今天的中国还像一只雄鸡吗？"

余粮说："震东，林则徐的先见之明，还体现在他对待西学的态度。他把国际法引入中国，使法治眼界与国际接轨；他主持编译了第一部相对完整的世界地理志书——《四洲志》。"

杨喜书说："魏源的《海国图志》，是在《四洲志》基础上写成的，这是洋务运动的启蒙之作。"

陈小艺最后进行总结："可以说，林则徐是近代中国睁眼看世界的第一人。"

三十二

"小艺,学校团委决定,青年活动中心每周六、日下午开放,免费提供茶水,让团员青年练习交谊舞。"

"哦,那我们303先组织练一场吧,让朱红缨带上几位女生。"

自从图书馆的那次遇见,朱红缨就像李震东身上的一块"伤疤",越想捂紧,越是不经意碰到。

"我有病啊,必须跟某人保持距离。你和余粮把女朋友带过来嘛。"

"嗯,那好吧。余粮同学的妹妹只有七月见过,这一次啊,不能让她犹抱琵琶半遮面。"

消息一出来,辛志坚对黄七月说:"哎哟,我听不懂节奏,到时候是对牛弹琴。"

"志坚,别自虐。你应该说对……牛弹琴。"

"这么说,你会跳啦?"

"牛弹琴,我还会跳吗?"

许春生说:"孟子说过,男女授受不亲。"

"跳个舞有什么大不了的,春生思想有邪念。"杨喜书回应说。

陈小艺望着余粮,说:"组织已经决定,你老实把女朋友带来吧。"

"带就带嘛,组织一次跳舞,还藏着这么多阴谋。"

周六中午,余粮带着女朋友,走进303。"余粮向各位报告,这位是卫校的余芳芬。"

"各位哥,你们好!"

"哦,芳芬同学,我是小叔黄七月,快请坐!"余粮看了一眼黄七月，逐一介绍了各位成员。

黄七月做着鬼脸，说："窈窕淑女，君子好逑。"

"哦，震东哥，我在报纸读过你的《下棋》。"余芳芬转换了话题。

余粮马上说："芳芬，说说你的读后感。"

"震东哥看问题很独特。里面说棋盘上一着不慎，往往满盘皆输，而棋输了可以重来，人生的许多事情，却不能重新开始。有段话我印象很深，人们常说当局者迷，旁观者清，未必正确。高手下棋，有几个人能看懂呢？"

"芳芬同学，过奖了。余粮，说点别的吧。"

辛志坚说："芳芬同学，余粮经常给你写诗吧？最近我看到他在写，就想拜读一下，你猜他怎么跟我说的？绝不外示，免开嗅嘴。"

余芳芬被逗得呵呵直笑。"他没给我写过呀，不过《别韩师》倒是让我看过。"

"啊！《别韩师》是他写的？"

杨喜书一听，马上说："好你个余粮！本来毕业生还没那么悲伤，原来是你在推波助澜。"

"看来余粮是当导演的料，怎么会写这样一首诗呢？"许春生赞赏多于猜疑。

"春生，我借毕业生之口，抒发对韩师的感情，我没罪吧。"

"没罪，如果没有《别韩师》，哭声一定小多了。"

许春生说完，薛宝鸾也来了，大家一起走进青年活动中心。

李震东一眼看去，徐佩兰正在教邓老师跳舞。邓老师跟着节拍，挪动着矮胖的身体。旁边的女儿看到父亲的架势，高兴得像青蛙一样，也跳起来。

听到学生们的声音，徐佩兰和邓老师停下来。"震东，邓老师背叛自己，最近跟我练习，差不多会啦。"

"这叫适应新形势，解决新问题嘛。最近，我到市里参加活动，晚上定排舞会，不会跳实在丢人现眼。"

"爸爸，我要回家吃糖果！"女儿纠缠着，邓老师只好告辞。

徐佩兰说："你们谁会、谁不会？"

陈小艺回答："报告老师，震东是半桶水，志坚、春生、七月完全不会，其他人都会。"

"这样吧，先由小艺和这位女生讲解示范，我让音响室放《月朦胧，鸟朦胧》这首慢三的曲子。"

"鸟都朦胧了，人一定更朦胧。"辛志坚的脑袋更朦胧了。柔和的曲子响起来，陈小艺和薛宝鸾耐心讲解，并进行示范。余粮和余芳芬跟着节奏跳起来。

曲子暂停，徐佩兰对薛宝鸾、余芳芬说："先教教三个不会的。"

不会跳的硬着头皮全上阵了。

薛宝鸾说："志坚，你不会搂我后背吗？男子汉还手心出汗呢。"

"你走那么快干什么，又不是去赶集。"徐佩兰带着黄七月。

"春生哥，踩到我的脚了，要对准节拍。"余芳芬说。没几个回合，他们汗水涔涔。

"你们休息一下，好好想一想舞步和动作。"杨喜书邀请薛宝鸾跳起来。

徐佩兰招呼李震东："过来吧，我带你。放松，跳错了也没关系。"

李震东对着节奏,感觉是进步了。

三十三

校门旁凤凰树上挂着的古钟,准时敲醒了梦中人。

室外鸟语啁啾,李震东洗漱完听见门外有人在喊,马上开门。

"震东,今天是元旦,我给你们带礼物啦。"

李伯手里捧着一盆文竹。他是李震东同镇的老乡,年轻时在部队当炊事员,退伍后来韩师做厨工兼花工。

"哦!您怎么想到送我们文竹呢?"

李伯吸着烟,笑了笑说:"我养了两盆,见长得好看,就拿出一盆。你们读书累了,看一看养眼。"

"文竹养起来不难,只要光照充足,就能常年青绿。我这花盆排水性好,平时浇水后,记得多拿到阳台晒晒。"

"李伯,让您费心了。"李震东给李伯递了一根烟。

"谢谢!我们会把它养好。"大家围在李伯旁边,嘘寒问暖。

"你们读书辛苦,夜里如果想食糜,提前说一声,我帮你们准备。"

中午吃饭时,李震东把两包烟,塞进李伯口袋。李伯再三推辞,知道是用稿费买的才收下了。

吃完饭还没踏进303,李震东就听见余粮的声音。"沈霞姐,您变得更漂亮啦。"

"余粮,其他人去哪了?"

"他们在食堂吃饭,快来啦。"李震东大声回答。沈霞新烫的头发,像"洋菜花",成熟了不少。"师姐啊,欢迎你凯旋!"

其他五个人不知从哪里冒出来,兴高采烈地走进宿舍。沈霞打开行李袋,说:"我领工资了,今天来看望你们,每人送一套1992年的明信片和一个笔记本。"

"谢谢!沈霞姐分配在哪啦?"

"本来要去乡镇中学,后来县领导帮忙了,分配在县一中。"

余粮说:"一定是组织部的年轻人发挥作用。贵清兄怎么没来呢?"

"他忙着给部长写材料呢,不像我,没上课就可以来看望大家。"

"沈霞姐,你教哪个年级,当班主任吗?"陈小艺兴致勃勃。

"我工作不算忙,不用当班主任,教高一两个班的语文。"

余粮接过话说:"据了解,新任老师是要当班主任的。沈霞姐不用带班,说明朝内有人好办事!"

"精灵鬼!还没踏出校门,就这么早熟!"

"沈霞姐,食茶。"

黄七月热情地为沈霞端茶。大家争先恐后,询问沈霞备课的心得、教学的体会。沈霞满脸笑容,逐一做了回答。

温馨的时光如茶香四溢,流淌在每个角落。

沈霞的一句早熟,让余粮感叹,不由得想起中考招生的往事。

"余粮,交通部海运学校,准备在全县招录十名新生,你入围啦。"

"真的啊,老师?"

"真的呀,入围人选有十五名,你排名第七,被录取的可能较大。耐心等待通知,参加面试。"

"好的,谢谢老师!"

80年代的中考,是中专先录,高中再取。余粮骑着自行车,开心回家了。

村长得知消息,特意来到余家看望。"弟啊,你排名第七,我看十拿九稳。村委会决定,奖励你四百元。来,拿好。"

"谢谢村长!"

余粮母亲笑得合不拢嘴,村长说:"余嫂啊,读中专,政府包分配工作,你个孥仔跳出农门啦。"

开学的日子越来越临近了,余粮一直没接到面试通知。他飞快地蹬上自行车,去找班主任了解情况。

"你被县一中录取了,海运学校录取了同班的钱兴。"

"钱兴不是第十五名吗?"余粮望着班主任,目瞪口呆,"唉,人家有亲戚在招生办啊。"

余粮垂头丧气回到村里。母亲知道后伤心落泪,大病一场……

"沈霞姐,吃完饭再走吧。"

听到大家挽留沈霞的声音,余粮一下子"醒了"。

"不了,还是早点回家,女生出门不赶夜路。"

大家一起把沈霞送到校门口,沈霞停下来说:"都回去吧,快期末考了,好好学习,我就特别高兴。"

三十四

寒夜十点半,李伯提着一个沉沉的竹篮子来到303。

"来啦,大家食糜!"

李伯把一锅冒着热气的粥,一大盘菜脯蛋和几碟杂咸,摆在桌上。

"谢谢,让您破费了。"李震东给李伯递上烟,大家马上站起来。

"别客气啦。这糜所用的米,是从老家拿来的新米,鸭蛋、杂咸也是自家的。快吃吧,食糜降火。"

陈小艺握着李伯的手,说:"李伯,春节快到了,老家的春联,我们作对子帮您写,好吗?"

"谢谢!有文化多好!不像我,一辈子吃了没文化的亏。"

李伯从裤袋掏出一封皱巴巴的信,递给李震东,说:"老父老母快生日了,部队老首长不但汇来款子,还来信祝寿,里面有两句话,我左看右看,不知道是咩意思。"

李震东一看,原来是"椿萱并茂,庚婺同明"。

"李伯,椿萱并茂,是父母长寿的祝辞。椿,是种在庭前的寿木,古人以椿庭喻父亲;萱,是忘忧草,游子离家外出,把它种在堂前,祈望母亲安心勿念,故以萱堂喻母亲。

"庚婺同明也是祝词。庚,是庚星,主男寿;婺,是婺女星,主女寿。两星同明,喻夫妻长寿。"

"明白啦,唉,这么多年啦,老首长还一直记挂我。"

杨喜书说:"李伯,我们祝您兰桂齐芳,这话是说子孙显达。"

李伯吸着烟,脸上笑纹舒展。

黄七月说:"李伯,餐具待洗干净后,明早给您送过去。"

"行,我先回去了。"

见许春生还低着头吃,余粮说:"饿鬼!吃得最多、最慢,罚你明早洗碗。"

"明天轮到我值日,没问题的。余粮,你负责做一副对联,代表大家为李伯双亲祝寿。"

余粮想了一会儿,脱口而出。

椿萱并茂仁高寿
庚婺同明善至乐

"过于典雅,农村懂的人不多,要浅显一点。嗯,如竹如松,多福多寿,怎么样?"陈小艺说。

许春生放下筷子,说:"好啊,明白易懂,我看关键是书法要行。"

"那我多写几张,择最漂亮的。"夜渐渐深了,大家躺下睡觉了。

李伯那句一辈子吃了没文化的亏,让李震东想起自己的祖父。

祖父大字不识,年轻时在汕头为人挑担,售卖苦力。起早摸黑和勒紧裤带,逐步积攒一点小钱。之后做起小本生意,因轻信亲戚,在设有陷阱的合同上画押,结果赔光血本。

汕头解放后,祖父回乡种地,用一把锄头养活六个子女。他明白没有文化意味着什么,硬是让他的长子,李震东的父亲读完初中。

"家里……就是砸锅……卖铁,也要……让仔孙……读书。"祖父临终时,拉着父亲的手,断断续续地说。

父亲一直把祖父的遗嘱放在心里,凭着仅有的一点基础,学会了记账和普通的公文写作。在历经困难与挫折中,终于谋得一份正式的工作。

李震东很小就知道生活的艰辛,人生的不易。从小学到初中,在昏暗的煤油灯下,在破旧的书桌上,他刻苦学习,努力钻研,唯恐辜负长辈的期望。

李震东的成绩一直名列前茅，尤其是作文，多次在校获奖。每年寒暑假，他有计划阅读大量课外读物。家里书桌的墙上，至今仍挂着蒲松龄的自勉联：

有志者事竟成，破釜沉舟，百二秦关终属楚
苦心人天不负，卧薪尝胆，三千越甲可吞吴

三十五

在系办公室，纪传青关切地询问李震东："复习得怎么样，累吗？"

"差不多了，有点累。主任，这次复习，我想起《论语》的一句话，'学而时习之，不亦说乎？'"

"哦，怎么会想起这句话呢？"

"我体会到，课本的翻译是错误的。学习了能按时复习，不也很快乐吗？复习枯燥乏味，怎么会快乐呢？习不是复习、温习，而是练习、实践，孔子强调的是学习之后，能够不断实践、印证，这样才是快乐的。"

"对呀，这话也可这样解读，学是学说，时是时人，自己的学说为时人传习，不也很高兴吗？加上后面两句，有认同的人从远方来，不也很快乐吗？不为人认同也不恼怒，不也是君子吗？"

"您的解读，让我耳目一新。"

"震东，你能独立思考，不人云亦云，这很可贵。读《论语》第一不能望文生义，要探求字词的本源。比如孔子用'思无邪'三个字来总括《诗经》，实际上是说《诗经》的一切，都是真情实感的流露。思是语气词，无邪是真诚的意思，把它译成思想纯正，完全是牵强附会。

"第二，要结合特定的历史语境加以理解。你们年轻人遇到感情挫折，喜欢说，唯女子与小人难养也，近之则不逊，远之则怨，好像孔子轻视女人和百姓。其实，这话的女子与小人不是泛指，是指没有受过教育的婢妾仆役。'唯'是语气词，'养'是养护、相处。整句话的意思是，婢妾仆役难以相处，亲近了就放肆，疏远了就抱怨。

"第三，要学以致用，为文则灵活运用，为人则自觉追求，办事则圆融有功。孔子说过，一个人熟读《诗经》三百首，如果把政务交给他却不通晓，让他从事外交却不能独立应对，这样的人即使读得多，又有什么用呢？

李震东站起来，为纪传青倒了一杯水。

纪传青喝了一口，笑着说："我们是漫谈，讲了这么多，你知道孟子怎么说的吗？孟子说啊，人之患，在好为人师。"

"您是我的恩师，这怎么是好为人师呢？孟子也说过，得天下之英才而教育之，是人生至乐。"

"行啊，这是一个问题的两个方面，这说明你有辩证思维能力。震东，思维的深度、广度决定人生的走向和格局。德国的哲学家叔本华说过，世界上最大的监狱，是人的思维。我们每个人，终其一生，都在为思维的局限性买单。"

纪传青注视着李震东，谆谆善诱。

"主任，叔本华还说过，世界上的每一朵玫瑰，都是有刺的。我想，只要我们不怕扎手，就一定能闻到玫瑰的芳香。"

"说得好！大学是世界观、人生观和价值观确立、成熟的关键时期。这个问题不是虚无的，它会体现在你交友、为人、处世等各个方面。"

"主任，就交友而言，我把孔子益友的标准当作我的追求。朋友正直、诚实、见识广博，这三种人我交往；朋友奉承、谄媚、圆滑善辩，这三种人我远离。"

"诚实和正直，是我们为人的根本，也是修心养性的首要。一个人，如果心无负疚之事，那他一定快乐宽和。这是人生第一自强之道，第一寻乐之方。"

"主任，我一定铭记在心。"

纪传青看了看手表，说："时间不早了，你回去吧。"

刚刚离开办公室，李震东就听见陈小艺在后面呼喊："震东，等一下。"

陈小艺大喘着气，跑上前来："下午开完班委会，我私下问了朱红缨。"

"哦！问什么啦？"

"我说：'快放寒假了，你男朋友会来接你吧？'她说：'什么意思呀，我哪里来的男朋友？'我说：'上次不是有个男生来看你吗？'她说：'那是我表哥！暑假我带他游了一下潮州。'"

李震东的心海本已平静，没想到陈小艺突然扔下一颗石头，立即激起阵阵涟漪。

"震东，大胆一点吧。"

"唉！你也知道，我爸……"李震东双手掩面，欲言又止。

陈小艺见状，只好说："你再考虑考虑，我们先吃饭去。"

三十六

考完最后一科，李震东马上整理课桌的抽屉，收拾书本资料，不经意间翻到《文学概论》，发现里面夹着一张心形的字条。

  山月不知心里事，水风空落眼前花，摇曳碧云斜。
  愿我如星君如月，夜夜流光相皎洁。
——录温庭筠、范成大词呈震东
红缨

"震东，快回宿舍吧，林则徐的书法，我们复印出来了。"黄七月眉飞色舞地说。

"好，你先走吧，我慢点就回。"

教室里空无一人，李震东屏住呼吸，拿着字条看了又看，明白朱红缨向他表达了什么。

山上月亮高挂，怎知我心中的愁思，水面清风低吟，空落眼前的花朵，摇曳的彩云，在空中缓缓斜行。

多么期望我是星星，你是月亮，每个夜晚，让你我皎洁的光彩，互相辉映。

李震东真切感受到朱红缨内心的真情和期待，知道她没有说出的孤单和失落。

"你心气颇高，也不甘寂寞。

"夜静人听鱼读月，春深鸟对人谈天。这联对仗工整，别出心裁……"

脑海全是那熟悉的声音和一张略带羞涩的脸。

她是了解他的，对他的评判是准确的。文学上两人有着共同的话题，她宽广的视野，不凡的才情，让他共鸣折服。

思绪像一只飞来飞去的蝴蝶，李震东想逮住它，又逮不住。

假如我接受了，就不会像现在这样寂寞、孤独。校园的情侣路，一定飘荡着欢声笑语。

假如我和她谈诗论文，那一定是心有灵犀，如沐春风。假如，假如一切水到渠成，我跟她回家亮明关系，她的父母到底会怎么样呢？是高兴，还是……还是瞧不起我这个未来的教书匠？

脑海中突然有人大声叱斥："李震东，癞蛤蟆想吃天鹅肉吗？你给我记住，好好学习，考不上大学，回农村修理地球去！"

高三的那封回信，像一支冷箭，稳、准、狠地射在心脏上。

李震东直打冷战，像一只泄气的皮球。他摸了摸头，又摸了摸裤袋。哦，香烟还在，他迅速抽出一根，点着，吸了起来——

想到自己的出身，想到自己的家族，一切和她差得太远了。

假如毕业后她回到县城，而我，回到农村中学任教，现实存在的距离，会让她的父母做出怎样的反应？

"我堂哥得知女友出嫁后，日思夜想，最后疯了。"辛志坚的话犹在耳边。

"你要争气，为家族争光。"父亲又在耳提面命。

李震东越想越乱，不敢再想下去。他决定中止思想，从教室撤离。

走在回宿舍那条弯弯的小路上，他想起和朱红缨一起漫步，想起书摊上购书的对话，不知道该用什么词来形容自己的心情！

迈着沉重的脚步，正要走进宿舍，辛志坚的声音把他怔住了："七月，别看言情小说了，看多了意志消沉，多愁善感。我要提议，303全员禁看言情小说。"

"下面，我为大家朗诵《三国演义》"群英会"中，周瑜舞剑而歌的丈夫词。"

> 丈夫处世兮立功名；立功名兮慰平生。
> 慰平生兮吾将醉；吾将醉兮发狂吟！

辛志坚手舞足蹈，气冲斗牛。303 掌声和着笑声，一股豪情壮志，霎时间在李震东胸中升腾。

是啊，大丈夫当如是也！我不该忘记高中的耻辱，不该忘记家族的期望，不该在儿女私情中迷失方向。

三十七

寒假前最后一个上午，辛志坚打开抽屉，开始清点剩余的公款。

"各位社员，本室特别通告，本学期费用收支平衡，略有节余，303 公社决定，中午聚餐一次。"

"现在我代表 303 宣布，辛志坚当选年度优秀掌柜。"余粮话音刚落，立即响起热烈的掌声。

黄七月说："宝鸾姐的茶叶还剩半斤，还有几块鸡汁面和一盒饼干，一并送给李伯吧。"

"别忘了请李伯照看文竹，文竹饱听诗书，算得上半个才子啦。"杨喜书望着黄七月。

李震东问陈小艺："给李伯的春联，写好没有？"

"写了几副，李伯最近升级做阿公啦，我还专门写了一副应景的。"

"哦，这样啊，写什么呢？"

"喜看红梅新结子，笑见绿竹早生孙。"

"行啊，贴切！"

辛志坚说："好啦，吃饭去。七月，送给李伯的东西拿好。"

到了食堂，大家商量着点了菜，打好干饭后，围成一桌。李伯笑容满面，端上一盘卤鹅肉、一盆切块的玉米，便亲自去厨房掌勺。

很快，爆炒猪腰、黑椒牛肉、银鱼丝炒蛋、清蒸松鱼头、紫菜鱼丸汤，活色生香摆在桌上。

"好吃吗？"李伯手里夹着一根烟，站在桌子旁边。

"食在潮汕，味在韩师。"大家对李伯的手艺啧啧称赞。

李震东说："李伯，您跟随部队走南闯北，和其他菜系比较，潮菜怎么样？"

"我个你呾（我跟你说），四大菜系的粤菜、鲁菜、川菜、淮扬菜，肯定各有优点。潮菜是粤菜代表，做工精细，伊个食材非常讲究，在所有菜系中，潮菜最贵。"

许春生说："据报纸介绍，泰国皇家提倡节约，曾禁上潮菜，因为潮菜太高端了。"

"我还会几个拿手菜呢。喂，正月十八，大家来我村看赛大猪吧，到时我再来做。"

陈小艺说："李伯，潮汕春节营老爷，这个我们知道，但赛大猪，到底是什么活动？"

"震东跟我同镇，你们问问他。记住，正月十八！"李伯说完忙碌去了。

"小艺，赛大猪，是潮汕少数地方庆丰年、祈平安的民俗。李伯村的赛大猪，规模大、影响广。"

"震东，具体你介绍一下嘛。"

"别急啊,百闻不如一见,正月十八在现场,就知道啦。"

杨喜书说:"潮汕的民俗十分有趣。你看神佛不论何方,不论大小,统称老爷,游神赛会都叫营老爷。"

"营,到底是什么意思呢?"黄七月望着杨喜书。

"潮汕人的祖先多来自中原,很多习俗古韵犹存,而潮语,被认为是古汉语的活化石。《诗经》上说:'营营青蝇,止于樊。'这个营是飞上飞下、飞左飞右的意思。营老爷,就是把老爷抬出来,走动巡游。"

许春生放下筷子,说:"潮汕的游神活动,绝大多数是严肃恭敬的。罕见的是,在澄海县盐灶村,每年正月游神,却是又捆又拖又打。最终,把老爷从游行抬轿的神座拖下来,弄得须掉脸破,手折脚断。活动结束后,村里再择吉日,重塑老爷金身,供人祭拜。"

大家兴趣盎然,注视着许春生。

"游神,本来是祈祷老爷保佑赐福,盐灶村怎么会演变成折磨、戏谑老爷的游戏呢?

"相传,从前盐灶村有一贫苦渔民,正月抓阄轮到抬神请客,心想自己三餐难度,老爷没保佑还害我花钱。夜里苦思无计,索性把老爷捆绑起来,拖到海滩,踩在泥沙里,之后,那人就往南洋避难了。

"没想到这年全村鱼汛大旺,农业丰收。那人在南洋也发了财,第二年,他回乡道明真相,把老爷捞出来,复饰金身供上神庙。从此,乡亲们认为,老爷一定喜欢拖,越拖村里越旺,从此约定俗成。"

许春生娓娓道来,引人入胜。

三十八

走出校门口,陈小艺对李震东说:"宝鸾邀请我,春节期间到她家做客。"

"哦,那就去吧。"

"我答应后,感觉凶多吉少。"

"君子一诺千金,也不是上刀山下火海。"

"嗯,那也是。"

陈小艺点点头,挥手告别了。

李震东来到公用电话亭,呼叫了2928。

"师兄,我放假啦,想去找你。"

"你在校门旁等,我去接你。"

"行,谢谢!"

整整一个学期,李震东和黄启除了偶通电话,一直没有见面。

"喂!我在这里。"

不到二十分钟,一辆崭新的摩托车,在校门左侧停下来。黄启摘下墨镜,朝李震东挥手。

"师兄,您好!这什么车呀?这么漂亮!"李震东跑上前,看了又看。

"这是刚买的铃木王摩托,走吧,到公司去。"

黄启跨上车,立即发动。摩托车沿着广济桥,迎风飞驰。李震东坐在后面,心旌摇曳。

到达公司,李震东问:"丁晖姐不在呀?"

黄启笑嘻嘻的,说:"丁晖陪母亲去开元寺礼佛,祈祷全家平安和黄启同志生意兴隆。"

"丈姆婆惜仔婿，撼命勿（丈母娘疼女婿，命都不要）！您咋不一起去啊？"

"我不信这个。佛是彻悟者，要人放下浮名虚利，脱苦海，了生死。大众拜佛只是一种寄托。人不努力，跪拜就能发财吗？"

"有文化！喂，生意咋样啦？"

"还行吧。吃了不少苦头，社会太复杂，跟在校完全是两回事。"

"丁晖姐父亲是局长，不是在帮忙吗？"

"是帮过呀，但，我不想吃软饭。人只有自己努力，花自己赚的钱，才会心安理得。"

"我明白，男儿当自强。"

"我的生意逐步向好啦。老香黄有固定销路，茶叶呢，好多单位已经跟我签订购买合同。"

"潮汕的茶铺多过米铺，竞争激烈吧？"

黄启点了点头，说："我总结经验，运用明暗二手。明的是，你的茶口感要过得去，不能让人喝了就知道是烂货；暗的是，跑、请、送，兼放长线，互利共赢。"

李震东注视着黄启，十分吃惊。

"等你毕业再交流吧。刚才只顾说话，还没好好冲一泡工夫茶。"

李震东递给黄启一根烟，看见茶几上，放着"茶圣"陆羽的《茶经》。

"师兄在研究茶道？"

"干一行必须精一行，门外汉是赚不到钱的。中国人喝茶，从唐代陆羽著《茶经》开始，就成艺成道。其中影响最深远的，就是工夫茶道。日本的煎茶道，渊源于此。"

黄启端上工夫茶盘，把三只杯摆成品字，然后放上紫砂冲罐。

"师兄，我浏览过一些资料，说唐之前无茶字，茶写成荼；但荼多音多义，有时指茶，有时又指苦菜或茅草花，陆羽变荼为茶，茶作为饮料，才成为专称。"

"对呀，你知道为何称为工夫茶吗？工夫，是指潮汕人花时间，把茶喝到极致，变成融礼仪、品鉴、互动为一体的茶道。外地人把工夫写成功夫，实为误用。"

"我知道工夫茶冲法讲究，但一直不会，现在正好向您学学。"

"工夫茶有一套繁复的冲法。现代人生活节奏快了，不可能也无须完全按古法冲沏，我可以把要点演示给你看。"

黄启拿起烧开的电热壶，一边讲解，一边操作。

"第一是治器。冲烫茶具；第二是纳茶。茶的舒展力强，纳入罐内七八成即可。

"第三是冲点。把开水沿罐边冲入，水不能直冲罐心，不然，会冲破茶胆，使茶苦涩。

"第四是刮沫。茶的泡沫浮上罐口，用罐盖刮去，再盖上，然后把茶汤倒尽，再淋罐，使香气盈内。

"第五是滚杯。先开水注杯，再巧手轮转洗杯。

"第六是筛茶。把冲罐嘴贴近茶杯，连续均匀筛洒在各杯中，这叫'关公巡城'；茶汤将尽时，均匀向各杯点洒，这叫'韩信点兵'。"

"好啦，食茶。"

"来，师兄，食茶。"

喝着金黄色的茶水,李震东顿觉甘泽润喉,齿颊留香。

"震东啊,我就知道一放寒假,你一定会来找黄启。"

丁晖从开元寺回来了,笑容可掬。

"谢谢你们一直记挂着我!丁晖姐,食茶。"

丁晖喝了一杯茶,说:"时间不早了,我们到外面吃饭吧,我给你们当酒童。"

"好,吃饭啰!"

黄启拍着李震东肩膀,拉起丁晖,就往外走。

三十九

腊月廿四,年味越来越浓了。

这一天,是"老爷"上天述职的日子。子时刚到,李震东帮着把甜品、大橘摆上灶台。母亲跪在地上,拜谢灶神司命君,请他在玉皇大帝面前,继续为全家美言。

天蒙蒙亮,陈小艺就起床了。他快速吃完早饭,开始和弟弟、妹妹帮助母亲"采囤",打扫卫生。

"老陈,你不是要跟谢书记拜早年吗?让小艺骑车载你吧,红包放在梳妆台上。"

母亲告诉陈小艺,镇委任命父亲为村管理区党支部书记了。"哎哟,你看我这记性。小艺,早点出发吧,别晚了那里人多。"

陈小艺的父亲是退役军人,在村管理区支部当了几年副书记。这次时来运转,副职转正。

父亲哼着小调,陈小艺猛蹬着自行车,好像有用不完的劲。

"弟啊,谢书记是阿嫲娘家的亲戚,来镇不久。以前,爸得罪镇的组织委员,村支书空缺的事,一直被卡死压住。"到了镇政府，陈小艺跟着父亲，走进谢书记的办公室。谢书记刚吃完早饭，吸着烟，在宽敞的办公室里踱步。

"谢书记，祝您新年高升，阖家幸福！"父亲迅速把红包放进办公桌的抽屉里。

"老陈，乡里的工作干好就行，还客气什么，下不为例啊。"

"您放心，一定干好。谢书记，这个是我个孥仔。"

父亲说着，把脑袋转向陈小艺："谢书记是我家的恩人，你要永远记住、感恩，知咩？"

"知，知。谢书记，您好！我叫陈小艺。"陈小艺恭敬伸出双手。

谢书记握手像蜻蜓点水，看了一眼陈小艺，嘴唇动了动，想要说话。

"谢书记啊，您好！昨日我来了两次，您都不在。"门口突然有人大声说话。

"哦，是林经理，来，快坐！"

父亲见状马上告辞："谢书记，不打扰了，我们先走啦。"谢书记挥了挥手，就跟那人攀谈起来。

陈小艺一边蹬车，一边问父亲："爸，刚才那个戴金项链的林经理，也是来拜年的？"

"这还用说？给领导拜早年，就是说说好话，送个红包。"

回到村里，父亲直接去了村委会，说是要商量春节"营老爷"的事。

陈小艺踏进家门，家里已收拾得一干二净。母亲坐在眠床边，为新棉被封口缝针。

"回来啦，还顺利吧？"

"顺利。谢书记长得很斯文，像个文化人。"

103

"伊是个大学生,听说也是读中文的。上次到镇潮乐社听潮阳笛套,谈到潮乐、潮剧,说了很多内行话,让妈这个初中生大开眼界。小艺啊,你要好好读书,像谢书记一样有文化,就好办了。"

"我不是告诉过您,303氛围很好,个个好学上进?妈,我对潮乐也有一定了解。潮阳笛套,源自宋代宫廷音乐,已有八百多年历史,被誉为岭南永不凋谢的华夏正声。"

"这个知道,妈参加吹奏好几年啦,笛套音乐的吹奏、风格,你说给我听。"

"笛套是以笛领奏,管、箫、笙主奏的套式音乐,当然,还配上三弦、琵琶、古筝以及其他弦乐。潮阳笛套独树一帜,它古朴、庄重、清丽、悠扬。"

"好啊,你还是了解的。"母亲语气欣慰,注视着陈小艺。

"这几天看你像有什么心事,是不是谈女朋友了?"

没想到母亲问起感情的事,看来,瞒是瞒不住的。

"是谈了。她是英语系的,读专科,今年6月份就要毕业了。"

"她家是什么情况呢?"母亲缝好棉被,拉起小凳子坐在陈小艺面前。

"她家是开厂的,住在县城。放寒假时,她邀请我正月初五,到她家做客。"

"那就去呀。不过妈提醒你,我们家虽比不上人家,但也和和睦睦。你要大大方方,以后的事情别多想。妈是相信缘分的,是你的,就是你的;不是你的,就不是你的。"

陈小艺望着母亲,深深点头。

母亲站起来,说:"走,陪妈去办年货吧。"

四十

天增岁月人增寿
春满乾坤福满堂

大年三十早上,一家人拜完"地主爷",陈小艺手拿写着"恭贺新禧"的横批,开始贴起春联。

奶奶站在门前笑容满面,眯着眼睛,仔细观看。"哎哟,小艺的毛笔字,越来越漂亮啦。"

奶奶回过头来,从县城回乡过年的女校长提着东西,正从门前经过。"校长,返来啊,我这个孙子,人呾是个才子。"

"是才子呀,阿姆。"

"阿嬷,您就知道惜我。这对联的作者,叫林大钦,他才是才子呢,他是潮汕唯一的文状元。"

"伊是哪个乡里的?是不是你大学个同学?"

"阿嬷,林大钦是明朝人,家住潮州市金石镇仙都村。"陈小艺笑着把奶奶扶进屋,又把神荼、郁垒的神像,贴在门上。

屋檐下高高挂起的大红灯笼,把节日的氛围烘托得喜庆祥和。

下午两点多,爷爷搬出八仙桌、长凳,准备拜祖。奶奶恭敬摆上大橘、红桃粿、甜果、酥饺、糯米酒以及猪、鸭、鱼三牲等各式祭品。

爷爷小心翼翼,把放着香炉的神龛,请在八仙桌靠墙那边的中央。他点上煤油灯,摆上酒杯并筛满酒,双手举握点燃的三炷香,领着一家人跪拜,祈祷年年有余,岁岁平安。礼毕已是傍晚,村里的大埕传来一阵阵噼噼啪啪的爆竹声。陈小艺和弟弟、妹妹站在阳台上,看见朵朵烟花在空中绚烂绽放。

新年的脚步声越来越近。一直忙着准备年夜饭的母亲走上阳台,招呼孩子们下来一起"围炉"。

圆桌上的木炭火锅热气腾腾,大盘的农家菜肴诱人食欲。一家人围坐在一起,开心吃着精心准备的团圆饭,露出幸福的笑容。

母亲说着吉利话,向爷爷、奶奶敬上装有压岁钱的红包。老人满脸的皱纹舒展。奶奶也拿出红包,笑呵呵地,分发给孙子们。

"阿嬷,我上大学就不用啦。"陈小艺忙把红包递还。"新年讨个好意头,一定爱个。阿嬷祝你学习进步!"

奶奶马上塞回红包,摸了摸陈小艺的头。

弟弟、妹妹开始帮助母亲收拾餐桌,清洗盘碗。陈小艺送爷爷、奶奶回老厝休息。

中央电视台的《春节联欢晚会》开始了。客厅里,父亲和弟弟、妹妹盯着电视目不转睛,像被磁铁吸引住一样。

母亲是潮剧票友,见陈小艺回来,说:"小艺,陪妈上二楼房间听听潮剧吧。"

录音机里传来抒情婉转、清丽优美的唱腔。

"一轮明月照高空,万般花灯照眼红。街上游人如潮涌,鱼灯队队赛游龙。一年一度元宵夜,敲锣打鼓闹春风。"

"这不是《荔镜记》元宵灯会的唱词吗?"

"是啊。《荔镜记》是雅称,妈觉得还是叫《陈三五娘》好,老百姓一听就知道,讲的是陈三和黄五娘的爱情故事。"

"妈,故事发生在我读书的潮州呢。泉州人陈三护嫂到广南与兄团聚,途经潮州;元宵灯会,陈三和五娘一见钟情,奈何黄父势利,将她许配给花花公子。五娘坚定专一,任凭黄父逼婚誓死不从！陈三也是痴情，为见五娘，卖身入黄府为奴。

"他们尽管几经曲折，但有情人终成眷属。"

母子俩听着说着。新年的钟声敲响了，母亲下楼休息去。陈小艺躺在床上，很快进入梦乡……

元宵之夜，潮州城火树银花，笙歌阵阵。各社抬着栩栩如生的木雕彩屏，走在街上，热闹非凡。

"好灯好月人人爱，上街赏灯心花开。"

有人唱起歌来。那人长袖翩翩，风姿绰约。哦，是"五娘"！"想昨日相思分两地，喜今朝同聚一门庭。""五娘"唱腔悠长。

陈小艺想走进去，又迈不开步；想说话，又说不出来。

人，人呢？身影瞬间消失了。"小艺，赏完灯到我家吧！"陈小艺定睛一看，薛宝鸾花枝招展，正朝他招手。

四十一

天色未明，楼下那只高冠白身的公鸡引吭高歌，提醒着主人早起。

陈小艺洗漱完毕，像往常打开书桌上的台灯，开始坐下来晨读。

玻璃下的条幅，显得有些泛旧。这是初中练书时抄下的劝学诗：

"三更灯火五更鸡，正是男儿读书时。黑发不知勤学早，白首方悔读书迟。"

时间无声流逝，不知不觉，窗外清晰明亮。陈小艺放下书册，踏上阳台。

一阵芳香扑鼻而来，成排的盆栽月季，如仙子般尽展芳姿，粉的、红的、黄的，还有白的、紫的，争妍斗艳。

陈小艺钟爱月季，钟爱它不问时序，无日不春风；钟爱它不问风雨，月月皆绽放。

今天就要到薛宝鸾家了。月季的品性，让他获得启示。他不再像之前忐忑不安。他想告诉薛宝鸾，如果爱情是花，它不该是富贵的牡丹，不该是繁华的芍药。爱情就该像月季，别有清香超桃李，更同梅花斗霜雪。

阳光柔和地照射在阳台上，合欢月季沐浴在朝霞之中，母亲已为他准备好早餐。

陈小艺吃完早饭，穿上新年的西装，对着镜子梳了梳头发，怀揣着薛宝鸾写的地址，骑上自行车出发了。

不到一个钟头的路程，陈小艺按图索骥，到达薛宝鸾家的花园小区。

大理石的大门恢宏大气，门前的罗汉松，如虬龙盘绕，郁郁苍苍。

走进小区，石板路两边的花坛百花齐放，贴着马赛克的楼房，干净雅洁，幢与幢之间绿树成荫，空间广阔。鹅卵石铺成的曲径，通向如茵的草坪和结彩的亭榭。

第一次见到如此高档的住宅小区，陈小艺像刘姥姥进大观园一样惊喜、新奇。

想到自己和薛宝鸾的差距，莫名的自卑感又涌上心头。唉，天壤之别情难求，算了吧，回家！

"他们尽管几经曲折，但有情人终成眷属。"母亲又像在说话。

是啊，在那个父母之命、媒妁之言的时代，陈三和五娘为了爱情，尚有勇气冲破牢笼。生活在这个自由开放的年代，自己却像一只缩头乌龟，连心爱之人的门，都不敢迈进，这……

这难道是读书人的样子？

自卑是自己最大的敌人。那豁出去又如何呢？无非是受点伤。想到这里，陈小艺不再犹豫，走上楼梯按下门铃。

"小艺，进来吧。"门开了，露出一张笑脸，是薛宝鸾。宽敞的客厅富丽堂皇，陈小艺见薛宝鸾的父母坐在沙发上，走上前恭敬地说："叔叔、阿姨，新年好！"

薛宝鸾说："爸、妈，这是我刚才说过的陈小艺。"

"哦，你和我走仔（女儿）谈恋爱了？"

薛宝鸾的母亲抬起头来，把陈小艺从头到脚，看了一遍，接着又挪了挪微胖的身体。脖子上的项链，手上的戒指，金光闪闪。

"阿姨，我……我和宝鸾是……真心的。"陈小艺结结巴巴。薛宝鸾马上说："妈，小艺人挺好的，有才！"

"宝鸾，有才能当饭吃吗？他有本事给你幸福吗？我个你咀，你可是在蜜筒里长大的。"

"阿姨，我相信经过努力，一定能给宝鸾带来幸福。"陈小艺脸红了。

"农村人就是不知天高地厚。你将来当教师，每月几百元的工资，怎么养家？谈什么幸福！"

"妈，您怎么能……"

薛宝鸾正要说下去，默不作声的父亲突然站起来。

"够了吧！我还无咀，你就咀这么多。农村人，农村人怎么啦，我不就是农村人吗？"

"泥腿子！当年你当兵返来，不是我爸我妈可怜你，你能有今天吗？好啊，我咀几句话，你就照些（这样）！今后你决定嘛，走仔嫁……嫁给乞丐，我也不管！"薛宝鸾的母亲一边数落，一边抹着眼泪。

"叔叔、阿姨,对不起啊!"陈小艺无奈地站起来。

薛宝鸾的大哥,不知从哪里冒了出来。他二话不说,扶起母亲朝房间就走。一会儿,他回过头来,对着陈小艺,狠狠瞪了一眼。

陈小艺顿感屈辱万分,立即跑了出来。

"小艺!小艺啊……"

陈小艺飞奔出了小区,跃上自行车,任凭薛宝鸾在后面千呼万唤,疾驰而去。

四十二

303 期待的日子,终于到了。

李伯精神抖擞,站在村口那棵冠如华盖的古榕树下等候。303 全员在约定的时间,准时到达。

辛志坚左手拿着一袋南糖,右手腕吊着一对大橘。黄七月见状,抢过大橘,双手捧给李伯。"李伯,七月代表 303,给您拜年啦!"

"好,好,大家新年如意!"李伯笑呵呵接过大橘,"余粮、喜书、春生,你们是来扫地的?"

辛志坚表情严肃,大家望着他,不知道葫芦里卖的是什么药。

"余粮戴围巾,喜书换眼镜,春生穿新鞋,非常斯文,斯文扫地。"

三人哈哈大笑。辛志坚看了陈小艺和李震东一眼,说:"小艺好像瘦了,只有震东一点不变,没有忘本。"

古榕树下欢声笑语。早晨微寒的空气,似乎暖和起来,一直抿嘴的陈小艺也露出笑容。

"震东，你拿报纸干什么?"李伯掏出香烟，递给李震东一根。

"李伯，你们村上《特区晚报》啦。以前我虽然来过几次，但了解不深，读后才知道文化底蕴深厚。"

"我们村从北宋至今，已经有一千多年的历史。"

李伯指着北面的秀山，说："那边有座书院，是潮汕现存的明代书院，也是我们县教育的发祥地。

"书院是一位知县勒紧裤腰带，捐资兴建的。将来你们不论教书还是当官，都不要忘记为老百姓办事。"

"请您放心!"余粮说完，立即向李伯敬礼。

"军礼不是这样敬的。来，大家列队。好啦，立正，敬礼!"李伯示范起来，手把手纠正每个人的姿势。

大家来到一湾半月形的长塘，李伯说："这塘叫中舍潭，产一种好食乌鱼，中午我个你们做。"

陈小艺问："李伯，为什么叫中舍潭呢?"

"我文化低、嘴笨，还是让震东个大家咄吧。"

"好吧，我来说。这潭跟潮州'八贤'之一的卢侗有关。卢侗通晓经史，与王安石、苏轼同代。因反对新法伤农，五十三岁时以太子中舍退休。归潮后在这里结庐读书。不久，韩江水涨堤决，卢侗捐资筑涵，汇潭入河。乡民感念伊个恩德，称这潭为中舍潭。"

一阵鼓乐声突然响彻云霄，李伯说："这是赛大猪锣鼓队的集结号。"

大家来到现场，只见高大宽敞的祠堂，挂满一排排大红灯笼。几百头大猪，嘴衔大橘、背盖红印、颈戴红花，同向趴在一条一米多高、二米多长的木架上，像在老爷面前，集体奔跃。

"我个你们咀，摆在前面的，是村里每年胜出的'猪王'，一般有八九百斤重。谁家的猪成为'猪王'，谁就成为勤劳致富的榜样。"

"大江东去，浪淘尽，千古风流'猪王'。"辛志坚的滑稽，又引来一阵笑声。

"这样说，赛大猪祈求的是六畜兴旺、五谷丰登。"许春生概括说。

鼓乐声又响起来。祠堂内外，慕名而来的游客，围得水泄不通。

"都看了，嗯，我带你们去参观许包野烈士故居吧。""李伯，许包野是什么人啊？"黄七月问。

"许包野是我们村的烈士，牺牲时，正三十五岁，唉……"

李震东接过话，边走边说："许包野生于泰国，七岁回国。二十岁开始，在法、德、奥攻读哲学，获博士学位。在学期间，他经朱德介绍，加入中国共产党，毕业后被派往莫斯科东方大学任教。'九一八'事变后，许包野回到国内，先后任厦门市委书记，江苏、河南省委书记。在险象环生中，他领导发展党员，建立农民武装；1935年初，许包野因叛徒出卖被捕。他在狱中受尽酷刑，被活活打死。敌人一无所获，最终只得到一个老刘的化名。"

李伯领着大家来到一座老厝，说："这里就是许包野烈士的故居。"

老厝门窗腐朽，墙体发黑，丛生的荒草，随风飘动。李伯动情地说："许包野牺牲过了半个多世纪，伊个老婆叶雁苹从一头黑发，等到满头芒花！"

"1982年，叶雁苹自感不久于人世，开始给上级党委写信，寻找丈夫的下落。1985年，组织经过深入调查，终于弄清许包野的情况。此时,叶雁苹已重病在身。当得知丈夫的革命事迹时,立即献出丈夫从苏联带回的、保存了五十多年的遗物。几个月后,叶雁苹孤独死去。"

李伯说完泪流满面,大家跟着也悲伤不已。

一会儿,李伯抹了抹眼睛,说:"好了,回家吃饭吧。下午早点回校,别耽误学习。"

四十三

前往韩师的大巴在路上奔驰。

穿过车窗钻进来的微寒空气,让陈小艺备感苍凉。

正月初五的那场"盛宴",越压制着不去想它,越清晰地在眼前浮现。

陈小艺明白薛宝鸾的用心,知道邀请他做客,无非是亮明关系,让父母接纳自己。没想弄巧成拙,捧虱上头。怪自己啊,只怪前途渺茫,地位卑微。不把火候,不懂拒绝,换来的就是屈辱和悲伤。天下本无事,庸人自扰之。

车窗外的景物,呼啸而过,李震东也一无所知。他努力控制自己不去想朱红缨,但朱红缨毫不理睬,故意在他面前鲜活起来。

"今夜月明人尽望,不知秋思落谁家?"熟悉的声音,就像车窗外的风,在耳边回响。

"震东、小艺,你们咋不说话呀?"黄七月大声说。

陈小艺回过神来:"哦,七月,今天我第一次知道许包野烈士,感到很惭愧,他不应该被遗忘!"

李震东也反应过来:"是啊,我们应该学习、宣传潮汕先烈。纪主任说过,一个民族,如果对先烈集体失忆,就像夕阳西下，没有光明。"

大巴驶进加油站，司机顺手打开收音机，立即传来一阵充满乡愁的旋律。

许春生望着陈小艺，问："这是什么曲子？"

"这是马思聪的《思乡曲》，据作者说，灵感来自绥远民歌。抗日战争时期，它引发广泛共鸣，拨动了中华儿女保家卫国的心弦。"

余粮说："马思聪用音乐激励民众抗日的斗志，距他的故乡海丰县不远，有位将军用行动，打响了抗日救亡的第一枪。"

"啊，是哪位将军？"

"是潮汕的翁照垣将军！"

杨喜书拉着余粮的衣袖，说："快说嘛，大家等着。"

"好吧，我说说。"

"翁照垣生于惠来县葵潭一户石匠家庭。东北三省沦陷后，一直在国外留学的他，毅然回国，成为十九路军的一名干将。

"1932年1月，翁照垣奉命接替上海闸北一带防务。28日深夜，驻沪日寇发动袭击，震惊中外的'一·二八'事变爆发。他不待军命，组织敢死队和大刀队奋勇还击。在他带领下，部队与日寇进行了一场历时三十三天的惊天血战，打死击伤敌军一万余人，逼使日寇四易其帅。

"'一·二八'抗战的胜利，极大地鼓舞了中国军民的斗志。学者章太炎说，自清光绪以来，中国与日本遭遇，没有一次大捷像这样大快人心！

"京城的一位名媛，被翁照垣的爱国精神、英雄气概深深打动。她给翁照垣寄来玉照，表示愿意陪伴左右，终生为妾。

"与翁照垣素昧平生的诗人、思想家常燕生，挥笔写下了回肠荡气的《翁将军歌》。

"余粮，你能背出来吗？"黄七月说。

"诗作就带在身边，将军气吞山河，让我摘要为大家朗读吧。"

> 将军奋身起南纪，
> 志挽日月回山丘。
> 男儿报国自有道，
> 毛锥弃去着兜牟。
> ……………
> 将军长啸指须发，
> 剑气喷薄如龙浮。
> 乾坤一掷箭脱手，
> 眼底势欲无仇雠。
> 云蒸雾郁顷刻变，
> 迅流转石雷鞭幽。
> 袒怀白刃向前去，
> 以血还血头还头
> ……………

长诗气格高古，沉雄慷慨。大家听了摩拳擦掌，激情燃烧。

四十四

回到韩师，陈小艺约李震东一起散步。两人刚到山顶操场，天就下起蒙蒙细雨。

江边断续传来几声蛙鸣。湿润的空气里，充满清新的气息。走进山顶的望江亭避雨,陈小艺说:"青蛙心有不平,不平则鸣啊。"

"春来我不先开口,哪个虫儿敢作声。青蛙得意还来不及呢。"

"震东,我想抽根烟。"

"好的。你情绪这么低落,到底出什么事啦?"

李震东抽出一根烟,陈小艺点上后吸了一口,呛得直咳嗽。

"唉,奇耻大辱啊!"

"别激动,慢慢说吧。"

沉默了一会儿,陈小艺一五一十,说出事情的经过。

"我感同身受,确实难受啊!"

"我想好了,必须分手。"

"先别说,我们分析一下吧。宝鸾对你是有感情的,这是问题的关键。我觉得,她父亲是支持的,至少没有反对,这对你将来有利。"

"宝鸾母亲把话说死啦,我不想低三下四。还有,她那熊样的大哥,瞪……瞪什么牛眼!"

"她母亲伤害你,我完全理解你的心情。但你细想,这只是矛盾的次要方面。至于她大哥瞪眼,让他瞪去吧,怕什么?"

"不说了。我俩分手是最好的结局,不然,在一起也没意思。"

"胡说!宝鸾对你那么好,你就舍得?小艺,冷静吧,宝鸾是宝鸾,她母亲是她母亲。"

"老太婆太看不起教师了!"

"教师待遇太低,得不到应有的尊重,这是教育界的悲哀。我们唯有奋斗,才有出路!"

"震东,你说说,要怎样奋斗,才有出路?"

"我们虽然一文不名,但手中的笔是拿得起的。如果毕业前,能合作出版一本书,就不怕没人赏识。即使无人问津,也是暂时的。"

"对呀!震东,我们一定要写下去。喂,你不是写过一篇散文《同心圆》吗?我看,这本集子就叫《同心圆》吧。"

两只年轻的手,紧紧握在一起。

雨停下来了,辽阔的夜空,繁星点点。两人走出望江亭,感觉脚步轻快许多。

陈小艺说:"实现人生价值,关键在于平台。我爸跟我说过,参谋不带长,放屁都不响。"

"小艺,这个寒假我读了《史记·李斯列传》,感受颇深。李斯人品不佳,但他的一些话,值得借鉴。"

"我只知道李斯辅助秦始皇统一六国,不知道他说过什么。"

"李斯说,一个人是贤良还是不肖,是由他所处的位置,或者是环境决定的。这话虽然绝对,但社会生活就是这样。"

"此话怎讲?请详细一点。"

"李斯年轻时在家乡楚国的郡里当过小吏,发现厕所里的老鼠,吃脏喝污,见了人或狗靠近时会惊恐万状;而粮仓里的老鼠,吃的是米粟,住的是有廊的大屋,见了人或狗却一点也不害怕。李斯感悟而说出这番话来。"

"李斯了不起,见人之未见,言人之未言。他观察生活的本领,确实值得学习。"

"但李斯的为人处世是必须批判的。他妒贤嫉能,设计害死老同学韩非;在立公子扶苏,还是胡亥为帝的问题上,丧失原则立场,最终把帝国推向深渊,自己也命送黄泉。"

"震东,做人一定要有原则立场,特别是在大是大非的问题上。"

"小艺,假如有一天,我们有平台了,一定不能昧着良心做事。"

"我们要记住李伯的话,永远不要忘记为老百姓办事。"两人倾心交谈,直到看见山下宿舍熄灯,才意识到夜已深了。

四十五

303已进入梦乡。李震东躺在铺上,却毫无睡意,想着薛宝鸾母亲数落陈小艺的一番话,百感交集。

是啊,有才不能当饭吃。在我看来,有才也不能当脸看。生活是现实的,人性是功利的,薛宝鸾母亲趋利避害,你说可以厚非吗?

李震东暗自庆幸,庆幸自己没有和朱红缨走在一起。不然,十之八九,陈小艺经历的,就是自己的屈辱——该下决心了,长痛不如短痛。

打开手电筒,从铺边书桌的抽屉里,拿出信笺和笔。李震东靠着枕头,照着朱红缨的方式回复。

山映斜阳天接水,芳草无情,更在斜阳外。
牢骚太盛防肠断,风物长宜放眼量。
——录范仲淹词、毛泽东诗呈红缨
震东

斜阳映照着群山,蓝天连接着秋水,和美一色,芳草却不谙人情,远躲在斜阳之外。

遇到不顺心的事，埋怨太多有碍身心；大自然的风光美景，应该放宽视野去欣赏，去看待。

　　李震东感到从未有过的轻松，整个寒假起伏无常、阴晴不定的思绪，被一扫而光。

　　他小心把折好的信，夹在笔记本里，然后关闭手电筒，轻轻躺下。

　　早上吃完饭，李震东第一时间赶往教室，趁着没人，把笔记本放进朱红缨课桌的抽屉里。

　　上课铃声响了，朱红缨拿着课本走进教室。李震东抬头向门口看去，两人的眼光，立即交织在一起。

　　李震东马上移开视线，英语老师已站在讲台上。

　　"起立，老师好！"

　　"同学们好！请坐下。时间过得真快，两年的英语教学，就剩下这一学期啦。"

　　英语老师说完转过身，在黑板上写下卞之琳的《断章》。

　　　　你站在桥上看风景
　　　　看风景的人在楼上看你

　　　　明月装饰了你的窗子
　　　　你装饰了别人的梦

　　"从现在开始，我们的侧重点是中译英，请大家翻译。"十多分钟过去了，英语老师询问："翻译出来没有？请完成的同学举手。"

　　教室里鸦雀无声。英语老师环顾四周，只有朱红缨一人举手。

"请红缨同学上台,把答案写在黑板上。"

朱红缨走上讲台,在黑板上写下流畅的英文。英语老师念了一遍,竖起拇指。

"红缨同学,请你谈谈对这首诗的理解。"

"老师,我认为它表达的是一刹那的真情和意绪。为方便理解,我改了一下:他站在桥上看风景,看风景的我在楼上看他,明月装饰了他的窗子,他装饰了我的梦。"

"OK!卞之琳曾自白,这首诗表现的是人、事、物的关联性,你的理解也说得通。诗歌欣赏本有多义性,这正是诗歌的魅力。好,请回。"

英语老师笑容可掬,接着对翻译需要注意的问题,做了讲解。

看着朱红缨回到自己的座位,李震东心里五味杂陈。他明白朱红缨在借诗传情。

下课了,同学们快步走出教室。李震东坐在后排凝望观察,当看见朱红缨打开抽屉时,心脏一下子狂跳不已。

哦,哦,来了!朱红缨打开笔记本,已经拿出信笺。李震东深吸一口气,闭上眼睛,缓缓呼了出来。

李震东睁眼一看,朱红缨回过头来,泪流满面,如梨花带雨。

他迅速起身,走上前去,说:"我……我们做好朋友吧。"

朱红缨站起来,抹着眼泪,跑出教室。李震东站在原地,呆若木鸡,脑海一片空白。

上课铃声突然响起。李震东觉得那刺耳的声音,是在为自己的青春,敲响了丧钟。

四十六

"你怎么不说话呀？"

坐在山顶操场的石板上，薛宝鸾拉了拉陈小艺的衣袖。

"宝鸾，我……我想……"

"什么事呀？吞吞吐吐的。"

"我们……我们分手吧。"

"为什么呀？我对你不好吗？"

"你对我很好，但我……没办法给你幸福。"

"小艺，遇见你我很幸福。我知道我妈伤害你，但她不代表我。当年她跟我爸，外公外嬷也是反对的。"

"那她……她为什么那样说话？"

"人嘛，总是好了伤疤忘了疼。"

"唉，让你……"

陈小艺想再说下去，薛宝鸾迅速把嘴唇贴上来，抓起他的手，放在她胸脯上。

山脚下的青蛙们，鸣奏着醉人的乐曲。

薛宝鸾松开手，抽泣起来："你敢不要我，我就跳下去。"

"宝鸾，你别傻啊，我是怕你不要我了。"陈小艺抱住薛宝鸾，轻轻为她擦去泪水。

在韩江边散步的李震东，情绪十分低落。

辛志坚拍着他的肩膀，说："匈奴未灭，何以家为？"李震东有点吃惊，心想，难道那夜回信，他在上铺侦察到了？

"是啊，匈奴未灭，男儿当战死沙场，以马革裹尸还葬耳。"

辛志坚也不追问，转换了话题。

"开心啊。再过几个月，就不用读英语啦。英语如虎，这两年不但不为我添翼，还差点把我吃了。不用多久，单词我会忘得一干二净，不，还记住 zoo 和 kiss，动物园和接吻。"

李震东被逗得哈哈大笑，心中的阴霾消散了。"幽默如药啊，专治苦闷抑郁，谢谢你！"

"小艺最近怎么样啊？"辛志坚忽然关心起陈小艺来。

"你去问他吧。喂，薛宝鸾快毕业了，你说他俩能成吗？"

"未来充满不确定性，关键在薛宝鸾能否一如既往。现在要做的，是把握当下。"

"哦，怎么把握呀？"

"我又没谈过恋爱。不过理论上，小艺要坚持两条原则。"

"什么原则？别卖关子。"

"第一条，薛宝鸾同志永远是正确的；第二条，万一有不正确的地方，请小艺参阅第一条。"

李震东忍不住又哈哈大笑，抬手拍了一下辛志坚。"有道理！"

两人谈论着，慢慢向校园走去。

"震东，听七月说，王老师和小虹姐，寒假结婚了？"

"这么快呀，他们住哪啊？"

"还能住哪？就住筒子楼王老师那间小房。那地方潮湿阴暗，人称为'巴士底狱'。"

"小虹姐分配在农村中学，现在调回潮州没有？"

"她工作还不满一年，不能办理调动。七月说，王老师没什么社会关系，一年后能否调回来，还是个问题呢。"

"喂，筒子楼离这不远，一起去看望他们吧。"

王老师房门紧闭，门边的煤炭炉上，放着一只烧水的铝锅。

李震东正想敲门，里面传来李小虹说话的声音。

"后天婚假到期，我必须提前回校。明天早上，你送我坐车吧。"

李震东一听,马上缩回手,拉着辛志坚走了。

"震东,筒子楼太破旧了。看到没有,外墙斑驳脱落?"

"夫妻两地分居,将来有孩子怎么办?唉……"

辛志坚长叹一声,李震东的心情也沉重起来。

"志坚,我提议,303平时节省一点,买一只电饭锅送给王老师吧。"

"我赞成,今晚开会决定。"

四十七

1992年的春天,注定是个不平凡的春天。

明媚的阳光透过洁净的窗户,在系办公室生辉。纪传青和颜悦色,正指导青年教师修改论文。

见到李震东,纪传青说:"我正想找你呢,请坐。"

李震东拿起茶壶,为老师们添上茶水,接着,随手从书架上取下一张《深圳特区报》,映入眼帘的是,头版头条那红色红底的标题:东方风来满眼春。

看了副标题和照片,李震东才知道,改革开放的总设计师邓小平同志来深圳视察了。

纪传青忙完了,欣喜地对李震东说:"小平同志来南方啦,从1月18日至2月21日,分别在武昌、深圳、珠海、上海等地,发表谈话,特别在深圳的谈话,令人振奋!"

"主任,小平同志是创办经济特区的决策者。这次他视察深圳的市容市貌,登上国贸中心大厦53层的旋转餐厅,看到高楼林立、日新月异的变化,十分欣慰。"

"震东，这证明改革开放的政策，是完全正确的。邓小平南方谈话，是新一轮思想解放的宣言书。"

"主任，这标题来自李贺的诗，用得太贴切了。"

"是啊，学校党委认为，贯彻邓小平南方谈话精神，关键是解放思想，推动教学、教研改革，建设高素质教师队伍，加快专升本步伐。我在教师大会上提出，要改变一味灌输的教学方式，多作启发、增加互动；学术上要解放思想，不要拘泥于成说，要大胆创新。"

"作为师范生，我认为，做到能教写会是关键。"

"对呀！你们要练好内功，为韩师争光。震东，请你组织召开学生大会，传达学习南方谈话精神，并做表态发言。"

"好的，我一定认真准备。"

走出系办公室，李震东来到图书馆，原原本本阅读了邓小平南方谈话，按照自己的理解，把它的主要精神做了归纳、概括。同时，结合实际，撰写了发言稿。

发言稿经纪传青审阅后，马上召开全系学生大会。

纪传青亲自主持大会，对李震东的发言给予充分肯定，同时要求加以修改，投稿校刊。

一周后，校刊全文刊登了李震东学习邓小平南方谈话体会的发言稿。

也学牡丹开

当代大学生学习贯彻邓小平南方谈话精神，我认为，首先必须有远大的理想。理想不是空洞的东西，而是前进的明灯，奋斗的动力。从大的方面讲，我们共同的理想，应该是爱党信党，为国尽忠。从小的方面说,理想是人生定位,是通过不懈努力,要成为什么人的问题。我们要从立志开始,确定自己的人生目标。也许人各有志,但如果志向远大,我们为人做事又怎甘下流?

其次,必须有"程门立雪"的求学精神。这就是尊师重道的精神。北宋年间,有个叫杨时的青年人,先后师从大学者程颢、程颐兄弟研习学问。程颢去世后,杨时沿着他指引的路子继续深造。有一天,杨时和朋友前往老师程颐处请教,从窗外见老师正闭目打坐,就静静在门外等候。天忽然下起鹅毛大雪,越下越大,杨时和朋友伫立雪中,浑身发抖。直到老师醒来,门外的积雪已达一尺之厚。程颐十分感动,从此悉心教导,杨时终成一代名家。

最后,必须有"也学牡丹开"的自强精神。这就是顽强拼搏的精神。清代的文学家袁枚,写过一首叫《苔》的诗:"白日不到处,青春恰自来。苔花如米小,也学牡丹开。"你看那苔花,生长在潮湿无光的恶劣环境,但它青春依旧,楚楚绽放。虽然小如米粒,却凭着顽强的生命力,学着牡丹昂首盛开。

同学们,自强不息、超越自我的青春是最美的青春!让我们沿着邓小平同志开创的中国特色社会主义道路,像"横渠四句"所说的:"为天地立心,为生民立命,为往圣继绝学,为万世开太平!"

四十八

校园里多了贯彻邓小平南方谈话精神的标语,成串成排的炮仗花,开得红红火火。

学校党委宣传部的时政报告,各系的学术讲座,雨后春笋般地举办。凤凰树下站满了人,沉寂的英语角,又活跃起来。图书馆常常座无虚席,慢到一步的同学,只好悻悻离去。

303购买了许多蜡烛,墙上新贴着经集体讨论同意,由陈小艺书写的励志句子。

男儿不展风云志
空负天生八尺躯

可上九天揽月
可下五洋捉鳖
谈笑凯歌还

挑灯夜读,潜心创作成为303的常态。李伯心疼大家,每晚十点半,总会准时端上热粥。

"你们吃完,早点休息吧,别熬坏身体。"

自从和李震东约定合作出版散文集,陈小艺便沉浸在构思中,即使是走路,想到好词佳句,也从衣袋上掏出小本子,记录下来。

"震东,潮汕的各大报纸,我都投了。宝鸾经常到校收发室查看,哎呀,泥牛入海,次次失望而归。"

"小艺,耐心等吧,现在只管耕耘,关键是要提高水平。"日子重复着日子,303的热情、干劲一点也没有消退。

王老师上完课走下讲台,薛宝鸾像一只梅花鹿窜进教室,手里拿着一张报纸,朝陈小艺挥舞。

陈小艺接过报纸,迫不及待翻阅起来。李震东很快猜到答案,走上前看见《潮州日报》的副刊,刊登了陈小艺的《谒韩文公祠》。

余粮抢过报纸，边看边念："初春的韩祠，掩映在一片翠绿之中，我伫立在二进庙堂，凝望着韩文公的塑像，记忆被带到千年前的潮州……"

"余粮，停下来，别念！"陈小艺喜形于色。

辛志坚大声地说："《十五的月亮》有句歌词，'丰收果里有你的甘甜……军功章里有你的一半'。宝鸾同学，请小艺为大家演唱。"

"好啊！有请。"掌声响起来。

辛志坚的突然袭击，让陈小艺措手不及。薛宝鸾微笑着，看了陈小艺一眼。陈小艺清了清嗓子，唱起来。

  十五的月亮，照在家乡，照在边关。宁静的夜晚，你也思念，我也思念。我守在婴儿的摇篮边，你巡逻在祖国的边防线。我在家乡耕耘着农田，你在边疆站岗值班……

掌声一次比一次热烈。辛志坚说："多幸福啊！某人守护在婴儿的摇篮边！"

余粮拿起扫把，学着干农活的样子；杨喜书托着下巴，远望前方，一脸思念；许春生用手摇了摇，好像孩子就在身边；黄七月模仿着喂食的姿势。

全班哄堂大笑，薛宝鸾一脸绯红，挥着手告辞而去。

不久，校刊发表了余粮撰写的纪念翁照垣将军的文字——《谁敢横刀立马，唯我翁大将军》。

化用毛泽东诗句的标题和那血战到底的精神，让同学们壮怀激烈！

黄七月和许春生悄悄把这一期的校刊寄给余芳芬。

余粮来到潮州卫校，发现大家对他笑脸相迎，客气中带着尊重，好像早就认识他。

余芳芬对余粮说："校刊里夹着一张字条，不知谁写的？"

"芳芬同志：现把卫校的乘龙快婿——余粮同志发表的大作寄你，请指示，并组织讨论传阅。"

余粮一看哈哈大笑，马上明白是谁干的好事。团讯又发表了辛志坚讽刺脏乱差的人物志。

杨喜书的诗歌《让我们追寻爱》在广播站的黄金时间播出。

许春生、黄七月撰写的教案在全校评比中获奖。大家在耕耘中，都收获了果实。

四十九

不知道怎么回事，李伯送给303的文竹枯萎了。

黄七月拿出剪刀，把发黄的枝叶剪去，低头仔细观察。看着文竹没了神采，李震东感到十分可惜。"七月，不会是你忘记浇水了吧？"

"我一直按李伯教的，隔几天浇一次，然后拿到阳台去晒。"

余粮问："会不会生虫子啦？"

"我看了，不会。它呀，就像我们，这段时间食欲不振，过几天会好的。"辛志坚把文竹拿到阳台去了。

陈小艺收到稿费了。晚饭前，他特意到小卖部，买了两包烟，准备送给李伯。

打饭、盛菜，大家围坐在一起。李伯端着一个盆子走过来，慈爱的目光从每个人脸上掠过。

"都瘦了，别太拼啦。来！加点营养。"李伯拿着筷子，给每人夹了一个卤蛋。

"李伯,您太关心我们了!"

陈小艺站起来,从裤袋里掏出香烟,递给李伯。李伯笑呵呵的,握住陈小艺的手,再三推辞。

"小艺的文章在《潮州日报》发表了,这是他用稿费买的。"李震东帮着把烟塞给李伯。

"欢喜,欢喜!那我就收下啦。你们这么好学,会有出息的。"

李伯吐出一口烟,笑容在烟雾中荡漾。

春天的脸阴晴不定,空气中弥漫着湿气。宿舍地面湿滑,棉被中的霉味让人难受、烦躁。

周日上午,天空终于放晴了,久违的阳光照进宿舍。大家放下书本,感到从未有过的惬意。

快近中午,咔嚓一声,有东西从阳台掉下来。黄七月迅速走出去,一看,原来是隔壁跳过来的野猫,把文竹撞倒了。

李震东的心瞬间像被什么揪住,慌乱不堪。

忽然,跟李伯在一起的厨工,上气不接下气,出现在303门口。

"震……震……震东,老李出大事了。"厨工吁吁喘气,抹着眼睛。

"阿兄啊,慢慢咀。"李震东立即上前,握住他的手。

陈小艺递上来一杯水,说:"阿兄,先食杯水。"

厨工喝了一口水,情绪平复了一些。"早上,老李和我一起骑车到市场采购。回来在广济桥上,看见你们班……班主……徐老师……"

"哦,徐老师怎么啦?"陈小艺望着厨工,紧张起来。

"徐老师的手提袋,被两个派仔(流氓)抢劫了。"

"那李伯呢？"李震东急切询问。

"老李甩开自行车，冲上前去，想夺回袋子。两个派仔拔出尖刀，朝老李猛刺。长得瘦小那人的手腕被老李抓住，尖刀掉在地上；长得高大那人一刀刺中老李手臂，拔出尖刀后，又朝老李胸口刺去。派仔穷凶极恶……"厨工泣不成声。

"阿兄，李伯现在在哪啊？"陈小艺一下子泪流满面。

"在好心人的帮助下，老李被送到中心医院，正在重症室抢救。在路上，老李捂着流血的胸口，叫我个你们咀，就昏迷过去……"

李震东惊呆了，双手按住跳动的太阳穴。黄七月见状，马上给他涂上万金油。

"阿兄，我们要赶往医院，您给李伯个孥仔打电话。还有，快点报告膳食科领导。"李震东回过神来。

厨工点点头，拔腿就跑。

大家跑出校门，跨上自行车，尽力猛蹬。一路穿街过巷，很快到达中心医院。

踏进心血管内科的楼层，远远看见医师在跟徐佩兰说话，大家立即跑上前去。

"很抱歉！我们已经尽力了。尖刀刺中心脏，血管断裂，失血过多。请告知家属，准备后事吧。"

徐佩兰捂着嘴，突然一声尖叫，接着放声大哭！

辛志坚眼含着泪，抱头蹲下；黄七月抽泣发抖；杨喜书、许春生头靠着墙，呜呜咽咽。陈小艺、余粮控制不住，号啕大哭！

李震东站着一动不动，泪水如泉涌。

五十

按照惯例，李伯的遗体，马上被转移到太平间。

午时刚过，李伯的儿子大存到达医院。在太平间，大存掀开盖在父亲遗体上的白布，端详着遗容。

"阿爸！……"话还没出口，他就昏厥过去。

徐佩兰用力掐住大存的人中，李震东马上找来糖水，掰开嘴巴，用汤匙喂下去。

一会儿，醒过来的大存抚摸着父亲的遗体，凄惨的哭声令人动容。

"阿弟，你爸是为了救我。这辈子，你就是我的亲弟弟。"徐佩兰抱住他大哭。

李震东拉开徐佩兰，说："大存兄，我们都是你的弟弟。人死不能复生，请节哀吧，你看这丧事咋办？"

"我爸的遗体运回老家吧。他生前说过，一个军人，不是为国战死，就应叶落归根。"

徐佩兰立即联系了殡仪馆，请他们做好一切安排。

很快，冥车到达医院。火化师抬着棺木，进入太平间。简单的仪式之后，李伯的遗体被安放入棺。大存伏在棺木上，大声说："阿爸，大存带您回家吧！"

到达李伯村的古榕树下，李震东抚摸着棺木，俯下身，轻声说："李伯，到家啦，您……您老人家是带着荣誉回来的！"

陈小艺擦干眼泪，突然大唤："请大家面向李伯棺木，列队！"

大家迅速在棺木一侧列队，向长眠在里面的李伯行注目礼。

"立正，敬礼！"

正月十八，李伯就在这里教大家学敬军礼。而现在，也是在这里，大家却用这种方式，向李伯敬礼。站在旁边的村民，禁不住也流下眼泪。

村支书闻讯赶来了，听着徐佩兰的介绍，眼圈红了。"按照乡规习俗，非正常死亡，是不能进祠堂的。但大存爸见义勇为，是烈士！这个惯例必须打破！"

村支书示意大家抬棺，大存和303七人，抬起棺木，缓步向村的祠堂走去。

一切安顿好了，村支书对大存说："大存，你阿公、阿嬷，还有你妈，都知道咩？"

大存抹着眼泪，摇了摇头。村支书吸着闷烟，沉重地说："先告诉你妈吧。唉，你爸先走了，叫我怎么对你公、你嬷哐呢！"

村支书沉默了一会儿，又说："大存，让老师和同学们先回学校吧。"

徐佩兰说："书记，不行啊，我们一定要留下来！"

"老师，现在我要做大存妈，特别是老人的工作，你们帮不上忙啊！等第三天再来送别吧。"

大存认为村支书说得在理，再三要求大家先回韩师。

等待送别的时间心如刀割！韩师党委指派吴副书记带队，前来吊唁。

出殡的时间到了，哀乐阵阵，声声啼哭。大存妈抚摸着棺木，呼天抢地，还有李伯那流不出眼泪的父母，一切的一切，把大家的心都揉碎了。

生和死只有一步之遥。李伯，您怎么忍心，忍心让我们体验生离死别？您怎么忍心，忍心带走对我们的关爱、身教和友谊?

驶往火葬场的汽车不见了,从此阴阳两隔!

"阿公、阿嬷,我徐佩兰从此就是你们的亲孙女,我和大存一定会好好赡养你们!"

徐佩兰跪在李伯父母面前,泣不成声。李伯父亲手脚颤抖;而李伯母亲摸着她的头,一句话也说不出来。

"阿妹,保重身体吧,我知道你是个孝女。"村支书拉起徐佩兰。

吴副书记说:"佩兰,别太悲伤了。当务之急是配合公安机关,把凶手绳之以法,告慰老李在天之灵!"

"凶手不抓,民意难平啊!"村支书望着吴副书记。

"公安机关正在开展侦查。学校党委已决定报告上级,按程序,追认老李为烈士!"

"吴书记,我代表全村、代表老李一家感谢您!"村支书紧紧握住吴副书记的手。

吴副书记转身看着大家,说:"你们早点回校,好好学习,做出成绩,就是对老李最好的缅怀!"

大家注视着吴副书记,深深点头。

五十一

回校之后,徐佩兰立即前往公安机关,详细汇报了案情。

大家来到李伯宿舍,发现李伯睡觉的叠铺连草席也不见了。厨工说李伯仅有的几件衣物,送回老家火化了。

李震东拉开旧桌的抽屉,发现里面放着一本笔记本。翻开一看,原来是303发表文章的剪报集,每一篇都贴得工工整整,记下发表的时间、报刊的名称。

贴着《猫兄其人》那一页，旁边用铅笔写着"讽刺得好"四个笔画分明的大字。辛志坚一看大放悲声，大家忍不住又泪流满面。

"你们不能过于悲伤啊！老李知道也是不同意的。"

每晚十点半，大家想起李伯送粥的情景，谁也不愿开口，生怕踩中泪点，控制不住悲痛的情绪。

白天的303充满压抑的气氛。黄七月忽然从外面冲进来，激动得上句不接下句。

"班主任说了，破……破案啦！"

"七月，别激动，慢慢说。"

李震东放下课本，望着黄七月。一会儿，黄七月才缓缓平静下来。

"公安机关经过深入调查，根据目击证人的描述，画出犯罪嫌疑人的肖像，在大街小巷贴出悬赏通告。经过严密布控，昼夜奋战，犯罪嫌疑人在外逃中被抓获了。"

"李伯可以安息了！"李震东长长地舒了一口气。

凶手被抓获的消息传遍校园。学校党委召开学生大会，号召师生向李伯学习，学习他舍身救人、见义勇为的精神。

日子慢慢恢复了平静。上完最后一节课，徐佩兰把李震东、陈小艺留了下来。

"震东，吴副书记跟我谈了，你干得不错，要你到校团委任副秘书长。小艺，系里已确定你兼任系团总支书记。"

"另外，党支部开会研究，确定震东为入党发展对象，小艺、红缨为积极分子。"

走出教室，陈小艺说："你的做法我一定坚持，萧规曹随嘛。"

"什么萧规曹随，我好的地方你借鉴吧，不足的要加以改进。"

两人边走边谈，抬头见操场边拉着一条标语："学好本领，到潮汕教育最需要的地方去！"

"唉，宝鸾很快毕业，我的心情七上八下的。"

"总要毕业的，别想太多，我看她对你挺好的。"

"前几天，她为我买了一本新诗集，在扉页上写下'同窗学子若相问，一片冰心在玉壶'。"

"这不给你定心丸吗？大家对她印象可好啦，你还不知道呢，他们要我作对子，祝福你们。"

"哦，对子作出来没有？"

"作啦，我念给你听听：遇见原是前世因，相爱只为今生情。"

"行啊，我一定让她珍藏。"

陈小艺张开双手，揽住李震东。

李震东上任了。校团委书记由老师兼任，下设秘书处和组织、宣传、编辑三个部门。日常工作，由秘书处负责。

"震东，我快毕业了，现在正忙于撰写论文，请你多干一点。"秘书长来自政史系专科班，1990年与李震东同时入学。

李震东点点头，说："我有个不成熟的思路，不知道该不该讲？"

"别客气，有什么就说什么嘛。"

"我有三个建议。第一，在团讯出版学习'南方谈话'的专刊；第二，加强对校学生会的指导，定期听取情况汇报；第三，及时把优秀团员青年，推荐给各系党组织，列为积极分子加以培养。"

"很好啊，我们共同来落实吧。"

在各部门的配合下，计划很快得到实施。

学校各系反响良好，李震东忐忑的心，终于安定下来。

五十二

时序在不知不觉中更迭,盛夏烈日,很快又要放暑假了。又是毕业季,校园里一如既往演绎着灞桥折柳、忧伤别离的情境。

大巴迅速启动,薛宝鸾从车窗探出头来,朝着陈小艺使劲挥手。

陈小艺边跑边喊:"宝鸾!别忘了给我写信!"

"会的,你要照顾好自己!"

薛宝鸾抹着眼泪,别过头去。大巴迅速驶出校门,霎时间消失在视野中。

陈小艺木雕似的站在原地,一动不动。

"小艺,小艺啊……"

李震东大喊,拉着余粮走上前去,陈小艺这才如梦初醒。

"又不是分手,至于吗?今后多联系、多通信就是了。"

余粮笑着说:"说不定啊,将来会像鲁迅和许广平,出版《两地书》呢。"

陈小艺被逗笑了,抱住李震东和余粮。

"走吧,一起去拜访邓老师。"李震东抬起头,看见校刊主编邓老师正朝办公楼走去。

邓老师见三人走进房间,放下手中的报纸。李震东分别介绍了陈小艺和余粮。邓老师起身,拿起热水瓶,往杯子里倒水。

李震东顺手拿起报纸,翻开副刊浏览起来。"哦,老师,您的大作。《古揭阳:潮汕文化的发祥地》。"

"嗯,是几天前发表的。"

陈小艺一脸茫然,说:"老师,潮汕文化的源头,不是在潮州吗？"

"古揭阳，早在秦始皇平定南越时就置县了，它隶属南海郡，管辖范围相当于整个粤东和闽南一部分。潮州是隋朝初年才设立的。当然，潮州之称延续至民国，影响力巨大。至于用潮汕统称这片古老的土地，是世纪之初汕头商贸繁荣、开通潮汕铁路后的事。"

余粮说："老师，这么说，古揭阳县是潮汕第一个行政建制。"

"是啊，揭阳县的名称，最早见于司马迁《史记》。从出土的文物看，榕江流域在很长时间是粤东、闽南经济文化的中心地带。从秦至东晋初年，古揭阳县存在长达六百二十三年，它多年的积淀，后来逐渐形成独特的潮汕文化。"

"你们知道吗？揭阳话保留许多古韵母音，是潮汕最古老的语言，这从侧面也说明，古揭阳是潮汕文化的发源地。"

陈小艺说："哦，老师，中文系新来一位揭老师，这个姓跟揭阳有没有关系？"

"有，揭姓起源于揭阳。揭阳的首任县令叫史定，汉武帝收复南越时，因归汉平叛有功，被封安道侯，赐姓揭，赐名猛。从此，史定易名揭猛，成为海内外揭姓的始祖。

"古揭阳是粤东的文化古邑，历史上声名远播。韩愈治潮期间，曾兴建揭阳楼怀古，倡导崇文重教。你们知道当时的揭阳楼在哪吗？就在我们隔壁的韩文公祠。"

"老师让我们开眼界了。"余粮恭敬地说。

"如果你们愿意学习，我一定毫无保留。弘扬潮汕文化，任重道远啊。"

邓老师接着拿出一张照片，说："这是老同学游揭阳学宫时拍摄的。"

大家仔细一看，一堆脏兮兮的黑土，平躺着一块石匾，石匾上面刻着"揭阳县学校"，署名周伯初。

"这是民国书法家、揭阳县长周伯初题写的。说起来，周曾在韩师的前身，惠潮嘉师范学堂任教呢。这块石匾，本是揭阳兴学重教的文物，没想到却被遗弃了。"

李震东说："老师，我建议写信给揭阳日报社，让他们进行曝光。"

"好，暑假到了，我想去实地看看，顺便带上你们，怎么样?"

"那太好啦，谢谢老师。"

三人不约而同，拍手称快。

五十三

朝菌不知晦朔，蟪蛄不知春秋。

走出校刊编辑部，李震东不由得想起庄子在《逍遥游》说过的话。

"惭愧啊，讲到潮汕文化，我们在邓老师面前，无言以对。"

余粮揽着陈小艺，叹气说："夏虫怎能语冰呢?"

陈小艺说："揭阳之行，我们要先做功课，让邓老师看到我们的进步。"

"哦，小艺、余粮，我们要提前在约定地点等候。"

时间之轴指向揭阳，大家站在城北的黄岐山下耐心等候。

"喂，老师！我们在这。"

邓老师笑脸相迎，脖子上挂着一副望远镜，手里拿着一张地图。

"今天，我是来寻故地，你们是来游学的，如果游而不学，那就没意义。来！跟我上黄岐山看看。"

登上山顶，邓老师手指南方，说："那里就是揭阳的榕城古城。"

"揭阳之名在东晋被义安郡取代后，中断了七百余年，直到北宋末年才又置县，当然，其管辖范围缩小了许多。南宋初期，县又先撤后设，现在的榕城古城，是1141年建成的县治。好，你们先用望远镜，看看外景。"

陈小艺、余粮欣赏后，李震东接过望远镜。透过镜头，岭南水城灵动的气韵在眼前浮动。朝霞染红了天边，榕江的南北河，像两条飘逸的玉带，自西北向东南，环绕着古城流淌。古城如莲花出水，容颜尽展。

邓老师打开地图，说："古城的外局三山二水。北靠黄岐山，南面紫峰山、紫陌山耸立，军事上，易守难攻，利于防御；经济上，水运便捷，利于商贸，古人择址充满智慧。"

陈小艺说："榕江南北河之间的平原状如葫芦。葫芦谐音福禄，寓意此为福禄之地。"

李震东说："县治原叫玉滘，是个河渠纵横的渔村，自古以多榕闻名。南宋宰相梁克家，年轻时曾在揭阳京冈村任教。京冈孙氏感念其恩泽，遂建隐相堂纪念，并请朱熹为堂题匾、作序。"

余粮说："朱熹在泉州同安县任职期满，曾奉命走揭，与揭籍同年进士郑国翰畅游飞泉岭，并作诗纪游。至今岭上落汉鸣泉的石刻，就是他的书法。"

"说得好啊！行，我们到全国第二大孔庙，揭阳学宫看看吧。"

阳光在黄岐山上辉耀。大家跟着邓老师，一边下山，一边交谈。

陈小艺说:"老师,学宫最早出现在西周,原是天子设立的大学。"

"对呀,你们知道中国最早的高等学府吗?"

李震东说:"老师,是叫稷下学宫吧,它是战国时代最著名的学宫,荀子曾在那里任过校长。"

"是啊,稷下学宫是当时天下的学术中心,对先秦百家争鸣的形成,发挥了不可替代的作用。"

余粮说:"揭阳人之所以称孔庙为学宫,是因为县学,也就是儒学,设于孔庙之内。"

走到山脚下,四人分组坐上两辆人力三轮。

到了学宫,大家围着邓老师,认真聆听讲解。

"揭阳学宫已有八百五十多年历史,建筑群以山东曲阜孔庙为蓝本,由二十一座单体建筑构成,规制宏大,飞桷凌空,是岭东古建筑的明珠。

"这次来学宫,我要从文物保护利用的角度做些调研。你们呢,不需要我做流水式介绍。这样吧,大家自由参观,待会儿在大成殿,每人就感受最深的一点,再做交流。"

邓老师先行进了学宫。大家从学宫前的照壁开始,欣赏书有"太和元气"的横匾,接着察看棂星门,在泮桥上,欣赏泮池游戏的鲤鱼。

从大成门跨过天井,就是孔庙的核心建筑大成殿。殿面阔五开间,正前方设御道石,内供奉孔子神像和十二先哲,并悬挂历代御匾。

参观完毕后,大家站在殿旁等候,一会儿,邓老师兴冲冲地回来了。

"高兴啊,南昌起义后,周恩来在学宫召开会议的革命旧址，正在修缮。上次跟你们谈到的石匾，文物部门已妥善处置。这一次，我想跟揭阳市建议，当年日寇轰炸学宫的遗址，要列为教育基地，让后人不忘国耻！"

"好，你们说说吧。"

李震东说："老师，照壁上写的'太和元气'，盛赞孔子思想如同化育万物的元气，使人达到至善至美的境界。"

陈小艺说："中国人尊崇孔子，在孔庙设棂星门，象征孔子的功绩，可比天上施教育才的棂星。"

邓老师接过话："也象征祭孔如同祭天。你们看到没有，殿前的御道石，为何不设踏垛呢？是表达对先师的仰望、崇敬。"

余粮说："刚才在泮桥，我想到尊师重道的精神。以前生员入学，都要换学服、入泮池、跨鳌桥，然后上大成殿拜孔子，行入学之礼。"

"行啊，我们不虚此行。"邓老师看着手表，眉开眼笑，"找个地方吃饭吧，我还要赶回韩师，你们也早点回家。"

五十四

送别邓老师，几辆风挡玻璃上贴着"深圳线"的大巴，迅速停靠在揭阳汽车总站。手拿票本、身系腰包的售票员，出现在车门口。

一阵嘈杂声不知从何而降，一群农民工擦着热汗，一边拉箱带柜，飞快地往大巴上挤。

"各位乡亲，今天的座位完全足够，请注意秩序，购票上车。记住啊，行李一定要做记号。"

听见熟悉的声音，李震东抬头一看，黄启正拿着小喇叭，大声喊话。

"喂,师兄!"

大家快步走上前去。黄启大汗淋漓,按停小喇叭后,示意一起帮忙,把农民工的行李放进底层的寄放处。

一阵喧哗、忙碌,大巴终于启动,缓缓驶出汽车总站。

"震东,你们怎么在这呀?"

"跟校刊邓老师来揭阳学宫,刚刚送老师上车回校。"

"走吧,我们到候车室坐一下。小艺,你去买几瓶矿泉水。"

来到候车室,黄启打开矿泉水,咕咚咕咚喝起来。"师兄,您来揭阳干吗呢?"

"邓小平'南方谈话'以后,深圳一夜之间,变成一个大工厂、大工地,各行各业需要大量工人。我和深圳的劳务公司合作,负责招聘农民工,分成赚取劳务费。"

"那让他们直接坐车过去,不就成了?"

"不行,揭阳发往深圳的班车每天只有两辆,而且在定点下车。我招的人多,每次要约好时间,直接送到工厂、工地,所以要另外租车,做好服务。"

"师兄太有商业眼光了!"

黄启吸了一口烟,抬头望着李震东,说:"做生意嗅觉要灵,不能守株待兔。说不定再过几年,深圳科技发展,农民工就饱和了。"

陈小艺问:"这些人是怎么招聘的?"

"我在各镇设立联络员,让他们根据深圳公司的用工需求,进村入户做工作,每谈妥一人,给予一定的报酬。"

黄启的BP机忽然响起来,他立即查看,起身往前台回复。

一会儿,黄启高兴地回来了:"深圳的港商,非常喜欢潮汕的'吉祥三宝',刚才是来订货的。"

"哦,是哪三宝呢?"余粮懵懂不知。

"就是老香黄、老药橘、黄皮鼓三种传统凉果。"

汽车总站的挂钟敲了三下,黄启说:"我还要赶回去邮寄'吉祥三宝',你们也回家吧。"

看着黄启潇洒地骑上摩托车,三人互相道别,就各自回家了。

李震东刚进家门,母亲放下手中的绣花棚,说:"回来啦,妈有事想个你商量。"

"妈,什么事啊?"

"村里很多后生仔,到深圳打工了,妈想让你大妹也去。"

李震东吃惊地看着母亲:"大妹才十八岁,怎么能让她去打工呢?"

"她成绩一般,考大学有多少希望呢?家里的条件不允许啊,你爸的工资不高,供你们兄妹四个读书很不容易。平时红白喜事要钱,前段时间,你阿嫲生病又花了一笔,妈农闲时绣花赚的,也仅仅是补贴家用。"

"唉,大妹知道了吗?"李震东十分无奈。

"还不知道。震东,大妹跟你感情最深,晚上你个伊咀吧。唉……"母亲叹气说。

晚上吃完饭,李震东想着该怎样向大妹开口,心情坏透了。

"大妹,陪大哥到村口转转吧。"

"好啊,大哥,我在报纸上又看到你的文章,我们村的人说你是才子,将来会有出息的。"

"大哥一直在努力。"

听着大妹天真的话语,李震东的心在抽搐。他想起小时候大妹跟自己背诗,摇头晃脑的情景。大妹爱好文学,内心是向往读书的。

"大哥，找个时间带我去潮州看看，好吗？"

"好啊，过几天带你去。"李震东有点哽咽，别过头去。

"大哥，你怎么啦？"大妹拉住李震东的手。

"大哥有……有个事想跟你商量。"

"快说嘛，什么事？"

"大妹，这学期的成绩，怎么……怎么样了？"

大妹低下头，沉默了一会儿。"大哥，我成绩上不去。那天爸妈在说悄悄话，我都听到了。我想通了，我是成年人了，应该为家里减轻负担。"

大妹说完，抱住李震东大哭。李震东抚摸着大妹的头发，泪水迅速在眼眶打转。

"大妹，我们家就这个情况，希望你理解爸妈，大哥永远记住你做出的牺牲。"

"大哥，别这么说。"大妹抹着眼泪。

"大哥有个师兄，在做深圳的劳务生意，明天我跟他联系，看看你进哪类厂合适。"

"我从小就会针线活，毛织厂最合适。"李震东看着大妹，紧紧搂住她的肩膀。

第二天上午，李震东呼叫了黄启。黄启表示一定帮忙安排环境好一点、效益高一些的毛织厂，并让大妹搭乘朋友的私家车，直达深圳。

李震东把情况告诉了大妹，大妹笑着说："大哥真好，放心吧，我从小就很独立，我能行！"

"大妹，再过几天，大哥带你去游潮州，让师兄安排人员送你。"

大妹点点头，马上别过身去。

五十五

李震东和黄启约好启程的日子。

前往潮州的早上,母亲把路费、平安符放进大妹的行李包。奶奶抱着大妹流泪,口中念念有词,求老爷保佑孙女顺利。弟弟和小妹也哭了,抱住大姐不放。

"都别哭了!阿嬷,我又不是去外省。春节回来,我给您买礼物。"

父亲吸着闷烟,一言不发,示意李震东快走。

李震东拿起行李包,拉住大妹的手,头也不回走向村口。两人坐上小三轮车,很快到达镇的汽车小站。登上大巴坐下,大妹已泣不成声。

看着大妹伤心的样子,李震东悲从中来。大妹才十八岁啊,要是在城市的家庭,那还是个爱撒娇的天真无邪的年龄。

"大妹,你要进的那家厂,师兄说条件还不错,老板是潮汕人,管理比较人性化。"

大妹擦干眼泪,说:"大哥,放心吧,我能坚持下去。"

"爸单位的电话记下没有?到深圳后,一定要先给他报平安。"

"都能背了,报平安后,我就给你写信。"

"好啊,大哥跟你说,等安顿下来后,再去读夜高中,怎么样?"

"我不但要读夜高中,将来还要函授大学。"

"有志气!其实,你的文科成绩还是不错的,就是数学、英语差一点。这不怕,数学要多做题,英语要多背多读。"

"嗯,我知道啦。"

车窗外的景物飞驰而过，一切似乎无关情感。道路崎岖不平，车子摇摇晃晃。大妹有点困了，头慢慢歪向大哥的肩膀。李震东拿出小折扇，轻轻为她扇风。

大约一个钟头后，潮州站——三个红色的大字映入眼帘。大妹睁开眼睛，好奇地朝车窗外观望。

两人坐上人力三轮，前往黄启的公司。柏油马路的车辆川流不息，两侧的人行道绿树成荫，人头攒动。

刚进公司，就听见黄启、丁晖热情的欢迎声。大妹颇机灵，亲切地叫了一声哥和姐。

"大妹，先喝点水吧，等会儿姐带你到外面转转，顺便去百货大楼，买点东西。"

休息了一会儿，丁晖带着大妹出去了。黄启见李震东满脸愁容，递给他一根烟。

"师兄，家里实在没办法啊！大妹年龄还小，我这当哥的心疼，又无能为力。"

"震东，我感同身受，你也别沮丧。我的父母都是农民，兄弟姐妹又多，这么多年，不也过来啦？"

"您和别人不一样，谁有您的能力和水平呀？"

"什么不一样！所有的路，都是压出来的。我看大妹长得精神，相信过几年就能独当一面。"

临近中午，丁晖带着大妹回来了。"大哥，阿姐为我买了一双鞋子、两条裙子。"

"谢谢、丁晖姐，让您破费了！"

"谢谢哥，谢谢姐！"大妹懂事地为黄启、丁晖端茶。

"震东，别客气。"丁晖把鞋子、裙子装进大妹的行李包。

"大妹，姐跟你讲，女孩子出门要学会保护自己。当然，也要吃苦耐劳，吃苦才能成事。"

黄启望着丁晖，说："是啊，丁晖同志喜欢我，就是因为这一点。"

丁晖笑着说："自卖自夸！"

"姐、哥，我都记住啦。"大妹也笑了。

黄启看着墙上的挂钟，说："震东，我们到街边小店吃饭吧，等会儿，我朋友会开车来接大妹。"

吃完饭，一辆面包车在街边停下来。车窗的玻璃缓缓降下，从里面伸出一个脑袋，朝黄启呼唤。

"老肖，等一下！"

黄启带着李震东，走上前去。"老肖，这是我师弟李震东。"

"肖兄，给您添麻烦了。"

"别客气，黄启是我好兄弟。"

老肖下了车，笑呵呵地接过大妹的行李包，放进了后座。

丁晖帮着拉开车门，大妹低着头，坐了进去。

"大哥，黄启哥、丁晖姐，再见！"大妹挥手大喊。

汽车前行而去，李震东的心跟着穿行在大街上，很快模糊了双眼。

五十六

李震东欲哭无泪，感觉自己的心像被掏空一样。夏天的太阳，仿佛有使不完的劲，照得他抬不起头来。

黄启见李震东还傻傻地站着，说："放心吧！晚上九点前，能安全到达，我们回公司吧。"

"师兄、丁晖姐，家里正忙着呢，我就不打扰了。"

"那好吧，有空再联系。"

黄启说完，和丁晖一起回去了。

一辆私营中巴缓慢驶来，李震东瞄着风挡玻璃的提示牌，想看清楚是不是开往老家。

站在车门口的售票员，像长着火眼金睛，吆喝着把他拉上车去。

"老兄，你咋知我不会搭错车？"

"上午我在车站看见你，知道你从哪里来。听你说话的口音，坐我们的车，绝对错不了。"

生意人的精明让李震东折服，更让他感叹时代的变化对人的影响。

跨进家门已是黄昏，母亲迎上来询问大妹的情况。李震东把黄启、丁晖的帮助说了一遍，母亲脸上的愁云消散了。

晚饭后，母亲指着一篮鸡蛋说："给阿武送去吧。你和大妹走后，你爸去上班，阿武带了几个人，帮家里把稻谷收割了。"

阿武是李震东少年凫水掠鱼、采莲捉鳖的玩伴。从小学到初中，两人一直是同桌。李震东上高中后，阿武辍学后在村开起了杂货店。

李震东提着鸡蛋，来到杂货店。"阿武，我回来啦！"

"震东，来啦，快请坐！"阿武刚冲完澡，头发湿漉漉的。

"今天辛苦你了！"李震东把一篮鸡蛋放在桌上。

"你……你跟我客气什么？鸡蛋拿回去吧。哦，大妹到深圳没有？"

"我妈说了，鸡蛋你一定要收下。大妹估计九点前能到达。刚好，等会儿我用你的电话问我爸。"

"好，俺边食茶边等。"阿武拿出工夫茶具，开始煮水。

"阿武，这几年我家的农活多亏有你，我爸在食品站劏猪、记账，累死累活的，我妈身体又不太好。"

"放心吧，我一定帮到底。"

一股暖流涌上心头，李震东紧紧握住阿武的手。

"震东，你不能消沉啊！"

"大妹能去打工，做大哥的有什么理由消沉呢？"

墙上的挂钟敲了九下，阿武提醒说："喂，该打电话了。"电话拨通了，那边传来父亲的声音："没事，大妹已经安全到厂。"

李震东听了如释重负。

无独有偶，余粮晚上也不在家，也一样心情复杂。

他低着头，和余芳芬坐在溪边踏头的石椅上。空中皎洁的月亮，溪边茂盛的竹林，并没有让他感到愉快。

"你大哥好像变了。那天你走开后，我祝贺他，你猜他怎么说的？"

"余粮哥，我大哥说什么啦？"

"在村里，我的单位没有第一，也有第二，成绩好不如命好。"

"他膨胀了，你别管他。你们是老同学，也别放心上。"余芳芬的大哥余俊杰大专毕业，分配在县工商局工作。

"你大哥好像知道我们的事？"

"应该有所怀疑吧，他叫我不要跟你走得太近。我就说，你不是让他照顾我吗？"

"哦！他是怎么说的？"

"他说，我叫余粮照顾你，是想遇事有个照应，不是让你去靠近他。你要明白，他家人口多、负担重，个人也没什么前途！"

"芳芬，你大哥说得对，你可要想清楚啊。我家的日子一直紧巴巴的，我为什么叫余粮呢？就是出生那年，上缴公粮以后，家里余粮多存了，我妈说，这个仔就叫余粮吧。"

"想什么呀？将来你当教师，我当护士，挺好的。我只要你平平安安，不望你轰轰烈烈。"

"芳芬，这辈子我就是做牛做马，也要让你幸福。"

"后来他还问我，有没有跟你谈恋爱，我一口否认。余粮哥，你尽管认真读书，我知道该怎么做。"

余粮迅速把余芳芬揽入怀中，两颗年轻的心，炽热地跳动着。

银色的溪水流向远方，滋润着两岸绿色的大地。

五十七

开学的日子临近了，余芳芬因要到医院实习，决定提前回校，做好准备。

两人不敢一同走出村子，只好约定在车站会合。"芳芬啊，本来我提行李，你就不会太累。"

"不行！让别人看见了，我大哥一定节外生枝。""唉，做贼一样。"

"余粮哥，我是在保护你。"

两人到达潮州汽车总站，没想到和李震东不期而遇。几句话寒暄后，余粮送余芳芬去了卫校。

李震东踏进校门，迎面看见王老师突然掉头就走。

"我说王老师啊，你答应我的，干吗又反悔呢？"李小虹提着一袋水果，跟在后面大喊。

"老师、小虹姐！"李震东大喊，迅速跑上前去。

王老师一听停下来，回过头来，说："震东，你回来啦。"

"老师，小虹姐，你们……"

李震东感觉李小虹胖了，细看，才知道是怀孕了。

"王老师答应我，一起去拜访领导，请人家帮我调动。

你看你看，还没走出校门，他又不愿意去了。"

"小虹，我们慢点再去吧。"

"慢！慢到什么时候啊？"

李小虹还没说完，王老师转身走了。

"小虹姐，慢几天就慢几天吧。"

"唉，他拉不下脸。算了，我自己去吧。"李小虹提起水果，缓步走向校门口。

回到宿舍，李震东想起刚才的一幕，生出许多感慨。

他理解知识分子的清高，知道王老师临阵退缩，何曾不是为了自己的尊严？唉，求人如吞三尺剑，不知道小虹姐此行是否顺利，但愿天遂人愿，问题解决。

晚上，李震东牵肠挂肚，决定去拜访王老师和李小虹。

"小虹姐，事情办得怎么样了？"

"领导说小李啊，夫妻分居，比你困难的大有人在，城区中学的教师，已经饱和了。震东啊，我说只要能调回潮州，教小学也行。"

"那领导怎么说？"

"小学也不容易呀！慢点再研究吧。领导看了看手表，暗示我该走了。我说麻烦您高抬贵手，事成后，一定重谢您。"

王老师接过话："他是在敷衍塞责！教育局的校友跟我说过，城区中学还有一些空编。"

"这我怎么不知道呢？今天领导问我，说你爱人咋不同来，人家分明是觉得我们不尊重他，我只好骗他，说你出差了。"

王老师低着头，说："小虹，慢点我们再想想办法吧。"

"又是慢点！慢到什么时候？死要面子活受罪！"

李震东打圆场说："小虹姐，别生气，事情总会解决的。"

"我马上面临生小孩、带小孩的问题，夫妻分居没个照应，加上每月来回各种开销，压力多大！王老师，现实就是这样现实,你不向它低头,问题就永远抬头。"

"抬头,我就把它砍头!"王老师倔强起来。

"好啊!有勇气。整天念着什么《爱莲说》,出淤泥而不染,濯清涟而不妖,你是爱我,还是爱莲呢?"

"小虹姐,你是嫁给爱情,你知道吗?同学们多羡慕你。王老师这次错了,下次让他戴罪立功。"

李震东的话,让李小虹舒心起来。王老师也很识趣,小心把茶水递到她面前。

"老师,我读过史料,周敦颐来过潮汕。"李震东借机转换了话题。

"是啊,周敦颐担任广南东路刑事官员时,清洗过不少冤假错案,足迹遍及广东。他的裔孙周梅叟在潮为官,曾开设书院,传播其学术思想。他是潮汕文化发展的一位重要人物。"

谈到潮汕文化,王老师滔滔不绝。"从韩愈开风气,到北宋周敦颐及其后人,到南宋在潮任职的朱熹弟子廖德明,再到明代本土薛侃为首的王阳明弟子,兴学立教,以文化人,共同成就了潮汕千百年的文脉。"

"哦,您又让我开眼界了。"

"震东啊,你知道最短的赋是什么吗?是周敦颐的《拙赋》,只有40字,加上序言共65字。拙者吉,巧者凶。"

"老师,我明白您的意思。"

"王老师这么说,应该不是在表明,他守拙不求人吧?"李小虹说着,看了李震东一眼。

"老师,周敦颐说,'师道立则善人多,善人多,则朝廷正而天下治。'"

李震东怕又起波澜,答非所问,起身告辞了。

五十八

　　李震东接棒，顺理成章继任校团委秘书长。

　　在团委开完会议，从学校的办公大楼走出。突然，左边不远的地面，发出一声巨大的闷响。

　　李震东停下脚步，定睛一看，天哪！有人跳楼了！

　　他走上前去，见那人满脸血污，尸体横陈，吓得拔腿就跑。

　　跑进吴副书记的办公室，李震东上气接不住下气。"吴……吴……书记，有人跳楼！"

　　"你……你说什么？人在哪？"

　　"在办公楼左边地上。"

　　吴副书记放下水杯，立即打电话报警。

　　"喂，派出所吗？韩师这边有人跳楼，请你们派警察过来。"

　　放下电话，吴副书记和李震东来到现场。警察也赶过来了，在周边拉起警戒线，对尸体进行初步鉴定。

　　"吴书记啊，排除他杀。唉！年纪轻轻的，咋就自寻短见呢？哦，这是身上搜到的学生证，看来，事先是有准备的。请你们配合，一起把尸体送到殡仪馆吧。"

　　吴副书记抚摸着学生证，心疼得眼泪直流。现场的同学也悲痛不已。

　　"震东，你们配合一下吧。"

　　"好的，您先回去吧。"

　　从殡仪馆回到学校，李震东第一时间来到吴副书记办公室。

　　"震东，情况已搞清楚。"吴副书记喉咙哽咽。

"是……是不是因为感情的事？"

"是啊，据了解，是跟女朋友分手了。写了几次信求情，女生一直没有回复，他转不过弯，就用这种极端的方式结束生命。我的妈呀，父母含辛茹苦养育，说没就没了！"

"吴书记，通知家长了没有？"

"通知了，家是农村的，他是唯一的男孩，上面还有两个姐姐。"

吴副书记再也控制不住，痛哭起来，李震东跟着也泪流满面。

"我已跟书记、校长汇报了，无论如何困难，一定要筹措一笔抚恤金，把事情处置好。"

吴副书记掏出手帕，擦着眼泪。"唉，这么多年，我们太强调学业成绩啦，学生思想教育还有很多漏洞啊！大学生正处在青春期，思想既活跃，又容易迷茫。我们对他们的困惑，知之不多，教之太少。"

"吴书记，当务之急是平息事态，消除影响。我们团委准备开展专题讨论，让同学们明白，生命是最宝贵的，它既属于个人，也系着责任义务，属于生你爱你的人。"

"好啊，请你们迅速行动。"

"我建议各系要配齐心理老师，让心理学成为我们的必修课。"

"今后各系不但要上心理学，而且要设立疏导室，培养抗压能力。这工作我要一抓到底。"

"我们团委将把励志的故事、奋斗的人生，一直讲下去。"

"震东，就你掌握的情况，目前学生队伍主要存在什么问题？"

"我们学生队伍的主流，是积极的。但也有少数同学，看问题偏激，片面强调个人自由。"

"哦，你举个例子吧？"

"比如他们厌烦说教，未听先反感。再比如，他们把匈牙利诗人裴多菲《自由与爱情》中的自由，理解为个人自由。"

"'生命诚可贵，爱情价更高；若为自由故，两者皆可抛。'是不是这首诗啊？"

"是的，其实裴多菲说的自由，特指民族的独立，人民的解放。"

"看来一味说教的方式，确实需要改进。但只讲自由，不讲责任的倾向，一定要站出来批驳。"

"我想通过团讯或校刊，发动同学们谈谈体会。您是学党史出身的，我想请您为我们讲讲长征史，让同学们从中汲取力量，坚定信仰，增强战胜困难的信心和勇气。"

"好，很有必要。"

一周后，韩师礼堂座无虚席。

"暴雪飞扫，草地泥沼，这是多么恶劣的环境！但战士们昂首挺胸，剑指强敌，勇往直前……"

吴副书记说着站了起来，他低声哼起肖华将军作词的那首经典歌曲。

"雪皑皑，野茫茫，高原寒，炊断粮。红军都是钢铁汉，千锤百炼不怕难……"

那独特的嗓音像在召唤，像在激励。同学们纷纷起立，合唱起来：

　　　　风雨侵衣骨更硬，野菜充饥志越坚。官兵一致同甘苦，革命理想高于天！

五十九

讲座结束后,李震东从礼堂回到303,发现里面空无一人。

奇怪,都跑哪里去了?他转身出来,站在走廊四处张望。"哎,哎哟,脚碰地啦,志坚啊,背低一点吧。"

楼下突然传来陈小艺的呻吟声,李震东三步并作两步,冲下楼梯。

"怎么啦?"

"小艺崴脚了。"黄七月手里拿着纱布、药水,其他人跟在后面。

许春生说:"慢点,慢点。"

李震东托住陈小艺的屁股,跟着辛志坚上了楼梯。

进入宿舍,余粮帮着扶住陈小艺,让他坐在铺上。杨喜书拉出棉被和枕头,为他垫背。

看着陈小艺左脚缠着纱布,右脚涂满紫色的药水,李震东问:"伤到骨头没有?"

"刚才校医说,是扭伤筋络,红肿但未伤到骨头。"

"小艺,全校就你一个,爬了雪山,过了草地,下台阶也不看,心不在焉的,幸好不会摔断腿。"辛志坚微喘着气。

许春生说:"入戏太深,小艺跟红军到达吴起镇啦。"

"春生,我看他是在想宝鸾姐。"

"七月,你别撒盐啊。"陈小艺亮出磨破的手。

杨喜书说:"脚伤起码要几天才能恢复,这样吧,我们轮流照顾。"

"可以呀。每天是我背去换药,还叫宝鸾背比较合适?"辛志坚望着黄七月。

"志坚，你这体力恐怕不行吧，最好是把宝鸾姐召回来。"

黄七月挤眉弄眼，逗得大家哈哈大笑。

"哎哟，我受伤已经够悲剧啦，你们却……却把它搞成喜剧！"

"小艺，宝鸾家的电话是多少？由我去告诉她吧。"

"余粮，你别害我。"

杨喜书、许春生都说是好主意。

"如果是宝鸾妈接电话，我就说我是宝鸾的校长，有事找她。"

"余粮，你别这样！"

辛志坚说："算了，算了，明天我背小艺去换药吧。"

杨喜书未语先笑："说不定人家已有感应，心有灵犀一点通。"

许春生笑歪了，马上打圆场："开玩笑，要适可而止啊。"

李震东说："既然志坚说要背小艺，那第一天就由他照顾吧。"

"背就背嘛，算我自投罗网。"

吃完晚饭，李震东端来热水，帮着陈小艺洗脸擦身，换洗衣服。

大家洗完澡，坐下来，黄七月第一个开口："小艺，班主任说的事，是你说，还是我说？"

"你说吧。哦，那几个鹅蛋放好没有？"

"放好了，在叠铺下面。"

"什么事呀？"大家把目光投向黄七月。

"前天下午，我和小艺在广济桥上遇到班主任，她说刚刚去看望李伯父母和大存兄。"

李震东问："哦，什么情况啊？"

"班主任说,老人逐步走出阴影,目前身体健康,精神还不错。"

"好啊!"大家一下子振奋起来。

"哎呀,要不是暑假有事,我也会去看望的。七月,大存兄现在怎么样啦?"

"震东,班主任出钱让大存兄开了个卤鹅店,现在每天的卤鹅,都能卖出去。他送给303的鹅蛋,是自家狮头鹅下的。"

"好啊,好人有好报!"辛志坚拍手鼓掌,大家眉开眼笑。

"班主任太好了!唯一的遗憾,就是离婚了。"许春生感叹起来。

"春生,你以前不是说吗,离婚对她是个解脱。"杨喜书接过话。

"这是两回事。现在的情况是她离婚这么久了,至今还没对象。"

"小艺,你表姐不在潮州吗?让她跟班主任介绍一个嘛。"杨喜书满腔热情。

"喜书,这种事可不是想介绍就能介绍的,要看有没有人选。"

"那先跟你表姐说,让她留意一下。"

"好吧。喂,我有点疲劳了,各位才子,让我先休息好不好?"

"好啊。"大家捂着嘴巴,生怕笑出声来。

六十

303留下辛志坚,其他人按时到教室上课。辛志坚把陈小艺背到校医室。

校医敷药、包扎后,说:"没有大碍,记得每天过来换一次药。"

"好的,老师。"辛志坚弯下腰,背起陈小艺就朝宿舍走去。

"志坚,谢谢你啊,以后如果你也摔了,我背你。"

"什么叫'我也摔了',有这样讲话的吗?你可别惹我,再摔下去,那可就麻烦啦。"

"我说如果嘛。"陈小艺忍不住,笑出声来。

回到303,辛志坚放下陈小艺,说:"我帮你打电话给宝鸾吧。"

"别开玩笑,宝鸾在上课呀。"

"嗯,宝鸾分配在哪?"

"在城区中学,教初一两个班的英语。"

"冒昧问一句,你俩怎么样了?"

"没怎么样!"陈小艺别过脸去。

"小艺,有事说出来嘛,说不定啊,我能帮你出主意。"

"其实也没什么,只是我有点不踏实。"

"哦,哪不踏实?遮遮掩掩的。"辛志坚把一杯水,递给陈小艺。

"芳芬的大哥余俊杰大专毕业,分配在工商局工作。"

"干吗呢,扯远了吧?"

"不远的,近在眼前。宝鸾的大哥宝春去工商局办事,认识了余俊杰,一来二去,两人就熟悉了。"

"熟悉就熟悉嘛,管他干吗。"

"前段时间,宝春邀请余俊杰去家里做客,一见面,宝春就说……"

"说什么呀?"

"他说宝鸾啊,俊杰是工商局的青年才俊,也是大哥的好朋友，今后你们要多联系，多交流。"

"看来，薛宝春这家伙另有目的。哦，对了，宝鸾什么态度啊？"

"宝鸾过后对宝春说，别瞎操心，要联系交流，您自己去。"

"小艺，宝鸾把事情告诉你，说明心中有你。"

"唉！人家近水楼台的，时间一长，就很难说啦。"

"你呀，疑心生暗鬼。"

"我只是理性分析一下。"

"宝鸾对你，大家看在眼里，我就不信，她会背叛你。"

"好吧，我想休息一会儿。"

辛志坚扶着陈小艺，让他平躺下来，帮他盖好被子。

一个钟头过去了，辛志坚听见铃声敲响，知道上午的课已画上句号。

教室里剩下李震东在收拾抽屉，他翻出几天前草写的一篇文章，准备下午拿到图书馆修改。

拿着稿子走近门口，突如其来，冲进来一个人影。李震东躲闪不及，正好碰个满怀。

淡淡的清香扑鼻而来，不经意间碰到的珠圆玉润，让他心脏狂跳。他轻轻推开对方，抬头一看，天哪！原来是朱红缨！

朱红缨大喘着气，瞬间面红耳赤。

"红……红缨……"

"震……震东……"

"红缨，你没事吧？"

"没事，我发表了一首诗，忘在抽屉里啦。"

"哦，那能不能让我看一下？"

朱红缨打开抽屉，把一份剪报递给了李震东。

爱如暗香

我的爱如暗香
在你身边缭绕
凌寒的冬梅啊
我是沁人的清芳

我的爱如暗香
在你身边轻歌
向阳的夏荷啊
我是淡雅的芬香

我的爱如暗香
在你身边曼舞
涟涟秋波为谁送
应是梦中识香人

李震东读完注视着朱红缨,心堤完全崩溃了。脑海中有个声音在嘲笑他,你不是一直在严防死守吗?有种你继续嘛,我一定让你一泻千里!你这情感上的鲧,我告诉你,青春是用来爱的。爱,就好好爱吧。

李震东迅速张开双臂,紧紧抱住朱红缨。朱红缨伏在他的肩膀,任凭泪水,像雨一样打湿了脸蛋。

六十一

"你不知道我一直想你吗?"朱红缨把手绕在李震东脖子上。
"我……我不敢……"
"明明心在一起,为什么又要折磨自己?"

"我也想……想……"

朱红缨抱住李震东，不顾一切亲吻起来。两人眼睛紧闭，初吻的感觉，像在一尘不染的云上飘浮。

"坏……坏了！"

李震东说着推开朱红缨，马上松开双手。

"什么，怎么坏了？"

"这是教室，别人看到怎么办？"

"看到就看嘛，我向他们宣布都来不及呢。"

"我不想弄得满城风雨。"

"风雨送春归，这有什么不好呢？"

"我怕传到我爸耳朵，让他误会我不努力。"

"努力跟爱没有矛盾！我佩服你的，就是努力上进。"

"我们的事，现在还要保密。"

朱红缨一脸茫然，一会儿，才点了点头。

中午吃饭，两人故意拖延到食堂的时间。李震东回到303，观察着每个人的表情，发现没有任何异样。

"震东，刚才我到收发室，你有一封信。"接过黄七月递来的信，李震东迅速打开。

大哥：

我第一个月的工资，有六百块。每天工作八个小时，按工作量计酬。我已报夜高中，晚上去夜校上课。最近数学、英语有点进步。

我一切都好，您不用挂念。

大妹

李震东脸上露出笑容，轻轻把信放进抽屉。

一觉醒来，许春生洗脸后拿着杯，站在走廊上看风景。"喂，喂，宝鸾来啦！"

辛志坚望着陈小艺，说："还不赶快迎接！"

话音刚落，薛宝鸾已站在门口。"大家好！我回来报告啦。"

"宝鸾，你怎么来啦？"

"下午没课，闲着也没事。以前我说过，303的茶叶我包了。"薛宝鸾打开行李袋，拿出茶叶、压缩饼干，"哦！小艺，你的脚？"

"前天下台阶时扭伤的。没事，今天好多了。"

"宝鸾同学，上午我背他去换药，校医说没有大碍。"

"志坚，谢谢你啊！"

薛宝鸾拿起梳子，为陈小艺梳了梳头。

黄七月说："宝鸾姐，明天轮到我背小艺换药，如果你能留下来，效果一定奇好。"

薛宝鸾笑呵呵地说："我背不动呀，明早就得回去，只能拜托各位了。"

"是！303保证完成嫂子交给的任务。"黄七月立即敬礼。

"七月，你又油嘴滑舌啦。"

"喂，我建议，给才子佳人一个空间，我们先去教室或者图书馆，晚上再一起吃饭好吗？"

余粮说完拿着课本走出宿舍，其他人跟着也离开了。

"以后走路一定要小心啊！"薛宝鸾抚摸着陈小艺的手，心疼不已。

"过几天就好了，哦，余俊杰还去你家吗？"

"隔一段就来找我哥，我一看到他，就待在房间不出来。"

"入门是客嘛，基本的礼貌还是要有的。"

"对付这种人就要这样，不能给他任何机会和希望。"

"你爸妈最近好吗?"

"我爸很忙,我妈最近好像给人收买了。她说,余俊杰这人灵活,进步只是个时间问题。"

"喂,我把震东作对、你写的对联,挂在房间里。那天我妈问我,干吗挂这个?你猜我怎么回答的?"

"哦,你怎么回答呀?"

"我说我怕忘记了,今后嫁不出去。"

"宝鸾,怎么能这样讲话呢?你妈听了什么反应?"

"她什么也不说,黑着个脸走开了。小艺,我这边的,你放心吧。"

楼梯口传来熟悉的脚步声,陈小艺知道大家回来,该吃晚饭了。

六十二

脚伤治愈了,陈小艺恢复如常,每天自如行走。这次意外,让他真正体会到健康是何等重要。

十月的韩师校园,披红挂彩。

中国共产党第十四次全国代表大会,在北京召开并胜利闭幕。中文系团总支迅速组织传达、学习。

"同学们!这次全会的精神,概括起来,主要有三个方面。第一,是把邓小平建设有中国特色社会主义理论,确立为党的指导思想;第二,是提出建立社会主义市场经济体制的目标;第三,是强调抓住机遇,把经济建设搞上去。"

"小艺,请等一下。"

陈小艺刚传达完毕,徐佩兰马上递来一张字条。"请90级本科班的同学,到教室继续开会。"

同学们赶回教室,徐佩兰已站在讲台上,表情十分严肃。

"刚才在传达学习时,我发现有的同学人在会场,心在江湖。有的望着窗外,神情痴呆;最搞笑的是,有人像和尚,口中念念有词;有人手拿课本,沉醉其中。看起来啊,是要考试啦,在突击背诵?我真服了你们,有本领关闭耳朵。"

"同学们,一心精读圣贤书……"徐佩兰望着大家,停了一下。

"这是对的,但是两耳不闻窗外事,这就错了。大学生不关心国家大事,不把自己的前途、命运,跟国家紧紧连在一起,请问,你们的人生价值何在?

"你们认为十四大的精神离自己很远,是吗?大家都知道,小平同志强调解放思想,实事求是。请问,你们学习研究,不用解放思想?你们做人做事,不用实事求是?我明确告诉你们,这就是指导思想。

"十四大确定要建立社会主义市场经济,强调把经济建设搞上去,这说明什么?说明改革开放不可逆转,说明国家要发展,要富强,请问,大学生可以不闻不问、袖手旁观吗?

"同学们,日月如梭,你们留在韩师的时间,只有一年多了。什么是知识分子的情怀和担当?在座的每一个同学,都应该好好反思!"

徐佩兰说完宣布散会,从讲台迅速走出教室。

回到303,杨喜书说:"太震撼啦,班主任妙语连珠。"

"以前,我认为政治学习只是个形式,今天可谓当头棒喝。"许春生感叹起来。

余粮检讨说:"刚才呆望窗外的是我,我听见鸟鸣,想起'两个黄鹂鸣翠柳,一行白鹭上青天'。"

"唉,口中念念有词的是我,我在背诵演讲稿。"黄七月摇着头。

陈小艺问:"喂,拿着课本,沉醉其中的是谁呀?"

"是我！我想毕业后考研究生，我看的是教材。"辛志坚低着头，也承认了。

"好啦，前事不忘，后事之师。小艺，上次我跟你说的事，怎么样了？"杨喜书转换了话题。

"什么事？我忘了。""帮班主任介绍对象。"

"我表姐说啦，准备介绍一个中学校长。校长爱人前年患病走了，有个小孩。"

"见了面没有？"

"具体情况还不知道。"

"那你继续跟进吧，及时发布喜讯。"杨喜书再三交代。

"好，我也很期待。"

陈小艺说完，发现李震东不在。"咋不见震东呢？"

黄七月说："没回来呀，可能在校团委吧。"

"嗯，我去找他商量个事。"

陈小艺很快来到校团委，只见办公室大门紧闭。

到底去哪啦？陈小艺脑海立即浮现一个镜头：会议开始前，朱红缨神采飞扬，快速把一个东西塞给李震东。李震东接过后一声不吭，马上塞进裤袋，神情怪怪的。

陈小艺寻思着，这两人那么长时间没有接触，怎么，怎么忽然间就走近了？

六十三

李震东已经红运当头，彻底背叛了初心。

——这是陈小艺暗中观察思考，得出的结论。可以肯定，李震东近期用的手帕，就是朱红缨那天送的。

晚饭后一起散步，陈小艺旁敲侧击地说："我这土包子，至今也用不惯手帕。"

李震东愣了一下,说:"手帕有个别称,叫鲛绡,传说是鲛人织出来的薄纱。"

　　"有个美女用过。有诗为证:'尺幅鲛绡劳解赠,叫人焉能不伤悲?'"

　　李震东顾左右而言他:"小艺,芳芬最近怎么没来找余粮?"

　　陈小艺见他藏着,心想你不说就不说吧,等慢点我抓你们现场。

　　"余粮说,芳芬感冒了。""哦,有没有去看医生?"

　　"你可操心啊,余粮带她去看啦。这几天,他在班主任那里熬中药,煮好后再给她带过去。"

　　"有个事,纪主任要我跟你说。""哦,什么事呀?"

　　"他说中文系要办文学沙龙,每周固定一个时间进行交流。形式上可以灵活多样,可以谈自己一周阅读的书,或者推荐一本书,或者围绕一首诗谈体会等,这样有利于互相启迪,拓宽视野。"

　　"好,我来落实吧。震东,最近我又写了几篇文章,我们想合作的事,又迈进了一步。"

　　"行啊,我也一直在努力。"

　　"小艺,差点忘了告诉你,那天你不在,余粮说,沈霞姐给他寄信啦,在问候大家。"

　　"沈霞姐还好吗?"

　　"好,她跟县委组织部的师兄肖贵清结婚了。肖贵清是韩师毕业的,我和余粮见过。"

　　"那太好了,祝福师姐师兄!"

　　时序又翻新了。冬天的上午,寒风阵阵。

　　同学们到达教室,发现王老师站在椅子上,正把路遥放大的黑白照片,贴在黑板上方。

王老师站在讲台上,整了整黑色上衣,哽咽起来。

"同学们,党和人民饮誉文坛的优秀作家、文化战士路遥同志,因肝硬化腹水医治无效,于1992年11月17日在西安病逝,享年四十二岁。

"我提议,为路遥同志默哀!"

王老师立即转身,低头面向遗像,同学们也迅速起立,跟着默哀。

"默哀毕,请坐下。"

"同学们,路遥同志的一生,是苦难和奋斗同行,奉献与超越同辉的一生。他就像牛一样,吃的是草,挤出来的是牛奶。

"今天,我想简介路遥的人生经历,以便悼念这位英年早逝的作家。"

"1949年12月,路遥出生在陕北清涧县的一个特困家庭。七岁时,为了让他活命,父亲在他一无所知的情况下,把他过继给伯父。

"伯父的家也穷得叮当响,本不想让他上学,想让他长大在农村干活,但路遥凭着自己的努力,从众多考生中脱颖而出。

"上了一段时间学,伯父再也无力供应,就让他上山砍柴、放羊。路遥多次苦苦央求,最后伯父勉强同意,每月给他12市斤口粮。但这点口粮如同杯水车薪,青年路遥饿得眼冒金星,不得不在荒郊野岭,寻找一切可以充饥的食物。

"1973年秋,历经千磨万难的路遥,终于迈进延安大学中文系,从此迎来文学的人生。

"路遥常常通宵进行创作,他的早晨,是从中午开始的。为写好每个人物,他进工厂、下煤矿体验生活,足迹遍及陕北。他的心思,始终和人民群众连在一起,他的眼光,从未离开过那平凡的世界。

"像牛一样劳动,像土地一样奉献,这就是路遥精神!路遥为我们当代青年树立了榜样,是当之无愧的'时代楷模'!"

"同学们,路虽遥,但只要我们迈开双脚,坚持不懈,无论风雨多急,无论前路多险,就一定能够到达胜利的彼岸!"

王老师刚刚讲完,陈小艺立即站起来,挥动手臂,大声疾呼:"向路遥同志学习!"

"向路遥同志学习!"

同学们跟着大喊起来,一时间声振屋瓦。

六十四

路遥的英年早逝,不仅让同学们痛惜叹息,也引发大家对生命健康的思考关注。

"身体是革命的本钱!"

303的墙上贴了新的标语。午休时间,大家不再像过去那样随意交谈。

辛志坚躺在铺上,随手拿起一本书,翻阅起来。

百合花,三个熟得像桃的大字,蹦跳出来。这是他熟悉的、茹志鹃的短篇小说。

睡神悄悄降临了,困倦中,辛志坚进入梦乡。

绕村而过的小溪清澈见底,两岸开满白色的百合花。辛志坚放学后,和堂哥走在岸边。他拾起脚下的瓦片,开心地打起水漂。

"志坚,都钻水里啦,这哪叫打水漂呀?看我的!"

堂哥弯腰拾起瓦片,贴着水面使劲扔去。只见瓦片跳跃如飞,溅起片片浪花。

辛志坚学着也打出浪花，开心极了。"哥，我们班最近学了茹志鹃的《百合花》。"

"哦，有什么体会？说来听听。"

"小说以解放战争为背景，写部队总攻前，小通讯员到达包扎所后，向邻村新媳妇借被子的故事，表现了崇高纯洁的人性至爱，赞美了小战士平凡而伟大的品格。"

"行啊。从作文的角度，你觉得小说最值得学习的是什么？"

"是语言，清新、柔和、优美。"

"这是一个方面，但我认为最值得借鉴的，是俯拾即是的细节描写。最典型的是小通讯员牺牲了，新媳妇依然拿着针，细细地、密密地缝着衣服上的那个破洞。这一针针缝进去的细节，深刻表现农村妇女对子弟兵真挚、纯洁的感情。"

"哥，我明白啦，以后作文，我也要写好细节。"

"这就对了，有悟性……"

"哥！哥！……"

堂哥一直没有回应。辛志坚掀开被子，一头撞到叠铺的靠墙上。

他马上坐起来，眨了眨眼，心里像被石头堵住一样。"高中三年特别重要，你要心神专注，稳扎稳打。你爸起早摸黑，种菜卖菜，还不是为了你？

"志坚，你这人天性乐观，有幽默感，这是好事。但有时话多，这是缺点。当然，像我太闷也不行。

想到堂哥现在已经不能跟自己正常对话，辛志坚鼻子一酸，眼泪差点流下来。

唉！梦中千呼万唤，堂哥一直没有回应，是不是病情加重了？

辛志坚有一种不祥的预感，决定周末回家去看看。

父亲见辛志坚回来了,第一句话就说:"你堂哥更疯了。"

"我上学前,他的病情不是稳定了吗?"

"是啊,原来每天都有食药,但最近什么药不食,总怀疑别人迫害伊,你堂伯被伊打得青一块、紫一块。"

"哦,怎么会变成这样?"

"你堂伯咀,伊又看到以前女友的绝交信。志坚啊,族里凑了点钱,想送去精神医院。刚好你回来,这下有办法啦。"

"爸,有什么办法?"

"你堂哥那个体格,一般人接近不了。伊最惜你,明天你负责迷惑他,我再找两个壮的把他按住,让医生先给打针安定,才有办法送啊。"

父亲别过脸去,辛志坚听了眼泪直流。

"唉!事情已经这样,你咀有什么办法呢?"

"堂哥在哪?我欲去看伊。"

"在伊个老厝,门锁住了,你过去的话,千万不能开门。"辛志坚点点头,走向老厝。

"哥!我是志坚,我来看你啦。"

透过铁链锁住的大门,辛志坚朝里面大喊。

连喊几声,里面毫无反应。辛志坚寻思着,用力敲了敲门,又大喊起来:"哥!百合花!"

辛志坚把耳朵伏在门缝,听见里面有脚步走过来。"哥!我是志坚。哥!我是志坚呀!"

堂哥终于探出头来,望着辛志坚看了又看,一会儿,狂笑不已。

"滚!你别逼我!"

辛志坚一下子泪如泉涌,望着蓬头垢面的堂哥,他明白疾病把堂哥对自己的关爱带走了,从今以后,百合花的芬芳消失了。

六十五

辛志坚痛彻心扉,回校后沉浸在对堂哥的追忆中。

半夜里,李震东听见他翻来覆去,便小声地说:"喂,怎么啦?"

"睡不着啊。"

"那到外面说说吧。"

两人悄悄起了床,蹑手蹑脚,生怕弄出声响。站在走廊上,李震东小声地说:"怎么啦?"

"我堂哥病情加重,狂躁异常,连我堂伯也打了。"

"哦,那怎么办呀?"

"还能咋办,只能送去治疗。想到精神医院那种地方,我心疼啊!"

"事情都这样啦,这是没有办法的办法。"

"唉,说点别的吧。震东,我决定毕业后去考研,你呢?"

"好啊,研究生发展空间比较大。我呢,想早点出来工作,不然,兄弟姐妹四个,家里负担太重。"

"嗯,你是大哥,责任重一点。"

"遇境而当嘛,希望我们明天都会更好。"

日子又从指缝间溜走了。黄七月轻快地走进宿舍,把一大袋东西放在桌上。

"我来啰,请大家吃糖!"

"七月,看你这么高兴,是回家娶老婆吧?"

"春生,你是花钱帮我买,还是帮我租了一个?"杨喜书正喝着水，笑起来喷了辛志坚一脸。

"喜书啊，目标在那边，叫你杀敌，你却先杀老同学。"辛志坚用手擦着脸，其他人笑成一团。

"七月，什么喜事呀？快说。"陈小艺问。

"我爸转正啦！"

"哦，什么转正呀？"

"我爸的民办教师转为公办啦！这次比较公平，划定工龄后，按面试、笔试总成绩录用。"

"那太好了，祝贺你爸！"

陈小艺双手一拍，303响起一阵掌声。

许春生说："七月啊，晚上你可要请我们吃大餐。"

余粮接话说："大餐就不必啦，到市区去吃牛肉粿条，可以吧？"

"可以！包你们个个满意。"

"那走吧，早点过去。"

李震东说着走出宿舍，大家跟着下了楼梯。

没走几步，陈小艺突然大喊起来："喂，喂，震东！"

李震东抬起头，看见朱红缨正迎面走来，还来不及开口，陈小艺已经跑上去了。

"红缨啊，特邀你跟我们去市区吃牛肉粿条。"

"好啊，谢谢！"朱红缨看了李震东一眼，爽快答应了。余粮做着手势，说："欢迎副班长捧场！"

陈小艺迅速跑出校门，马上招来四辆人力三轮。"喂，两人一辆。红缨，你跟震东一辆吧。"

李震东嘴巴紧闭，瞪了陈小艺一眼。陈小艺好像什么也没看见，微笑着上了车。

"完了，完了……"李震东叹着气，摸了摸头。

朱红缨把头靠在李震东肩上，说："完什么呀？不光明正大吗？"

很快进了一家牛肉店，只见大厅正中，挂着"不牛肉非潮汕"的牌子。

老板记好份额立即开灶，用猛火热猪油，迅速把切好的芥蓝，倒入鼎中。爆炒几下后，加入腌制过的牛肉，再放入粿条，不停翻炒。接着淋上酱油，来回翻动，整个过程如行云流水。

一会儿，八盘鲜嫩光亮的牛肉粿条摆在长桌上，老板从锅中给每人盛上一碗下了芹菜粒的牛肉丸汤。

大家狼吞虎咽，吃得津津有味。

朱红缨悄悄把两粒牛肉丸，夹给了李震东。

陈小艺看见了，故意提高嗓门："震东吃的，比我们香。"

"小艺，你是内奸！"

朱红缨呵呵直笑，说："今晚我请客。"

黄七月抬起头，说："不行！说好的，是我请客。"

"七月，你就下一次吧。副班长同志，今宵良辰，我代表303，祝贺你。哦，不是，你和震东。"

余粮话音刚落，大家纷纷鼓掌。

杨喜书说："震东，等会儿回去，准备开会对你进行专题教育。"

"喜书，你何出此言？"

许春生说："我看，现在还是请震东，当我们的面，向红缨表白。"

辛志坚说："春生，不是表白吧？是要发誓。"

"这……这……你们……"

余粮和黄七月硬把李震东拉起来。"不说，是没办法过关的!"

"好好，我说，我说……"

"说什么？大声点！"

"我爱……爱红缨！""好，好！"

掌声再次响起来，老板收款后也说好。

六十六

回到303，李震东捏了一把陈小艺："你干吗出卖我呢？"

"今晚红缨多开心啊，你该感谢我才对呀。"

"震东，要想人不知，除非己莫为。这么多双眼睛，早就把你望到底啦。"余粮笑嘻嘻地。

"你们先进的，要带动一下后进嘛。"黄七月噘着嘴。辛志坚翻着课本，头也不抬。"我是不谈的，想谈的要主动呀。"

"你这是不会游泳，偏当游泳教练。"许春生瞅了一眼辛志坚。

杨喜书说："放心吧，爱情和面包，迟早会有的。"

"你不是说要开会，对震东进行专题教育吗？"黄七月望着杨喜书，活跃起来。

"不只是震东……"

杨喜书转头看着陈小艺、余粮："喂，你们俩，也要接受教育。现在我代表303，对你们进行测试。"

"汉语第三人称，原来一直没有称呼女性的代词。她，这个字是什么时候开始使用的？"

许春生第一个反应："我知道。"

"我又没问你，你举手干什么？喂！你们三个，谁来回答？"

"喜书老师，用她字代指女性，是北大教授刘半农在1918

年首次提出的。1920年9月,他在英国留学期间,写下《教我如何不想她》的诗篇,首创了她字的使用。"李震东首先回答。

"1926年,刘半农的好友、全才式教授赵元任为这首诗谱曲,从此,她字伴随着优美的旋律,被广泛接受和使用。"余粮接着做了补充。

"完全正确!刘半农在诗中抒发了对妻子深沉的爱。大家知道,民国才子多风流,刘半农却一生专一,对妻子不离不弃。"

"哎哟,用心良苦,启发式教学。喜书,你真厉害。"黄七月竖起拇指。

陈小艺说:"喜书老师,我听明白了。我补充一句,赵元任对妻子也专一,而且达到惧怕的程度。"

"哦,刚才怎么把你忘了,这歌你会唱吗?"

"抱歉,我没学过,等学了,我再为大家卖唱。"

"小艺,我给你划重点。'啊!微风吹动我的头发,教我如何不想她?月光恋爱着海洋,海洋恋爱着月光。'这几句要联系宝鸾,唱出效果。"

许春生一副投入陶醉的模样。

李震东用力敲了敲上铺,说:"志坚啊,在你的影响下,303个个都是笑星。"

"记住,你们的优点,都是向我学的,缺点是自己会的。"辛志坚自顾看书,停了一会又说:"你们谈情可以,但忘记努力,就意味着忘本。我提醒诸位,元旦一过,期末考试又到啦。"

余粮收敛笑容,随声附和:"说得对,可千万别补考啊。"

303恢复了平静,每个人都自觉拿起课本。

李震东跟着翻阅起来,却发现怎么也看不下去,起身洗了把脸,再坐下来,还是无法集中精神。

"忘记努力，就意味着忘本。"辛志坚的话，让他想起父亲的告诫。

从懂事开始，李震东一直是个听话的孩子，万万没想到的是，这次却违背父命，在前途未定的情况下谈起恋爱。真不知道情为何物？自己一直死守的心堤，最终还是不以人的意志为转移，无可避免地崩塌了。

眼前浮现起初中时，在父亲单位过夜的情景。凌晨三点，父亲就悄悄起床，开始日复一日的劳作。

食品站的屠猪场灯火通明，父亲熟练地烧水、磨刀，为待宰生猪冲洗去污。年轻的同事把猪制昏后，马上刺杀放血，刨毛解体。父亲清洗完猪内脏，负责检验盖印，为铺户分发猪肉，然后把当天的数据记录下来。

父亲的辛苦、劳累，在少年李震东心上刻下深深的烙印。"努力和爱并不矛盾！"

想念刚下，情意又上，爱情真是无孔不入。朱红缨微笑着，又走进李震东的心房。

"我没有拖累你呀！"

朱红缨干脆在心房住下来，帮着打扫卫生。

"想一下就好，别发呆啦，我希望你好好读书。"

朱红缨又说话了，李震东回过神，拿起课本翻阅起来。

六十七

谈笑弹指间，元旦，这个开启希望的日子，贴着1993的年码来了。

在图书馆复习完功课，李震东站起来，正准备离开，无意中看到墙上的挂历，发现今年的春节，比往年来得更早。大妹在深圳打工一个学期了。多少次在梦中,李震东见到她坐在缝纫机前,细心缝合着衫片;见到她手拿饭盆,挤在如龙的队伍,等待打饭;见到她走在风雨中,独自赶往夜校补读的情景。大妹稚嫩的脸庞,疲惫的神情,让他牵肠挂肚,心疼不已。

李震东又坐下来,准备给大妹写信。他拿起笔,才知道心有千言万语,却不知从何说起。写啊涂,涂啊写,最后只写成一句叮嘱:大妹,要注意休息,要提前订好车票。

期末在例行考试中结束了,李震东和朱红缨漫步在山顶操场上。

"震东,我爸说了,春节带全家去北京旅游,你跟我一起去吧?"

李震东想起陈小艺的经历,摸了摸头,说:"红缨,我现在去见你的家人不合适。"

"为什么?"

"我大妹在深圳打工,春节回来我要陪陪她。这样吧,等将来工作了,我再去拜见你爸妈,好吗?"

"嗯,陪大妹的理由基本成立,本宫批准。"

"奴才谢谢朱太后。"

"亏你还写文章呢,应该这样说,奴才叩谢大小姐隆恩。"

李震东哈哈大笑,朱红缨笑得直不起腰来。

"红缨,到北京一定要去八达岭长城看一看。"

"是啊,不到长城非好汉。你知道这一段长城的设计者是谁吗?"

"不知道,是谁啊?"

"真不知道啊?设计者是我们潮汕的吴一贯。明孝宗时期,他奉旨经略边务,在大理寺右少卿任上,规划、筑建了八达岭长城。另外，他在北京有赈灾之功，老百姓一度把他奉为城隍爷呢。"

"哦，想起来潮州牌坊街的大理少卿坊，是为他而立的。"

"对，还有座少司马坊，是为明代翁万达立的。他在担任兵部侍郎、总督三边时，创修山西大同长城。"

"哦！这样说，比起设计、修建长城，外人称道的潮汕木雕、刺绣、陶瓷等，只能算是雕虫小技。"

"是的，历史上，我们潮汕出了不少人物啊。"朱红缨挽着李震东，把头斜倚在他的肩膀。

"震东，那边不是有条情侣路吗？一起去看看吧。"

两人来到情侣路，只见右边是一面青山，左边是一排杨柳。迎风而动的柳条，似乎散尽冬的气息。

"昔我往矣，杨柳依依；今我来思，杨柳绵绵。"李震东改编了一下《诗经》的句子。

"昔日你走时，杨柳依依不舍；今日你归来，杨柳缠绵悱恻。"

李震东紧紧抱住朱红缨，两人耳鬓厮磨，表情陶醉。

一会儿，朱红缨说："其实，杨柳生命力是很强的，只要你愿意栽种，便能长成绿荫。"

"是啊，但我更喜欢松树，松树挺拔可靠。"

"杨柳可亲，松树可靠。可亲和可靠，都是做人必须的。"

"说得好，聪明！"李震东笑着刮了一下朱红缨鼻子。

"谢谢夸奖。喂，你不是要带我去见丁晖姐吗？"

"好，明天就带你去。"

第二天，两人来到黄启公司。

"师兄、丁晖姐，你们好！这位是朱红缨同学。"

"欢迎，欢迎！"黄启满脸笑容，丁晖则把朱红缨打量了一番。

丁晖笑着说:"红缨,这名字怎么好熟悉呀?"

"丁晖,她就是《爱如暗香》的作者。上次震东跟我通电话,我不是把报纸给你了吗?"

"哦,对了。红缨,以后你也要教我写诗呀。"

黄启插话说:"你就教她写一首,有一种爱叫不讲理。"

"不讲理的是你,我这人包容心很大的。"

丁晖笑容可掬,领着朱红缨参观公司储藏的各种茶叶。

"师兄,生意怎么样啦?"

"过得去吧。慢一点,我准备跟朋友合作,开一家茶馆,供人品茶、消闲、谈生意。"

"刚才来公司时,我看到街道上人来人往,摩托车比以前更多了。"

"各地都在加快发展啊。据报道,去年,全国登记注册各类公司48.67万家,出口总额在世界排名第11位。震东,潮汕的党政机关,有很多干部停薪留职,下海啦。"

"师兄,潮雅苑重新装修了,现在的内部环境、音响设备跟过去不一样了。"

"喂,晚上一起吃饭吧,再去潮雅苑跳舞。"

"不啦,大妹来信了,我估计她很快就能到家。"李震东归心似箭,带着朱红缨告辞了。

六十八

告别朱红缨,李震东转车回到村里,刚进家门,就听见大妹在喊。

"大哥!我回来啦。"

"大妹！来，让大哥看看。"

放下行李，李震东上前，握住大妹的双手，端详起来。"人瘦了，手也变粗了。"

"是瘦了一点，但我的状态还是不错的。"

"大妹，一定很辛苦吧，快把情况跟大哥说说。"

"我已经适应啦。我们厂经常加班，要到晚上十一点，才能下班。"

"哦，那你读夜高中怎么办？"

"老板开始不同意，我就打电话给丁晖姐，请黄启哥说情，后来同意了，他还借钱帮我交学费呢。"

"大妹，我们一定要记住帮过我们的人。"

"大哥，我记住啦。"

"你要注意身体，反正是计件取酬，少赚点就少赚点。"

"您放心吧，我会照顾自己的。哦，这次我给阿嬷买了件毛衣，你猜猜，我给弟妹带了什么？"

"是裤子吧？"

"大哥真笨，是派克笔呀。我希望弟妹也像你一样，善于用笔。"

母亲笑呵呵的。奶奶坐在旁边，摸了摸大妹的头发。"我这个孙女，又聪明又孝顺。"

奶奶正说着话，父亲从食品站回来了。吃完晚饭，父亲拉着奶奶的手说："阿妈，我大伯还活着。"

"真的还是假的？你大伯还在啊？"奶奶望着父亲，十分吃惊。

"在啊！在台湾！"

"啊！你是怎么知道的？"

"大伯从台湾寄信给我爸，幸好村名一直无变，邮局的同志刚好遇见我,问我乡里有无这个人,我咀这人是我爸,他就把信给了我。"

"大伯咀伊盼望回乡探亲,我已按伊提供的地址回信,但不敢个伊咀,我爸早走了。阿妈,您见过大伯吗?"父亲喉咙哽咽。

奶奶瞬间泪流满面,说:"我无见过大伯,但听你爸咀,伊是1937年10月当兵的,当时正十八岁啊。唉,五十五年过去,大伯今年应该七十四岁啦。"

李震东拿起毛巾,轻轻为奶奶擦去眼泪。"阿嫲,大老伯当兵后,去哪里啊?"

"不知道啊!只知道去打日本鬼子。1945年鬼子投降,你阿公多方打听,没有半点消息。唉!太嫲日思夜想,每天都哭。后来,眼睛都哭瞎了,临终前还唤着大老伯的小名。"

父亲悲伤地说:"震东啊,有个事,爸一直藏在心里,没有告诉你们。"

"爸,什么事啊?"

"你公跟我咀过,你太公是给日本鬼子打死的。1939年6月潮汕沦陷,有一天,太公在田间看见两个日本兵走在路上,便悄悄搬起一块大石头,隐藏在大榕树下。待两人走过时,太公搬起石头,朝背枪的身后砸去,没背枪的见状,挥拳就打。太公回手把他打翻在地,那家伙见势不妙,爬起来后就跑。太公三下五除二把背枪的解决了。

"第二天,那个逃回去的,带着一群鬼子,把村包围了。他们举着刺刀,挨家挨户搜查,威胁如果不把太公交出来,就杀光全村。太公不愿连累乡亲,站出来咀,我够本了,结果受尽凌辱,被活活打死。"

父亲抹着眼泪,全家人跟着泪流不止。

"太公还有个哥哥，在破坏潮汕铁路时，被日本飞机炸死了。"

"为什么要破坏潮汕铁路呢？"

"是为了延缓日军的进攻。1939年，日军占领汕头前，政府下令征集原参与建设的工人，发动群众破坏潮汕铁路。太公的哥哥，就是在这次抗战中被炸死的。"

父亲再也控制不住，失声痛哭。

"震东，我们李家虽穷，但是满门忠烈！你是长子，一定要为这个家族争光！"

"爸，您放心吧！"

奶奶抹了抹眼睛，拉住李震东的手，说："这样吧，你们父子近期去把祖坟修整一下，大老伯回来，伊一定会去祭拜的。"

李震东把一杯水递给奶奶，说："好，阿嫲，我跟阿爸去修。"

六十九

李震东背起锄头，拿着镰刀，跟随父亲上山了。

太公、太嫲两人墓地紧挨，荒草丛生。父亲抡起锄头，开始平整墓前的土地，把露头的小石块夯实。李震东手握镰刀，小心割去坟上和周边的荒草。

不到一个小时的工夫，两座墓地被修葺一新。"爸，大老伯什么时候能回来？"

"我已把单位的电话，寄给大老伯。估计收到后，他会打过来。"

"以前我从报纸上看到，1987年7月14日，蒋经国下令'解严'，允许老兵回大陆探亲，大老伯当时为什么没有回来？"

"哎，信放在单位，忘了给你带来。他说，几年前得了一场大病，花了一大笔钱。"

父亲说着跪向墓地："阿公、阿嬷，我大伯找到啦，过段时间，就会来看你们啦！"

春节很快过去，一家人一直期待的消息，终于有了回音。"阿妈，有消息啦，大伯已打来电话，明天一大早，他从台湾坐飞机经停香港，再飞往汕头，到达后，就能坐出租车回乡啦。"父亲回到家，抑制不住高兴和激动。

"那太好了，谢天谢地啊！"

"阿妈，我们都不认得大伯，明天怎么办？"

"你爸跟我咀过，兄弟俩长得很像。没事的，血脉会拉近我们。"

第二天下午，父亲估算着时间，带着全家人来到村口等候。

李震东望眼欲穿。一会儿，一辆红色的出租车，在村口停下来。啊，副驾驶的车门打开了，下来一个年龄跟父亲相仿的男子。他迅速打开车后座，小心扶出一个七十多岁的老人。

奶奶定睛一看，立即冲上前去："大伯啊，我是二牛个老婆。"

老人抬起头，注视着奶奶，说："哦！你是弟妇。"

奶奶回过头，朝父亲招手："都过来吧，快叫大伯！"

"大伯，我是二牛个大仔，这是孥仔个妈……"父亲逐一做了介绍。

"弟妇，这是我个仔忠忆。忠忆啊，快叫二婶。"

"二婶，您好，我是忠忆。"

"哎哟，弟啊，你生来个你爸一模一样。"

父亲和忠忆搀扶着老人，李震东拿着行李箱，一家人慢慢走回家。

父亲让老人坐下来，拿着热毛巾，帮他擦了擦脸。李震东马上端上茶水。

老人啜了一口茶，突然问奶奶："弟妇，我二弟去哪？"

奶奶抹着眼睛，回答说："大伯，您二弟，十……十年前走了。"

"天哪，他那么年轻！是什么情况啊？"

"累病的，生了个恶物。"

"二牛啊，你怎么走得这么快？我俩可是五十五年没有见面呀！这个家靠你在撑啊，大哥对不起你啊！"老人痛哭流涕，呜呜咽咽。

"大伯，没有办法，人死不能复生啊。"

老人抹着眼泪，越发伤心起来。"二牛啊，我在台湾梦见阿妈去世，还看见你在抬棺啊……"

"大伯，阿嬷对您日夜思念，临走前，还唤着您的小名……"奶奶泪如雨下。

"阿妈，儿子不孝啊！"

老人哭喊着，从怀里掏出当兵前母亲为他绣的平安袋。一家人看到褪尽颜色的平安袋，抽泣起来。

"大弟，大伯想到阿公、阿嬷墓地拜拜。"

忠忆马上说："爸爸，您年事已高，休息一下，明天再去吧。"

"不行！大弟，带路！"老人立即站起来。

父亲见劝不住，搬来一张藤椅，想让老人坐着，抬上山去。

"没出息！见自己的父母，就是爬，也要爬上去！"

忠忆扶住老人，老人用力挣开，说："我是军人，我要自己走上去!"

李震东拿着事先购买的祭品,跟在后面上山了。

大约走了四十分钟,到达山上的墓地。老人整了整衣服,自己点了三炷香,屈膝跪拜。

"阿爸、阿妈!亚大回来看你们了,来给你们磕头啦。国家有难,儿应召抗日,没有尽孝,对不住你们养育啊!"

老人把香插在墓前,恭恭敬敬磕了三个头。父亲马上搀扶,让他在旁边的石块上坐下来。

"大弟啊,阿公、阿嬷过世的情况,你知道吧?"

父亲给老人递上水,不想让他过于悲伤,就说:"大伯,明天我再好好个您咀。"

老人休息了一会儿,起身准备回家。父亲和忠忆搀扶着老人,一步一步,走下山来。

七十

夜晚,父亲和忠忆打地铺守着老人睡觉。

原以为舟车劳顿,老人会起得晚些,没想凌晨五点未到,老人嗷嗷大喊,坐了起来。

"大弟,快告诉我,阿公、阿嬷是怎么死的?"

"大伯,阿公是被日本人打死的,阿嬷忧思而死,她一直想念阿公和您啊。"

父亲把过程讲述了一遍,老人瞬间又老泪纵横,手脚颤抖。

忠忆安慰说:"爸爸,想开一点吧,当时国家山河破碎,没有办法啊。"

老人擦着眼泪,说:"大弟啊,将来有机会修族谱,一定要把这些事记下来,让子孙后代不忘国耻,不忘祖辈。"

"大伯,您放心吧,一定会的。我大仔震东,文笔不错,在报纸发表过一些作品,我把您的话当成任务,交代他一定完成好。"

"行啊,我们家出文化人啦。"

"震东现在大三了,我经常教育他,要努力奋斗,为家族争光。"

"教得好!大弟、忠忆啊,我有件事要交代你们。"

"大伯,您尽管吩咐。"

"将来我走了,一定要把我的骨灰,埋在阿公、阿嬷旁边。在世,我没有尽孝;死后,我要陪伴他们。"

父亲握住老人的手,深深点头。老人转头对忠忆说:"忠忆,爸爸老了,且身体有伤,快走不动啦。你还有一项任务,就是帮我把战友的骨灰,从台湾奉回大陆,让他们叶落归根。十四年抗日战争,广东户户挂白绫,粤军几乎打光了,跟我到台湾的,就那么几十人。"

"是,爸爸!我保证完成任务!"忠忆立正敬礼,老人脸上露出笑容。

一家人吃完早饭,老人说:"大弟,你两个姑在哪里啊?"

"1939年潮汕沦陷后,两个姑跟阿嬷弟弟逃到江西,后来嫁给农民。大姑前年走了,小姑还在。大伯,要不要打电报,让她来见您。"

"唉!路途遥远,等下次吧。"

老人叹息一声,接着又说:"大弟,你忙你的,让大孙仔震东,陪我去看看你爸吧。"

李震东马上说:"大老伯,我陪您去,阿公的墓就在村的西北方。"

老人来到墓地,又触景生情,难掩悲伤。他深深鞠了三个躬,弯下腰轻抚着石碑,大喊:"二弟啊!大哥回来看你了!"

"大老伯,您要保重啊!"李震东赶紧搀扶,让他在旁坐下来。

休息了一会儿,李震东说:"大老伯,乡里人都知道您回来啦。村长说了,要请抗日英雄吃饭呢。"

"真的?"老人望着李震东。

"大老伯,我想把您的事迹写出来,让大家学习。"

老人连连摆手,沉重地说:"大孙仔,我有什么资格宣传自己呢?单说我们粤军,你说死了多少人?很多人连尸骨,至今也没有找到啊!"

李震东帮老人点烟,接着说:"川军出川前,粤军已经在打大仗了。南京保卫战,粤军是唯一正面突围成功的部队。其余的部队,绝大多数在南京被日寇屠杀了。"

"大孙仔,你是怎么知道的?"

"大老伯,我从报纸上看到的。"

"共产党实事求是啊!我就是南京保卫战的幸存者。"

"啊!大老伯。"李震东万万没有想到,历史竟然离自己这么近。

"在南京保卫战中,粤军为夺回光华门,几十名战士,全部壮烈殉国。在穿过汤山与南京的公路,粤军与日寇进行殊死搏斗,军长邓龙光、叶肇带头拔出刺刀,冲锋陷阵。一万多人的队伍,突围出来时,只剩下二千多人啊。

"粤军宁死不做亡国奴啊!你要写,就写整个粤军吧,绝对不能写我一个人。

"大老伯！孙仔向抗日英雄敬礼啦！"李震东立正敬礼，完全被老人大爱无私的精神感动了。

"震东！震东啊……"

李震东抬起头，只见阿武走在前面，四个年轻人抬着一顶竹轿子，飞奔而来。

"阿武，你们这是干什么呀？"

"我们奉村长命令，前来接老英雄回村食茶。"抬着的四人放下轿子，和阿武面向老人列队。

"立正，敬礼！"

"民兵营长李阿武奉命，敬请老英雄上轿！"

老人立即回礼，大声说："不敢当啊！"

李震东和阿武扶着老人上轿。

七十一

村委会的门楣，悬挂着"欢迎抗日老英雄李亚大"的横幅。村长把老人儿时的伙伴，全都请来，让忠忆认识并喊叔叔。高脚的长桌上，摆放着新买的工夫茶具和上等的单丛茶、杏仁香。

老人见到儿时一起长大的伙伴，脸上笑纹舒展。大家喝着工夫茶，回忆起往事，你一句，我一句说开了。

村长热情地给每个老人递烟，转身说："震东啊，你作个对子吧，向我们村的老英雄致敬。"

李震东沉吟片刻，站起来鞠躬，不紧不慢地说："各位前辈，我修养不够，没有捷才急智。但村长出题，恭敬不如从命，请大家批评、指正。"

抗倭寇甘洒热血，只为山河

归潮汕不惧残躯，无非家园

"好！好啊！"村长带头鼓掌，满堂热闹，"亚大，你这个大孙仔厉害啊！"

听着别人的赞许，老人笑得合不拢嘴。

村委会隔壁的厨房，传来砧板上剁肉的声音。村长对老人说："亚大伯，中午的菜，都是家乡菜。您喜欢的金薯，也准备了。"

"哦，金薯，就是我们村特有的，那种肉呈黄色，清甜无丝的糖心红薯吧？"

"是啊。厨房还劏鸡炖汤，鸡是放养在近山的走地鸡。"

"谢谢，乡亲们的好意，我全领了。"

老人说完看着李震东，慢慢念起来："故人具鸡黍，邀我至田家，绿树村边合，青山郭外斜。"

李震东竖起拇指，马上接下来："开轩面场圃，把酒话桑麻。待到重阳日，还来就菊花。"

"亚大叔，今后您一定要多来乡里看看。我们村的菊花园，每年秋天，遍地金黄，雅到无变咀。"

"一定，一定。"老人点了点头。

吃着可口的家乡菜，时光仿佛倒流，老人回到快乐的童年。

休息了几天，老人的情绪恢复平静。在察看村容村貌后，他特意提出要到当年念书的中学堂看看。

李震东实地调查后，告诉老人："大老伯，您念书的中学堂，离镇政府不远，抗战时被日军炸毁，潮汕解放后，被建成公粮收购站。去年，政府拨出专款，在原址兴建中学。"

"这样啊,看来,政府对教育非常重视,教育是立国的根本啊。"

李震东陪着老人和忠忆,到镇里参观。看到宽广的马路,人山人海的集市,以及正在建设的工地,老人欣喜异常。

"不看不知道啊,大陆的发展势头很好。在台湾,国民党一直在进行'反共'宣传,说什么一到冬天,大陆就会饿死、冻死多少人,太荒唐了。"

"大老伯,改革开放已经十五年了,国家的发展,日新月异。"

"邓小平太了不起啦!我这次回来,在飞机上看到他南方谈话的报道,国家繁荣昌盛,指日可待。"

"大老伯,邓小平与蒋经国,都曾在苏联留学,是吗?"

"是啊,他俩是老同学。蒋经国对台湾还是有贡献的,他推行十大建设,使台湾成为亚洲'四小龙'之一。在坚持一个中国的问题上,他是坚定不移的,可惜死得太早了。"

"为什么呀?"

"如果他长寿一点,也许祖国统一的进程会加快。唉!历史没有如果啊。"

"去年,大陆与台湾不是已经达成'九二共识'吗?"

"是啊,但是我们几个老兵平时交谈,多少有点担忧。"

"你们担忧什么呢?"

"你看,李登辉飞扬跋扈的样子,我们怕他靠不住。"

"爸爸,两岸的民间交流,不可逆转了。我相信中国一定会统一。"忠忆搀扶着老人。

"忠忆,我也相信,一定会统一的。但我老了,盼望早点看到啊!"

三人站着交流了很长时间,李震东怕老人耗神而过于疲累,便招来一辆人力三轮,提醒老人该回家了。

七十二

时间不催人自催,老人决定回台湾了。

村长握住老人的双手,不时低头耳语。阿武把村里送的一箱金薯、两包单丛茶,连同行李放进出租车的后尾厢。全体民兵在路边列队,目送老人上车。

"谢谢乡亲们,请大家回去!"忠忆站在出租车旁,拱手致意。

父亲和李震东也坐上车,陪同前往机场。忠忆很快办好了登机手续。

老人望着李震东父子,一字一句地说:"大弟,记得给大伯写信。大孙仔啊,你要好好读书,将来做个有用的人。"

"大老伯,您放心吧。"

忠忆扶着老人启程,转身挥了挥手。父子俩站在原地,目送老人一步一步,走进了候机室。

日子似乎又跑起来,大妹背起行李前往深圳,李震东也回到校园。

大存提着一只卤鹅、一篮鸡蛋来看徐佩兰了。

徐佩兰亲自煮饭、剁肉、炒菜,让大存把303七人叫到宿舍吃饭。

吃着口感醇厚、香滑的鹅肉,大家开心极了。

"嗯,好吃。大存哥,你——可真行啊!"辛志坚嘴里嚼着鹅肉,断续发出赞声。

"哦,慢点吃。"徐佩兰拿起筷子,给每个人夹肉。

陈小艺说:"大存哥,逢年过节,我在家也吃鹅肉,但没有吃过这么好的。"

"小艺，没这么夸张吧？潮汕卤鹅的方法，关键在于卤水调配和熬制时间。"

"那卤水要怎么调配呢？"黄七月拿着碗，望着大存。"七月，先读好书吧，毕业后我教你。"

"大存哥，您就说说吧，这跟读书没矛盾。我想学学，以后可以自己动手。"

"卤水调料，有南姜、桂皮、八角、花椒、白茅等二十多种，具体名称和比例，我可以写给你们。熬制的时间一定要把握好，短一点，熟不到心；长一点，肉又太烂。"

"这叫作得时者贵，失时者贱。"许春生的概括能力，又表现出来。

"说得好啊，生活处处有哲理。"徐佩兰望着许春生，满脸笑容。

李震东见余粮一直低头吃饭，一声不吭，扯了他一下衣袖："余粮，闷闷不乐的，怎么不说话呀？"

"没有啊，我和喜书一直在听啊。"

一顿饭在轻松的交谈中结束了，大存站起来对徐佩兰说："姐，谢谢您的关心和帮助，我想早点赶回家去。"

"大存，我买了几双厚袜子，你带回去给阿公、阿嬷。天气变化无常，让他们注意保暖。"

"姐，您又操心了。"大存双手接过袜子，告辞去了。

送别大存，大家陆续走回宿舍。李震东拉住余粮，就往山顶操场走去。

"喂，心不在焉的，怎么啦？"

"唉，震东，这个寒假，我过得很不开心！""家里有事吗？"

"倒没什么事。我和芳芬的事，节外生枝了。"

"节外生枝？什么情况啊？"

余粮站在望江亭，一脸茫然望着韩江……

清澈的小溪，好像也过着春节，一路欢跃。溪边的茂林修竹，摇曳着绿色的身姿，一条碎石铺成的小路，蜿蜒其中。

"余粮哥，你在哪呀？"

"芳芬，我在这。"

"你可别弄丢了。"

余粮隐藏在竹林中，待余芳芬走近，吼了一声又跑开了。余芳芬一路欢笑，一路追赶。

"芳芬！你来这里干什么？"

后面突然传来一声吆喝，余芳芬停下脚步，回过头来。

"大哥，你不是……不是去给领导拜年吗？"

余粮见状，马上跑过来。"俊杰，你怎么在这？"

余俊杰喘着粗气，虎着脸说："这话要我问你呢，你给我听好，请你自重！"

"俊杰，我们是老同学，我哪里不自重了？"

"我今天可是打开天窗说亮话！你自己想想，配得上芳芬吗？"

余芳芬立即把两人隔开，用力推开余俊杰。"大哥！怎么能这样说话呢？我的事，不用你管！"

余粮望着余俊杰，默不作声。

"芳芬，大哥是为你好啊！"余俊杰看着余芳芬，扔下一句话走了……

"我问一句，芳芬没变吧？"李震东看着余粮。

"没变！"

"没变就好嘛！其他的话，还用得着我说吗？"余粮伸出手，紧紧地握住李震东。

七十三

开学不到一周,纪传青即宣布,决定在90级本科班开设《周易》课程,由去年调入的揭老师主讲。

"同学们,我叫揭时,没有什么学问。不过,也有一点,比如略通《周易》。"

五十多岁的揭老师晃着光头,猫一样的眼睛左右扫视。

大家望着揭老师,笑出声来。

揭老师好像没有听见,只顾着说话:"《易经》,是群经之首,大道之源。揭时研究了二十多年,也像狗一样叫了二十多年,但没有叫醒人们学习的兴趣。"

又是一阵笑声,揭老师突然询问:"团委那个……谁叫李震东?"

李震东立即站起来:"报告老师,我就是。"

"你读过《易经》没有?"

"我知道它是一本讲占卜的书,我翻过,但实在看不懂。"

"这样啊,它最先确实是用来占筮的,但如果仅把它当成筮书,那你太小看它了。李震东,易道广大,无所不备。我告诉你,不懂《易经》,领导一帮人,是很危险的。"

李震东有点诧异,弄不明白为什么不懂《易经》,领导一帮人就很危险。

"古人说,不学《易》,无以为将相;不学《易》,无以为太医。要我说,常人不学易,无以知己知彼。"

大家抬起头,注视着揭老师,期待他继续讲下去。

没想到揭老师却停下来,大约过了几分钟,又金口重开:"我的任务,主要是引路,至于今后功夫深浅,全靠你们自己。

今天的课,就先讲到这,剩下的时间,你们先通读《周易概论》,再从文字下手,看看能不能理解其中的含义。"

教室里交头接耳,像炸开了锅。

"我叫你们自学,还是让你们演讲啊?言多心躁!"

揭老师表情严肃。大家低下头,齐齐翻开讲义。

几天后,李震东把中文系首开《周易》课程写成简讯,呈给校刊邓老师。

"震东啊,这是韩师教学改革的大事,请你及时进行跟踪报道。"

揭老师又踏上讲台了,照样左右扫视一遍。

"《周易》的内容,包括经和传两个部分。经作于商末周初,传成于春秋战国。经和传是人更多手、时历多世的集体智慧的结晶。

"同学们已自习了有关知识,现在我提出第一个问题,《周易》的本义是什么,谁来回答?"

陈小艺立即举手,站起来,说:"周,是代号,指周代;易,就是占卜的意思。"

"你这是沿袭旧说。周,第一个含义是周普备至。六十四卦囊括了万事万物,无所不备;第二个含义是周行不殆。在接下来第一卦乾卦的学习中,你们很快会明白,卦辞'元亨利贞',是指春夏秋冬。天之四时更迭不殆,没有穷期。"

"易字的甲骨文,像双手持有柄之器,向另一个无柄之器倾注,这说明两器的内在,已经发生变化。因此,易,是变易、变化的意思。"

陈小艺接着说:"老师,我们知道了,《易经》,就是讲变易的书。"

"是啊,外国人翻译《易经》,有些直接就把它意译为《变化的书》"。

"现在,我讲第二个问题。《周易》的符号,阳爻和阴爻。"

"这两个符号,是古人直接观象画出来的。为了便于理解,我举一例加以说明。古人看到天际,像一条没有断裂的横线,就用一横来代表天,把它叫作阳爻;看到大地崎岖不平,水陆两分,就用断开的一横代表地,把它叫作阴爻。古人继续观察,发现周边的事物,都有两个相对面,这样就有了最初的阴阳观念。"

揭老师望着李震东,微笑着说:"阴阳观念,后来发展成辩证法。你说不懂辩证法,能领导好一帮人吗?能开展好工作吗?"

"谢谢老师教导!"

李震东站起来,恭敬致谢,全班响起热烈的掌声。

"好,学《易》不能求快,今天就讲到这里。最后,我把南宋叶采的一首诗送给大家。"

> 双双瓦雀行书案,
> 点点杨花入砚池。
> 闲坐小窗读周易,
> 不知春去几多时。

七十四

在图书馆阅览室,李震东连连打着哈欠,不自觉地伏在桌上。

陈小艺见状,马上脱下外套,轻轻披在李震东肩上。二十分钟左右,李震东抬起头,揉了揉眼睛。

"唉，昨晚看《周易概论》，没想到今天让它催眠啦。"
"梦里花落知多少啊。"
"梦里花开，又见小艺。"
"干吗见我呢？我又不是红缨。"
"几天前，我梦见你带宝鸾回家了，你妈那个开心呀。"
"真的假的？"
"我才不做这种梦呢，我是梦见你请我吃饭。"
"老奸巨猾的，绕了这么长，请就请嘛，是不是把红缨也带上呀？"
"今天是周日，她回家了，别总拿她说事。""我这不关心你吗？行啊，到市区去吧。"

两人轻快地走出校门，漫步在广济桥上。阳光下的韩江水波粼粼，不时有燕子贴着江面俯冲。

"迟日江山丽，水涨飞燕子。"陈小艺远望青山，脱口而出。

"燕子如贵客，一到便繁花。"

李震东话音刚落，听见前面有人大喊。

抬头望去，只见余芳芬挥着手，身后跟着两个男的，快步走来。

"两位哥，我来介绍一下，这位是我大哥俊杰。"
"哦，你好！我叫李震东，这位是同学陈小艺。"

陈小艺一听介绍，面无表情地点了点头。余俊杰抬眼看来，也点了点头。

"这位是我大哥的朋友宝春哥，哦，也是宝鸾姐的大哥。"
"宝春哥，很高兴认识你。"
"震东，你好，今天闲着没事，我和俊杰过来潮州看看。"
"这几年，潮州变得更美了。"

陈小艺接话说："宝春哥，你们看了几个点？"

薛宝春看也不看，转头对余俊杰说："我们去参观一下韩文公祠吧，然后早点回去，宝鸾还要请你吃饭。"

余芳芬马上说："两位哥，那我们先走啦。"

"好的，再见！"李震东挥了挥手。

"呸！薛宝春，总有一天，我非揍扁你不可！"陈小艺紧握拳头，怒眼圆睁。

"小艺，别生气，我们找个地方好好说吧。"

李震东拉起陈小艺，就往前走。

"我就不信揍不扁薛宝春！将来他不求饶，我绝不放手！卑鄙无耻！震东，你听到没有？刚才他故意说，宝鸾要请俊杰吃饭。你看，这个什么俊杰，神情骄傲，也不是好东西！"

李震东递给陈小艺一根烟，说："小艺啊，你先冷静一下，将来我帮你，一定把他揍个鼻青脸肿。"

陈小艺吐出一口烟，望着李震东说："男儿不能懦弱无刚！"

"对，男儿要敢于亮剑。"

一会儿，李震东说："我帮你分析一下，我认为这两个人都不用管。"

"为什么？这二人我都想整。"

"不用整，宝鸾如果对余俊杰有意思，她应该一起来呀。可见宝鸾没变，你生气是上当了，还记得余粮讲过的话吗？"

"什么话啊？"

"余粮说，任凭风浪起，稳坐钓鱼船。我们现在最关键的是要努力，在文学上干出成绩。"

陈小艺一听，内心平静了许多。

"明白了，谢谢你的点拨。你我的约定，我一直记在心里。今年寒假，我清点了一下，写的文章，已经三十多篇了。"

"好！再加把劲吧，每人凑足五十篇，就能成书啦。"

"耶！"

两人不约而同举起手来，击掌而笑。

七十五

进入广济门，两人来到市区的一家肠粉店。"喂，两位怎么安排？"

"来大份的，下虾仁、香菇、鸡蛋、牛肉、豆芽，再加两碗咸菜猪杂汤。"陈小艺用手指着食材。

"好嘞，稍等一下。"老板拉开抽屉式炊具，倒下米浆。一会儿，服务生端上两盘雪白晶莹的肠粉和两碗焯熟的猪杂汤。

两人拿起筷子，狼吞虎咽。"震东，再加一盘吧。"

"不行，饱得像蜘蛛啦。"

付款后，两人起身走回韩师。

晚上，李震东发现杨喜书满脸疲惫，双眼布满血丝。大家梳洗完毕，拿起课本，到教室或图书馆自学了，只有杨喜书拉下蚊帐，整理着床铺。

李震东有意延缓，站在杨喜书身旁，说："你身体没事吧？"

"我有点累，想睡……"

"好，那就睡吧。"

一连几天，杨喜书沉默寡言。

周末快到了，李震东见杨喜书又在收拾行李，有点疑惑，就把他约出来。

"你不是刚回家吗？"

"唉，以后我每周都得回去。"

"为什么呀？"

"我老叔生病走不动啦，必须回去照顾。"

"他的子女也要尽孝啊！为何你每周都得回去？"

"我阿公有四兄弟，这个老叔一生没娶，没有子女。现在，送终的任务，历史性落到孙辈肩上。"

"哦！那怎么办呢？"

"你说还能怎么办，就是各房头轮流照顾呗。农村的情况，你是知道的。前段时间，我的那些叔啊，婶啊，因为各自要种田打工，加上照顾的时长不均，大吵了一场。"

"唉，没有子女，确实很麻烦啊。"

"情况特殊啊，这是个不是责任的责任。现在老人大小便失禁了，一个月起码要换洗、晾晒十多条被子，弄得大家特别辛苦！"

"震东，孙辈这一代，我爸是老大，你说我们家不带头行吗？整个寒假，基本上是我照顾的。老人夜里尿多，要换好几次内裤。有时喘粗气，立即又要扶起来歇息。"

"喜书，你要注意身体！把家族年轻的发动起来。"

"嗯，我明白！"

周末吃完午饭，杨喜书又匆匆赶回家去。

李震东悄悄把事情说了。周日一到晚上，大家便自觉离开宿舍，让杨喜书安静休息。

中文系的课程，有条不紊地进行着。纪传青的课，思路开阔，不时插入时事、政治、历史等内容，与同学们互动。

"大家知道吗？全国人大已通过《中华人民共和国澳门特别行政区基本法》，澳门回归的日子，越来越近了。"

余粮说："主任，澳门被变相租借、占领的时间，比香港长得多，至今已经四百多年。闻一多在《七子之歌》中对澳门的哀叹，很快成为历史。"

"是啊，国耻洗去，中国人应该感到自豪！"

黄七月说："澳门回归，中葡两国的谈判，还是比较顺利的。"

许春生说："这是由国力决定的。阿根廷想要回马岛，英国不远万里，不惜一战。香港的回归为什么最后谈妥了呢？因为，中国有能力以非和平的手段，收回香港。"

杨喜书说："我看过报道，英国人一开始带着偏见，是很傲慢的。"

辛志坚说："傲慢与偏见并不能改变结果！撒切尔夫人遇到邓小平，就没戏啦，最后不是在人民大会堂的台阶上，摔了一跤吗？"

"同学们，一提到邓小平，中国人就扬眉吐气！大家还记得当年会见的画面吗？邓小平斩钉截铁地说，主权不是一个可以讨论的问题，现在时机已成熟，应该明确肯定，1997年中国将收回香港。如果说宣布要收回香港，就会像夫人说的，会带来灾难性的影响，那我们要勇敢地面对这个灾难，做出决策。

"同学们，新中国成立以来，我们党坚决捍卫国家主权和领土完整。50年代初期，毛主席决策抗美援朝。从那时起，我们打得一拳开，免受百拳来。改革开放后，邓小平决策对越自卫反击战，打乱了苏联和越南的战略部署，有力维护了西南边疆的稳定。"

教室里响起热烈的掌声，纪传青挥了挥手，示意下课时间到了。

七十六

晚上散步,李震东看见李小虹挺着大肚子,在王老师搀扶下,缓步走向宿舍。

看来,王老师很快就要做父亲了,不知道小虹姐调回潮州的事,有没有着落?

李震东心里惦念着,准备前去了解情况。

见到李震东,王老师高兴地说:"震东,你来得正好,我想在休假前,讲一讲莫言的《红高粱》,请通知同学们预习吧。"

"好的,老师。小虹姐,快休假了吧?"

"差不多了,最近忙吗?"

"我们学生嘛,以学为主,谈不上忙不忙的。"

"喂,你看过电影《红高粱》吗?"

"没看过。"

"我建议你看一下,这是张艺谋导演的。1988年,这片子还获得了西柏林电影节金熊奖呢。"李小虹说完递来一杯水。

王老师说:"电影确实拍得不错。但从文学的角度,还是要研读原著。莫言的语言风格,汪洋恣肆。"

"莫言,莫要言语。老师,作家为什么起这个笔名呢?"

"我估计,莫言应该是对乱说话的后果,有过教训吧。钱锺书小时候也滔滔不绝,父亲怕他长大后,因言获罪,就给他取了个字,叫默存。"

"难怪老辈人常说,祸从口出,病从口入。"

"是啊,妄言则乱,乱吃则病。"

"老师,莫言最近出版了一本新书,叫《酒国》。前几天我去书店,可惜没有买到。"

"这里刚好有一本,你先拿去看吧。《酒国》在叙事和结构上,进行了大胆创新,值得学习借鉴。"

"我一定好好研读。哦,小虹姐调动的事怎么样啦?"

"前段时间,我硬着头皮和小虹去找领导了。"

"那领导怎么说?"

"领导说,时机还不成熟,要慢点再研究。理由是,如果现在小虹调过来,马上又要休产假,没有学校愿意接收。"

"哦!"李震东望着王老师,不知道该怎么说好。

"算了,慢点就慢点吧。"

"老师、小虹姐,我就不打扰啦。"李震东拿起小说,告辞了。

几天后,王老师站在讲台上,开始讲解《红高粱》。

"《红高粱》以天马行空式的狂气与雄风,表现了高密东北乡抗日英雄充满血性的生命力和顽强不屈的民族精神。

"从课前的交流看,大家的鉴赏水平有了较大的提升。有的同学说,小说中的抗日英雄,突破了正面化,被塑造成正义与邪恶的化身。这些离经叛道又显露生机的描写,令人耳目一新。有的同学说,'我爷爷'和'我奶奶'在高粱地的野合,充分张扬了个性解放和坦荡豪爽的生命观。

"毋庸置疑,这些都说得很好。但我想从文学研究的角度,重点谈一谈它的叙事视角,也就是谁在讲故事的问题。

"小说中的'我',不是当事人,并不知道'我爷爷''我奶奶'的人生历程和心理活动,按照一般的叙事方法,莫言完全可以采用第三人称的视角进行叙述。但在小说中,'我'不仅作为一个公开露面的叙述者,而且还成为故事的组成部分,在历史与现实之间穿梭。从这里我们可以看到,莫言深受哥伦比亚魔幻现实主义的影响。他用魔幻般的视角,拉近了历史与现实的距离。

"刚才讲到,我的叙述,作为全知视角贯穿始终,但我在讲述中,也聆听着别人讲故事,这显然使用了限知视角。莫言通过全知视角和限知视角的交替使用,不但自如控制行文的节奏,也给读者留下了想象的空间。"

下课铃声准时敲响,王老师拿起讲义,准备离开教室。李震东马上站起来,大喊:"老师,请您留步,请看后排黑板。"

王老师抬起头,只见后排黑板上迅速拉起一条横幅:90级本科班全体同学,恭贺您即将荣升父亲,愿您阖家平安幸福!

王老师一下子目瞪口呆,激动得说不出话,一会儿,才回过神来,大声说:"谢谢!谢谢同学们!"

同学们纷纷起立,用掌声欢送王老师。

七十七

周末到了,朱红缨约李震东到潮雅苑吃晚饭。两人坐在靠窗的卡座,四目相对,边吃边聊。

"红缨,寒假游了北京,感觉怎么样啊?"

"北京的文化底蕴深厚,一块砖头,几乎就是一段历史。"

"是啊,从元代开始,北京一直就是我国的首都。"

"作为城市,北京至少有三千年历史。春秋战国,它就是燕国的首都,当时叫蓟。今天的北京,是在元大都的基础上发展起来的。"

"喂,你觉得北京人怎么样?"

"北京人健谈,理论水平高。他们看我们,觉得就是地方的。"

"听说北京人对广东人说普通话,非常不感冒。有个笑话,不知是真是假,你听过没有?"

"什么笑话呀？说来听听。"

"有个广东男到北京出差，饿了想吃水饺，就问女老板，水饺一碗多少钱？没想到……"

李震东故意提高嗓门，停了下来，给朱红缨夹菜。

"没想到什么呀？快说！"

"女老板大发雷霆，指着广东男说，流氓！什么睡觉一晚多少钱？"

朱红缨听了，笑得喷出饭来。

"没想到，你呀，就是广东男。"

"没想到，你呀，喷了我一脸。"

朱红缨掏出手帕，马上为李震东擦去脸上的饭粒："喂，我把你发表的文章，拿给我妈看啦。"

"阿姨看了怎么说？"

"我妈说，没想到这年轻人，文笔这么成熟、老练。"

"哦，谢谢阿姨！"

朱红缨注视着李震东，开心得像只兔子。"嗯，震东，有个事想跟你商量一下。"

"什么事啊？"

"我妈要你到我家做客。"

"我不跟你说过吗？等毕业后有了工作，再去拜访。"

"为什么呀？难道我们家是老虎，会吃了你？"

"唉，我前途未定。"

"什么前途未定？我妈说了，震东是个人才！等明年毕业，她要以副县长的身份，向县委推荐你进机关。至于我，她期望我成为大学教授。"

"红缨……"

"你倒是说话呀,我妈是一片苦心啊!"

"谢谢阿姨的好意。"

"客气什么呀?你内心有什么想法,一定要说出来!"

"我家世代务农,配不上你。"

"你怎么会有这种想法呢?我妈也是农村出身,她说,看人不能势利眼,要看他的潜质。"

"唉!将来如果我有所成就,我希望,一切都是自己奋斗出来的。我大老伯说,大丈夫吃了软饭,一辈子就会被人牵着鼻子走。"

李震东点了一根烟,说:"请你理解我,好吗?"

"这怎么能说这是吃软饭呢?你太倔强、太固执了!我们家又怎么会牵你鼻子呢?"

朱红缨望着李震东,眼里噙着泪水。

"我可没说你家会牵我鼻子。我是说,如果一切都是阿姨帮忙的,将来我们的同学、同事,心里就会认为,李震东是因为找了朱红缨,走了捷径。"

"哎呀!你是为自己而活,还是为别人而活?"

"我当然是为自己而活,如果不自欺的话,每个人都必须承认,也是为家庭、家族、社会而活!"

"红缨,我是爱你的,你应该理解我。"李震东伸出手,牵起朱红缨的手。

"我希望今后能够庇护你!"

"什么庇护?你的庇护,就是先惹我生气?"朱红缨抹了抹眼睛,越说越激动起来。

"朱教授,消消气吧,你是个明理人,将来一定桃李满天下。"

"犟你个头,马屁精!"

七十八

吃完晚饭,朱红缨挽着李震东,一起离开了潮雅苑。走在路上,朱红缨说:"你太大男子主义了!"

"人各有志,请你理解啊。"

"谈什么理解不理解,已经是你唱我随啦。"

"奴才叩谢大小姐隆恩。"

"平身!我回宿舍啦。"

朱红缨挥了挥手,上楼去了。

李震东前脚刚进303,就听见陈小艺激动的声音。"呸!这种人,一点都不值得!"

"这样回复,更说明她不值得留恋!"余粮火上浇油。李震东见黄七月低着头,走上前,轻轻把手放在他肩上。

"七月,出什么事啦?"

黄七月苦笑着,摇了摇头。

余粮递过来一封信,李震东打开一看,是一幅用铅笔描成的图画。

画面上一只白鹤高昂着头,站在荷塘边,右边空白处写着一行字:可远观而不可亵玩。

"这是《爱莲说》中的句子,什么意思呀?"

余粮生气地说:"震东,这明摆着是拒绝。她是在暗示,我就像白鹤一样高雅,你可以远远观赏,但不能靠近,靠近了就是亵玩。居高临下的,他妈的!"

"我追你,你拒绝,是你的选择,我完全接受!但是,你用这种方式拒绝我,就是在侮辱我!"陈小艺说得更加激动了。

"你们两个都别激动。七月,算了吧,那人不值得留恋!"

陈小艺接过话："有些人不但不值得留恋，而且永远也不能原谅！"

"唉！我想出去散散心。"

黄七月独自来到广济桥，拂面而来的江风，让他备感春寒料峭，心理活动频频：

真没想到啊，你连最起码的尊重都没有给我。你知道吗？我在人格上，跟你是完全平等的。

我想你一年多了，你不理解也就算了。我没有亵渎你呀！我不明白，是什么力量，让你这么骄傲？是因为我其貌不扬，还是你倾国倾城？或者，因为你父亲是个包工头，我们之间的差距太大？

"七月，这种杰作，只有喝醉酒的人，才能画出来。"陈小艺在脑海中挥舞着拳头。

"喝酒就喝吧，干吗这么画呢？知道这样伤我有多深？真不可貌相啊，没想到优雅的外表，藏着一颗如此势利冷酷的心。"

"七月！七月！"

听见一阵脚步声，黄七月回过神来。李震东、余粮大喘着气，跑上前来。

"七月啊，感情上我能理解你，但我相信，事情很快就会过去的。"

"震东，放心吧，我想通了。"

余粮说："过去的，让它统统见鬼去吧。"

陈小艺说："七月，我相信一切都会烟消云散。唉，谈点别的吧，震东，你的那篇《血荐轩辕》，建议尽快在校刊发表，好让同学们了解国难、铭记历史。"

黄七月抬头看了李震东一眼，问："写什么呀？"

"写南京保卫战中的粤军。我大老伯跟随部队血战到底，拼命突围。他是其中的幸存者,现在身体还有多块弹片,没办法取出来。

"大老伯离开潮汕整整五十五年,今年春节,他从台湾到香港转机,回来啦。"

黄七月说:"抗日英雄,值得我们致敬啊!"

余粮说:"哦,有个消息,震东你知道吗?"

"什么消息呀?"

"4月27日至29日,'汪辜会谈'在新加坡举行。海协会会长汪道涵和台湾海基会董事长辜振甫,在两岸承认'九二共识'的基础上,就加强经济合作以及科技、文化、新闻等领域的交流,进行了友好协商,签订了四项协议。"

陈小艺说:"太好啦!这可是开启两岸交流正常化的大事。震东,以后你大老伯回来,肯定不用转机了。"

"我大老伯一直盼望,两岸能够早日实现统一。"

"我们都相信,一国两制是切实可行的。"

余粮说完,提醒夜深了。大家一边交谈,一边走回宿舍。

七十九

中文系办公室党支部召开党员大会,表决通过李震东加入中国共产党。

经校党委审批后,吴副书记主持了宣誓仪式。李震东和其他几位同学,面对鲜红的党旗,握拳举起右手,庄严进行入党宣誓。

"同学们,希望你们时刻把党放在心中,永远爱党、忧党,在现在的学习和今后的工作中,充分发挥先锋模范作用。

"明天上午,我将带领大家到茂芝会议旧址,去感受和领略共产党员的风骨和担当。"

一行人到达潮州饶平县北部的茂芝村，早在村口等候的村支书，立即迎上前，握住吴副书记的手说："吴书记，欢迎您带队前来指导。"

"书记，我们是来学习的，给您添麻烦啦！"

"我高兴啊，大家跟我来吧。"

一行人来到一所学校，村支书指着校门说："这全德学校，就是茂芝会议旧址。当年，朱德就是在这里召开军事会议的。"

大家跟着走进学校，校园只有一间教室、一个房间和一口天井。

"同学们，军事会议就是在这间教室召开的。"

李震东问："书记，我读过一点史料，朱德不是在三河坝，掩护主力南下潮汕吗？"

"是啊，但敌强我弱，最后突围到这里。吴书记，我文化不高，还是以您为主说说吧。"

"您谦虚了。1927年9月18日，南昌起义军进抵大埔县城。9月20日，部队在三河坝分兵。周恩来、贺龙率领主力向潮汕进发，朱德则率三千多人在原地据守，掩护主力南下。三河坝阻击战后，朱德率两千多人撤出，决定取道饶平，再到潮汕与主力汇合。当他们到达茂芝村时，遇到了突围的两百多人，意外得知主力失败、领导机关解散的消息。剩下的一千三百人，被迫退往海陆丰。"

村支书说："主力遭遇失败，这是个致命的消息！当时官兵思想非常混乱，个别指挥员甚至说，现在外面重兵压境，我们这点队伍还能干什么？干脆解散算了。"

吴副书记看着大家，低沉地说："在严峻关头，朱德挺身而出。他说主力虽然失败了，但南昌起义并没有彻底失败，因为我们还在，共产党还在。黑暗是暂时的，只要我们找对路子，就不会被消灭，而且还要发展壮大。朱德的一席话，得到陈毅、王尔琢等多数人的认可。有了这个思想基础，10月7日上午，朱德召开连以上干部参加的军事会议。他分析了敌我形势，认为应该跳出包围圈，到敌人力量薄弱的湘粤赣边界去。会议最后做出了隐蔽北上、穿山西进、直奔湘南的决定。这支队伍从这里出发，经过赣南三整，最后胜利到达井冈山。可以说，没有茂芝会议，就没有后来的朱、毛会师。

"同学们，这就是共产党员的先锋模范作用！朱德这个总司令，可不是凭空产生的，而是在血与火的考验中，锻造出来的。"

"吴书记，茂芝会议涌现了一批战功卓著的将领。其中，有朱德、陈毅、林彪三位元帅，有粟裕、许光达两位大将。"

"是啊，茂芝会议是一次保留革命火种、选择路子的重要会议。正因为有了这个会议，我们党在回顾、总结南昌起义时，定性为遭遇重大挫折，而不是完全失败。"

李震东望着吴副书记和村支书，说："今天的收获太大了，谢谢两位前辈的教育！"

"震东啊，你们这些新党员，千万不要以为入了党就万事大吉啦。大家一定要学好党史，不断加强党性锻炼！谈到党性，顺便说一句，在主力撤退海陆丰过程中，周恩来身患重病，但仍坚持指挥。当部队被敌人截断时，差点成为俘虏。千钧一发之际，潮汕党组织创建人杨石魂拼死相救，才幸免于难。后来，周恩来和聂荣臻、叶挺，被杨石魂安全护送，转移到香港。"

"吴书记，我代表新党员郑重表态，我们一定自觉锤炼党性，不负您的期望。"

吴副书记与村支书点着头，脸上露出了笑容。

八十

回校不久，李震东以《茂芝火种》为题，在校刊发表了学习体会。

朱德坚定不移的革命理想，临危不惧、力挽狂澜的斗争精神，在校园引起强烈反响。

陈小艺来到校团委办公室，对李震东说："我建议趁热打铁，在团讯开辟专栏，引领同学们学党史、谈体会。"

"行！你是入党发展对象，第一期的文字，由你来写吧。"

"红缨也是发展对象，让她先写吧，我可不会说你以权谋私。"

"干吗每次都要扯上她呢？正经一点好不好，别哼哼哈哈的。"

"是，我想聚焦党的一大，谈谈自己的体会。"

"小艺，我看可以啊！"

李震东还来不及反应，吴副书记就走进门来。"哦，吴书记，请坐。"

吴副书记望着陈小艺，说："你讲讲吧。"

"好的。党的一大共有十三名代表，最后登上天安门，参加开国大典的，只有毛泽东和董必武。这说明革命大浪淘沙，没有坚定的信仰，没有无畏的革命精神，是不可能从一而终的。这十三名代表，有的过早牺牲了，有的因个人原因脱党。最让人气愤的是，陈公博、周佛海、张国焘为了一己私利，最终竟沦为汉奸、叛徒。我想，对党是否忠贞，是衡量一个党员党性的标准。"

"讲得好啊，一个人若没有忠诚，才干将一文不值。我也来说说体会吧。一大召开时,全国只有五十多名党员。这星星之火,为什么最后由弱转强,成就燎原之势,直至夺得全国胜利?我想,除了为民族解放的崇高目标,一切从实际出发,善于总结应变,密切联系群众,是我们党取得胜利的根本原因。得民心者得天下啊!你们知道吗?淮海战役的胜利,是老百姓用独轮车推出来的。

"我希望你们,不但自己要学好党史,而且要带头宣讲,让同学们了解党历经千辛万苦,取得的辉煌成就。"

"吴书记,我们一定努力践行。"

"哦,震东,前时看到你在校刊的文章,一直想问你,怎么会想到写粤军抗日呢?"

"我大老伯是粤军战士,参加过南京保卫战。"

"哦,原来是这样。那代人为了保家卫国,舍生忘死,可以说是流尽了最后一滴血。震东、小艺,我阿公也是一名殉国的战士,算起来他比你大老伯,大不了几岁。"

"吴书记,你阿公是怎么牺牲的?"

"你们知道中共中央秘密交通线汕头站的历史吗?"

"不知道啊。"两人摇了摇头。

"1930年底,在周恩来亲自部署下,中央开辟了一条从上海到香港,再到汕头、大埔、永定、瑞金苏区的秘密交通线。汕头镇邦街7号中法药行分号,作为中央交通局直属站,负责从汕头到大埔的安全运作。1931年,为了防止意外,又在海平路98号,以华富电器材料行为掩护,设立备用交通站。1931年4月,中央特科负责人顾顺章在武汉叛变后,交通局停用中法药行,改用华富电料行。

"这条秘密交通线,悄无声息地在敌人的刀尖上跳舞。五年的时间,无名英雄们工作从无疏忽,从未失手。周恩来、博古、张闻天、陈云、邓小平、聂荣臻、刘伯承、邓颖超等两百多名干部,就是通过这条线,在交通员的护送下,安全到达中央苏区的。此外,大量的食盐、布匹、无线电设备以及其他紧缺物资,也被成功运往中央苏区。

"我阿公就是汕头交通站的一名交通员,他出色完成了党组织交给的各项任务。1935年初,中央秘密交通线停止运作,他留在汕头,继续从事隐蔽斗争。

"第二次国共合作开始,我阿公参加潮汕抗日武装。1939年6月,汕头保卫战打响,他坚守阵地,多次击毙、击退敌军,后因寡不敌众,被日寇包围。他不甘被俘,拔出手枪,饮弹自尽。"

吴副书记说完,掏出手帕,擦了擦眼睛,沉默了一会儿,语重心长地说:"希望你们毕业后,在各自的岗位上,向更多的年轻人宣讲英雄,让他们记住前辈的付出和牺牲。"

"我们记住了,请您放心。"

李震东和陈小艺站起来,向吴副书记敬礼!

八十一

吴副书记刚刚离开,余粮突然猛冲进来。"震东、小艺……"

李震东见余粮上气不接下气,问:"入党积极分子培训结束啦?"

"没……有……没有,改……改期。""什么事呀?紧紧张张的。"

"余……俊杰写信给我。"

"哦!那狗嘴肯定吐不出象牙!"陈小艺一听,瞪大了眼睛。

"小艺,别激动,让余粮说吧。"

"余俊杰说,再过十来天,芳芬就毕业了,作为老同学,我首先感谢你对她曾经的关心。"

"这样说,很正常啊。"

"震东,是曾经的关心。他说领导已答应,芳芬作为代培生,不回镇卫生院了,准备分配去县人民医院。"

"代培生能留在县城,挺好的。"

"是啊,可他又说……说余粮你要有自知之明。"

"什么意思啊?"

"他说,按现在的政策,明年毕业,你分配到镇中学,如果跟芳芬确定关系,将来要调往县城,我是没能力帮忙的。另外,在年龄上,你比她大三岁,老人说不吉利。"

"呸!高高在上,鬼才想让余俊杰帮忙。什么不吉利,完全是狗屁!别管他,不要回信,我偏要看他,能怎么样?"

"小艺说得对,别管他,这狗眼也太看人低了!"

"我们要争这口气!余粮,顺便说一下,余俊杰明知宝鸾有男朋友,在薛宝春支持下,还一直在追啊。她妈的,将来有机会,我一定把这两个家伙抓起来!"陈小艺铁青着脸,拍了一下桌子。

"喂,喂,冷静点!"

李震东掏出香烟,递给陈小艺一根。"震东,我也要。"

三人点了烟,吞云吐雾。

一会儿,李震东说:"余粮,别忘了我的话,芳芬没有变,其他都是次要的。"

"哦,忘了告诉你,前天我去校刊编辑部,邓老师说,你的那篇通讯,写得挺好,希望你多多练习。"

"是不是那篇五四青年节系列活动纪实?"

"是啊，邓老师说，你有记者的洞察力和敏感性。"

"过奖啦，谢谢邓老师。"

陈小艺站起来，伸了伸腰，说："我们的努力，终将打败一切势利眼。"

"刚才我遇见班主任，她边走边唱。你们猜猜，她唱什么歌?"

李震东说："不会是唱情歌吧？喂，小艺，班主任跟那校长怎么样了?"

"没谈呀，我表姐说，班主任嫌他不修边幅，不讲究卫生。"

"那没办法，班主任有洁癖。"

"唉！"李震东有点遗憾。

陈小艺问："余粮，班主任唱什么歌呀?"

"唱《抬头望见北斗星》，那表情啊，像个文艺战士。"

"小艺，你会唱吧？"余粮问。

"会呀。"

"那你唱给我们听吧。"

余粮起身把门关起来。

陈小艺喝了一口水，清唱起来。

抬头望见北斗星

心中想念毛泽东

想念毛泽东

迷路时想你有方向

黑夜里想你照路程

黑夜里想你照路程

…………

李震东和余粮也跟着学唱起来。

三人全心投入，就像井冈山的红军战士，跟随着领袖在浴血奋战。

八十二

同学们走进教室，揭老师已站在讲台上。黑板上用粉笔写着"时已到"三个大字。

"时已到，不单是揭时上课一直比你们早到，而且是期末到了——我测试你们的时间已到。

"今天测试的内容，分为两个部分，一部分是课堂提问，一部分是笔试。课堂提问共20分，采用连坐的办法，我提的问题，你们可以推举一个人来回答，如果答错了，则每个人得分都为零分。"

同学们注视着揭老师，本来轻松的氛围，一下子紧张起来。

"中国古代四言诗有两座高峰，分别是什么？请回答。"教室里一下子交头接耳，杂音四起。

"请问，你们推举谁来回答？"

揭老师连喊几声，全班毫无反应。

"平时叽叽喳喳的，现在怎么不吭声啦？请震东同学回答吧。"

提议的声音小得听不清是谁，李震东只好站起来，说："老师，中国古代四言诗，好像只有《诗经》一座高峰，没有其他。"

揭老师看着李震东，说："你太武断了吧？你以为自己读了一些书，发表了一些文章，就是有文化吗？我可告诉你，你把全班害惨了。你应该说,老师,我只知道一座高峰。"

"老师,学生不才,把这个集体害了。我诚恳向您和同学们道歉。"

"嗯!态度还可以,再给你们一次机会,请班长、副班长回答。"

陈小艺、朱红缨吓得面如灰土,站起来齐声说:"请老师赐教!"

"中国古代四言诗第一座高峰,是《诗经》,这是对的。但还有第二座高峰,就是西汉易学大师焦延寿的《焦氏易林》。"

"知道《焦氏易林》的人确实不多,因为它是占辞,加上文辞古奥,被人们忽视了。其实从文学的角度看,它是用古韵写成的诗歌总集,无论是风格还是内容,都堪称一绝。

"好,进行第二个问题。老子学说来源于《易经》,他在《道德经》中说,'道生一,一生二,三生万物'。请解释三是什么?"

教室里平静得出奇,连空气也似乎凝固了。"喂!谁代表全班来回答?"

揭老师又说了一遍,所有的人都低着头。

"现在我宣布,这次课堂提问,全班得分为零。请问,我冤枉你们没有?

"没人回答,说明你们心服。这个问题,我来回答吧。道,简单地说,是宇宙天地未分时的混沌状态;一,就是从无到有,用《易经》的语言,就是太极;二,是太极生出来的两仪,就是阴阳;三,是阴阳交合相对和谐的状态。万物正是依赖阴阳的相互依存和作用,才得以产生和发展。我出这道题的目的,是想反证八卦为何是三画,而不是二画或四画。"

"同学们,《周易》的讲解告一段落。一个学期的基础教学,我不知道引发大家的兴趣没有。我希望你们,今后不要放弃学《易》，因为它蕴含着关于宇宙和人生的大道理。"

"我想说，君子学《易》，既要明白天地否泰剥复，循环往来，不假人为，又要明白人生损益盈虚，与时偕行，故见善则迁，有过则改。一句话，学《易》之功，在于尽人事，听天命。

"如果将来，我们班有人专门研究《易经》，我想再次强调，一定要以义理为本，以象数为辅，把孔子开创的治《易》正道，继承并发扬光大。

"好，下面我们进行笔试。试题没有一道超出基础教学的内容。我可以说，每位同学都能顺利过关。我不看重分数，分数不是我考查你们的唯一手段。最后，祝同学们学业进步，假期愉快！"

"感恩揭老师！祝您身体健康，阖家幸福！"李震东说完，教室里响起了掌声。

八十三

大三的日子就像校园上空的太阳，已经画上圆满的句号。303悄然平静了，偶尔响起剪辑报刊、整理资料的声音。"小艺，盘点起来，这三年我写的各类文字，已经五十篇了。当然，有一些没有发表。"

"我的算起来，也有四十多篇。"

"暑假你再加把劲吧，尽快实现五十篇的目标。"

"行，一定完成任务。震东，这出书的事，你看咋办呀？"

"前段时间，我把我们的想法，告诉黄启兄了。"

"哦，他怎么说呀？"

"他说一定尽全力帮助我们。"

"那太感谢了！"陈小艺笑逐颜开。

"黄启兄说，有办法联系潮籍作家郭光豹，请他为我们作序。郭老师曾任广州军区文艺创作室主任，是叙事抒情长诗《望乡凤》的作者。"

"太好了。我们先把作品复印，然后拿给黄启兄吧。"李震东点着头，一起拿着剪报，来到小卖部。

老板一听眉开眼笑，一会儿工夫，就复印好了。

回到宿舍，陈小艺立即把两人的作品合拢，装订成册。"小艺，黄启兄在雅怡园买了套房子，准备和丁晖姐结婚啦。"

"哦，有情人终成眷属，祝福黄启兄和丁晖姐。震东，你看我们怎么表示才好呢？"

"送红包肯定挨骂，我们穷学生也没钱，就送对联吧。我跟他去看过新房，对子我已想好。"

"那我来写吧。"

李震东打开抽屉，把一张纸条递给陈小艺。

雅苑有容花处处
怡园无云月年年

"行啊，但还缺个横批，我看就叫'琴瑟和鸣'吧。"

"行，写好就去找黄启兄。"

陈小艺拿出毛笔和对联纸，倒好墨水，挥毫书写。对联晾干后，两人收拾好行李，一起走出303。

见到李震东、陈小艺，黄启和丁晖十分高兴，热情招呼。"你们好，快请坐！"

"师兄、丁晖姐，祝你们幸福快乐，百年好合！"

陈小艺打开对联，黄启和丁晖靠近一看，幸福满脸。"丁晖，这嵌字联作得好啊！"

"黄启兄,对联是震东作的,书法呢,我就献丑啦。"丁晖开心极了,拿出新房的照片。陈小艺见客厅摆满鲜花、盆景,脱口而出:"真漂亮,黄启兄,满堂花醉三千客啊!"

黄启马上揽住陈小艺,大声说:"你和震东的文才,我看,可以和名校的文科生比权量力。"

李震东接话说:"过奖了,谢谢师兄和丁晖姐对我们的关心、帮助。"

"别见外。说起来,人生不过就那么几个情,亲情、同学情、战友情、难友情,这些都是必须珍惜的。哦,你们的文章带来了没有?"

"黄启兄,让你费心了。"陈小艺把复印件拿了出来。

"行,我明天就托朋友拿给郭老师,我相信他会为你们作序。至于找出版社出版,你们现在还没有名气,我愿意承担所有费用。"

李震东和陈小艺感动得说不出话,站起来,向黄启敬礼。

丁晖说:"我还有个好消息,想告诉你们。"

"你们知道作家雷铎吗?"

李震东望着丁晖,说:"丁晖姐,我知道。雷铎,原名黄彦生,潮州彩塘人。70年代末他参加对越自卫反击战后,写出《男儿女儿踏着硝烟》,一时洛阳纸贵。"

"对呀,你们读中文的,对文坛的事就是敏感。雷铎毕业于解放军艺术学院文学系,跟莫言是同学,两人被系主任徐怀中称为'军艺双璧'。"

"哦,这样啊。"

"我爸跟雷铎是同学,请他为你们的书题签,应该没有问题。"

"耶!那太好啦!"陈小艺激动得像个孩子。

"小艺,你可要尽快完成任务哟。"

"绝对没问题。"

李震东掏出香烟,帮黄启点了一根。

丁晖对李震东说:"刚才忘了问你,红缨怎么没来呀?"

"红缨去看外嬷,老人家病了。"

"红缨上次跟我说,你这人自尊心很强。喂,你要多听她的话。"

"好的,好的。"

陈小艺马上插嘴:"丁晖姐,放心吧,震东积爱成怕啦。"

"油嘴滑舌的,我可不像你,宝鸾一生气就点头哈腰。你呀,还不快点带来拜见师兄和丁晖姐。"

黄启哈哈大笑,想留两人一起吃饭。陈小艺惦记着写作的事,拉着李震东告辞了。

八十四

挥手告别李震东,陈小艺登上大巴,一眼看见邓老师坐在后排的座位上。

陈小艺趋步上前,微笑着说:"老师,您要去哪呀?"

邓老师抬起头,见是陈小艺说:"小艺,怎么现在才回家呢?"

"刚刚跟震东去拜访一位师兄。"

"哦,我跟朋友约好,准备到汕头的沟南村考察。"邓老师随即拿出一张相片,递给陈小艺。

陈小艺接过相片,看见村口的照壁,写着"沟南许地"四个大字。

"老师,这书法有点眼熟,是谁写的?"

"鲁迅写的。"

"真的呀?"

"字当然是真的,但不是题写,是集字。"

"哦,干吗集鲁迅的字呢,请个书法家写不就行了?"

"你可能不知道吧?鲁迅的爱人许广平,祖籍沟南。沟南人深以为豪,因此集鲁迅书法,用为村名。"

"啊!从这个意义上讲,鲁迅是我们潮汕人的女婿。"

"鲁迅是属于中华民族的。"

"我看过资料,许广平出生在番禺高第街。"

"是啊,沟南是个古村落,至今已经有七百多年历史。高第街许氏,是清乾隆时从沟南分迁出去的,后来成为广州望族,人才辈出。"

"老师,许广平来过潮汕吗?"

"我没有看过记载。但许广平对潮汕有深厚的感情,据左联跟她家有来往的潮籍作家回忆,三十年代在上海,每逢春节,她都会做几道潮菜,说几句潮汕话,以示不忘故土。"

"菜是潮菜好,月是故乡明啊!"

"哎呀,刚才只顾着说话,小艺啊,我要先下车,去朋友那里住一晚,明天再去沟南。"

司机听了马上停车,陈小艺帮着提起行李,把邓老师送下车。

关上车门,没想到空调突然坏了,乘客们只好打开车窗,暖风不断吹在脸上,让人烦不胜烦。

"小艺,你要耐烦才行。"

耳边响起以前薛宝鸾常说的话,陈小艺冷静下来。

想到两人好长没有见面,陈小艺瞬间又眉头紧蹙。唉,思念啊,你为何甜蜜只有一寸,苦涩却有万丈?

他的脑海回放薛宝鸾的形象,大巴很快停靠在县城的汽车总站。

陈小艺背起行李,走下车来。抬头望去,一个熟悉的身影,把他的视线拉了过去。

哦,是宝鸾!该不会是幻觉吧?陈小艺瞪大眼睛,三步并作两步,跑上前去。

"宝鸾,宝鸾啊!"

"哦,小艺!"

薛宝鸾转过身来,陈小艺立即把她抱起,两人旁若无人亲吻起来。

一会儿,陈小艺放下薛宝鸾,说:"宝鸾,有个好消息告诉你。"

"哦,什么好消息呀?"

"我和震东差不多要出书啦。"

陈小艺一五一十地把事情说了出来。"小艺,好样的,祝贺你们!"

"哎……哎哟!"

一只有力的大手,突如其来从后面摁住陈小艺的肩膀。陈小艺转身一看,原来是薛宝春!

"宝春哥,你……这是……干什么?"

"你故意装傻,是吗?"薛宝春怒眼圆睁。

"大哥,你干吗呢?"薛宝鸾马上挡在陈小艺前面。

"干吗?你自己知道。"

薛宝春怒气冲冲,大声说:"陈小艺!我可告诉你,大庭广众之下,别不要面子,纠缠我妹。"

"我没有纠缠!我和宝鸾谈恋爱,不合法吗?"

225

"我妈不同意，就不合法！"

薛宝春说完，一拳往陈小艺脸上掼去。

陈小艺立即后退，没想到还是拳头落在他嘴角，一下子鲜血直流。

"大哥！你要打就打我吧！"薛宝鸾拦住薛宝春，大喊大叫。

陈小艺被彻底激怒了。他扔掉背包，跃起来用力打去。薛宝春马上蹲下，顺势摆脱薛宝鸾的阻拦。

凭着从父亲那里学来的军体拳，陈小艺三下五除二放倒了薛宝春。"我和宝鸾谈恋爱，合法吗？"

雨点般的拳头，密集地落在薛宝春身上。

"小艺，我求求你，别打了。"薛宝鸾使死劲地拉开陈小艺。

"薛宝春，我们合法吗？说！"

"合法！合法！"

"小艺，他是我大哥啊！"

薛宝鸾大哭起来。陈小艺回过神来，松开双手。薛宝春乘机爬起来，落荒而逃。

"小艺，快走吧！我大哥叫人去了，要出大事啦！"

薛宝鸾一手拉着陈小艺，一手拿着行李，一路奔跑，把他推上回家的大巴。

"小……小艺，记得……给我……写信，要寄学校，别……别寄家里，懂吗？"

"宝……宝……宝鸾，我……我懂！"

大巴启动了，陈小艺从车窗望去，看见薛宝鸾泪流满面。

八十五

"宝鸾!你回去吧!"

陈小艺探出头来,使劲朝薛宝鸾挥手。

薛宝春带着两个派仔,迅速追上来,望着远去的大巴,气得跺脚大骂:"早死仔,有胆你勿走!"

"大哥,够了吧?聚众斗殴,你们不怕判刑吗?"

"宝鸾,我是为你好,你就这样对待大哥?我看你,魂都给人勾去了。"薛宝春说着,挥手示意两个派仔离开。

"你这是为我好吗?我是成年人,有权利选择自己的爱情。"

"但是,你个人的选择必须考虑父母,特别是阿妈的感觉,她为这个家操了多少心?你这样做,是不孝的!"

"你别搞错,这是两码事。你和阿妈这样反对我,不就是因为将来陈小艺当教师,待遇低吗?放心吧,大哥!将来我嫁了,绝不拿走家里的一分一厘。"

"宝鸾啊,你没吃过苦,不知道苦是什么滋味。从小到大,大哥一直让你、护你。今天你要跟我说清楚,你干吗对这家伙死心塌地?"

"他有才、上进,行了吧?"

"我看余俊杰更有才,他写的材料,领导认可,同事好评。你为什么偏偏不要呢?我弄不明白,几行歪诗,就骗得你神魂颠倒!"

"大哥,你别在我面前提余俊杰这个人。我可告诉你,你助纣为虐,我差点给你害死了!"

"我怎么害你啦?"

"那天晚上在卡拉OK厅唱歌,你们几个为什么提前跑了?"

"我是想让俊杰跟你多交流,他也有追求你的权利。"

"他借着酒意,动手动脚的,我一巴掌甩过去,差点就报警了。"

薛宝春望着薛宝鸾,默不作声。

"大哥,今天的事,算我对不起你,好吗?你最孝顺,建议你不要跟爸妈说。"

"我绝对是好汉,打落牙齿和血吞!宝鸾,以后有机会,你让陈小艺把大哥打死算了。"

薛宝鸾泪水打转,大声说:"大哥,大哥!对不起……"

薛宝春黑着脸,抹了抹嘴角,头也不回地走了。

陈小艺拖着疲惫的身体,垂头丧气回到家里。"小艺,发生什么事啊?"

母亲见他脸肿嘴翘,上前握住他的手,仔细查看。"妈,我跟宝鸾大哥打架了。"

"怎么回事呀?你反啦!我个你咀,如果你跟宝鸾成婚,伊可是你个大舅爷啊!舅爷来我家,食饭是要坐大位个,你懂规矩咩?"

"妈,您不知道情况,今天我被逼到墙角,退无可退了。"陈小艺把来龙去脉说了一遍。

"冲动是魔鬼啊,这种情况你完全可以避开,忍一时风平浪静。"

"我不是乌龟,他三番四次的,我有我的人格和尊严!"

"你冷静想一下,将来你们要怎么相处啊?"

母亲拿出药水,小心翼翼为陈小艺涂抹。

"哎呀,妈个你咀,今天你对宝鸾大哥大打出手,她妈本来就不看好你,这事让她知道,除了伤心,肯定更加反对,我看这亲是无法做个。"

陈小艺低下头,掰着手指。

"妈不是说宝鸾不好,但我们两家不对等。做人家个仔婿,一定要找惜你、疼你的,即使家境比我家差,也无所谓。"

"妈,我绝不沾薛家的光。宝鸾对我好,除非她先提出分手,不然,我绝不会离开她的。"

母亲注视着陈小艺,好久没有说话。

"妈,给您说个好事,我和震东快出书啦!"

"这样啊?那太好了!"母亲的眼睛一下子明亮起来。

"我们两人各写五十篇,合成一本集子。我只差了几篇,争取短时间内完成。"

"好啊,用心点,妈相信你。"

母亲做饭去了,陈小艺也慢慢冷静下来,开始反思自己。

想到自己痛打薛宝春、宝鸾在旁大哭的一幕,陈小艺心如刀割。母亲说得对啊,这以后该怎么办?怪就怪自己失去理智,太冲动了。

唉!还是趁早向宝鸾检讨吧。陈小艺站起来,立即上楼写信。

八十六

小艺:

　　你脸上的伤好了吗?如果还没好,一定要记得敷药。我知道你后悔了。

　　大哥那样逼你当然不对,但你的反应也太激烈了。

　　我一切没变。如果你明白这个,男子汉受点委屈又算得了什么？大哥没有告诉爸妈，但也对我不理不睬。

你现在最重要的是，集中精力，和震东尽快把书出版。

爱你的宝鸾

读着回信，陈小艺既感动又内疚，感动的是宝鸾的真情一如既往；内疚的是大错铸成，一切无可挽回。

如果可以重来，他宁愿让薛宝春痛打一顿，也绝不还手。可惜的是，世上没有后悔药。逞强之怒，就像螃蟹钳人，自断双足。

"唉……"父亲从镇里回来了，垂头丧气。"爸，怎么样啦？"

"你的文章，我拿给谢书记了，他说慢点再看，现在没有时间。"

"慢点就慢点嘛。"

"看也没用啦，谢书记要到县政协当副主席了。"

母亲走过来了，说："谢书记年龄还不大呀，怎么就去了政协？"

"这也算是提拔，只是没有实权啦。本来我是想请伊帮忙，让小艺毕业后，去镇委办公室当资料员。"

"那怎么办啊？"母亲望着父亲。

"人走茶凉，事情就难办啰。"

父亲说完去村委会了。陈小艺一言不发，心情像被人塞进急冻箱，一下子跌到冰点。

母亲对陈小艺说："车到山前必有路，陪妈到外面走走。"

陈小艺默默起身，和母亲前往自家的鱼塘。六月天如孩子脸，一阵豪雨，毫无征兆瓢泼起来。

池塘边的几棵芭蕉，在豪雨的敲打下，头垂身颤。

陈小艺从草棚的窗口，凝望着雨中的芭蕉，他觉得谢书记的调动，就像这突如其来的豪雨，不断地打在自己身上。原以为谢书记会赏识自己，会看在远亲的分上，答应父亲的请求，没想到梦彻底破灭了。

"小艺，想什么呢？别看芭蕉，看看荷花吧。"

池塘的荷叶碧成一片，含苞玉立的花朵，享受着豪雨的清洗，一群鱼儿不时在其中穿梭嬉戏。

"看看吧，漂亮吗？"

"漂亮啊，清新如画！"

"荷花经过雨的清洗，比没雨时会开得更加漂亮。"

"哦，这样啊。"

"妈个你咀，年轻人无论遇到什么困难，都要像荷花，挺身面对。"

陈小艺望着母亲，点了点头。

"妈问你个问题，喜欢苏东坡吗？"

"喜欢啊，他是个无可救药的乐观者。"

"哎哟，有文化多好，说起话也不一样。"

"我不是您培养的吗？我那点文学天分，是遗传自您的。"

母亲举起手，摸了摸陈小艺的头。"苏东坡有一首词叫什么？我最欣赏那一句，一蓑烟雨任平生。"

"妈，这首词叫《定风波·莫听穿林打叶声》。"

"哦，记起来了。你看出门遇雨，别人觉得很狼狈，伊却平静如常。回去的时候，还不忘说，也无风雨也无晴。可见伊个内心，是很超脱的。"

231

"苏东坡性情豪迈、豁达,正是有这种精神,他被贬黄州、惠州、儋州时,不但生活过得有滋有味,而且政治上也颇有建树。"

"喂,这词你能背吗?妈想听一遍。"

"能,我背给您听。'莫听穿林打叶声,何妨吟啸且徐行。竹杖芒鞋轻胜马,谁怕?一蓑烟雨任平生。'"

"料峭春风吹酒醒,微冷,山头斜照却相迎。回首向来萧瑟处,归去,也无风雨也无晴。"

"好啊,回家吧,妈给你们做好吃的。"

不觉中雨停了,晴空万里。陈小艺抬起头,看见一道彩虹挂在天边。

八十七

心中没了杂念,陈小艺完全沉浸在创作中。

日子飞快,第五十篇完稿了。按照事先的约定,陈小艺前往村委会,给李震东打电话。

"喂,阿武吗?我是震东的同学陈小艺,麻烦你叫他听电话。"

"好的,先挂了吧,待会儿我让他给你打过去。"

一会儿,电话响起,话筒里传来李震东的声音。"小艺,任务完成了吧?"

"完成啦,我们什么时候去找黄启兄呀?"

"事不宜迟,明天吧。前几天,我跟他联系,他说雷老师的题签和郭老师的序言,都寄过来啦。"

"哦!那太好啦,我们明天见。"

太阳颇解人意,它快速地输出光明,马上迎来崭新的一天。

"你们来得正好啊,雷老师的书法寄过来了。"黄启满脸笑容,丁晖立即把题签递给李震东。

"丁晖姐,谢谢您啊。小艺,你看看,这'同心圆'三字,古朴厚重,造型独特。"

"我看过报道,饶宗颐、赖少其对雷老师的书法,评价很高。"

"对呀!我爸说,雷老师是二老的学生。这三个字,介于楷隶之间,是用左手书写的。"

黄启拿出一个信封,说:"你们看,这是郭老师写的序言。"

李震东马上抽出稿子,陈小艺靠在旁边,认真拜读起来。

"师兄,太感动了,郭老师对我们说了很多鼓励的话。"

"是啊,郭老师说,你们都读了不少书,写的文章有真情,有意境,已显出才华和水准,希望你们多向名家学习,写出更好的作品。"

陈小艺说:"谢谢郭老师的厚爱、指导,我们一定继续努力。"

"震东、小艺,明天吧,我就把你们的文稿送过去,让编辑审阅把关,估计开学不久,就能正式出版。"

"谢谢师兄!我和小艺永远记得您的帮忙。"

"别客气啦。"黄启迅速张开双臂,把两人紧紧揽住。

"我希望你们,将来无论身处何方,一定要闯出自己的事业。陈胜说得好啊,苟富贵,勿相忘。"

"师兄,我们是莫逆之交。"

"我陈小艺永远是您的弟弟,绝不相忘。"

丁晖说:"好啦,都别激动了,这是好事呀!"

"都坐下吧,食茶。"

黄启转过身，把眼光投向丁晖，说："哎，昨天回老家，对不起啊！"

"回老家，应该的呀！"

"其实，我妈是疼你的，只是没有文化。"

"妈带我去拜送子观音，我都照做了。"

"照做就好嘛。"

"我说求娘娘赐子，事成一定前来答谢。她嫌不明确，要我重新跪下，请求赐个男孩，我只好照做。回来的路上，你猜她怎么说的？"

"无论说什么，你都别放心上。"

"她说每月拜娘娘的事，由她负责。丁晖你一定要争气啊。可笑吧，这种事，我怎么争气呢？后来我说，生男生女都一样，没想到她生气了。她说女的是走仔，是别人家的，逗仔正是黄家的。"

"丁晖，我的想法跟你是一致的。潮汕人重男轻女，我妈说什么，你要理解，也别生气。"

"唉！但愿将来生个男孩，不然，我可是你们黄家的罪人。"

陈小艺打圆场说："黄启兄说了，男女都一样。丁晖姐特别贤惠，是我们潮汕女性的代表。"

丁晖一听，紧绷的脸放松了。"你看，人家小艺多会说话。"

"是是是，小艺说得对。丁晖通情达理，我一个农村仔，何德何能，能娶到这样的女人？"

"我和小艺永远站在丁晖姐一边。"李震东也推波助澜。丁晖看着黄启，脸上笑容绽放。

"喂，我和丁晖结婚还没请你们吃饭呢，出去喝点酒，好好庆祝一下。"

"好,我们现在就去。"

丁晖站起来,挽住黄启就往外走。李震东和陈小艺就像跟屁虫,走在后面。

八十八

但将酩酊酬佳友,莫使金樽负良宵。

李震东和陈小艺喝得歪歪斜斜,互相搀扶着回到宿舍。两人和衣而睡,瞬间鼾声起伏,抑扬顿挫。

一觉醒来,陈小艺起床伸了伸腰,说:"哎,昨夜雨疏风骤,浓睡不消残酒。"

"什么,昨晚下雨刮风啦?"

"没有啊,我这不背词吗?"

"试问卷帘人,却道海棠依旧。知否,知否?应是绿肥红瘦。"李震东起床,跟着也背起来。

"哇,小资产阶级情调!这词让宝鸾、红缨背还差不多。"

陈小艺抬起头,余粮笑嘻嘻走了进来。"你怎么回来啦?"

"早上去看芳芬,想着隔几天就开学了,家里也没什么事,干脆就提前回校了。"

李震东问:"余粮,芳芬工作了吧?""工作啦,分配在县人民医院妇产科。"

"好啊,祝贺芳芬,也祝贺你。"

"以后呀,我们303的同学结婚生仔,一定要找芳芬。"陈小艺朝余粮挤眉弄眼。

"我估计,芳芬第一个接生的人是宝鸾。"

陈小艺把眼光投向李震东,说:"应该是红缨吧。"

"你呀,满脑子邪念。"

"哦,震东,刚才我路过收发室,看你有一封信,就带过来了。"

"应该是大妹寄来的。"

李震东接过来信,迅速拆开。

一会儿,陈小艺问:"大妹一切都好吧?"

"没事,说是换工厂了。"

"那家毛织厂不是还好吗?干吗换厂呢?"

"大妹说,毛织厂老板待人不错,就是喜欢赌博。今年输了大钱,这厂已抵债给人家了。"

"哦,那大妹去哪家厂啦?"

"去了致丽玩具厂,是个来料加工企业。"

余粮说:"震东,这家跟那家的,无所谓啦。"

"只是原来的厂允许大妹上夜校,现在的可就不一定了。"

李震东说完,马上提笔回信。

大妹:

　　来信收悉,致丽厂的情况大哥知道了。那里人多、情况复杂,你一定要小心行事,注意安全。

　　健康是工作的本钱,一定要注意休息,千万不要为了计件取酬,累坏身体。

　　老板允许你上夜校吗?请来信告知。

　　　　　　　　　　　　　　　　　　　　大哥

装好信封,李震东快步走出宿舍,把信投进校园的邮箱。

大四的第一节课开始了,同学们等了半个小时,徐佩兰迟迟没有出现。

陈小艺站起来挥手,示意李震东走出教室。

"震东，班主任平常特别守时，今天怎么啦？这样吧，我叫上红缨，一起去看看。"

"好的。"

李震东点了点头，待朱红缨出来，三人直奔徐佩兰宿舍。

"老师！老师！我是红缨。"

"哦……哦，进……进来吧。"宿舍里传来微弱的声音。

朱红缨推开房门，只见徐佩兰躺在床上，额冒汗水，手按住右上腹。

"老师，您怎么啦？"李震东问。

"天快亮时，右上腹突然一阵绞痛。瞬间，右肩胛部也疼痛难忍。我吃了止痛药，到现在还没有效果。"

"老师，不能忍了，我们上医院吧。小艺，你快去叫人力三轮，红缨，扶老师起来，我来背。"

陈小艺马上跑出宿舍。李震东在朱红缨配合下，背起徐佩兰。

"红缨，钱，钱放在……抽……抽屉里，拿着。"

朱红缨取出钱，把几件衣服塞进行李包，迅速跑向校门口。

"红缨，快点上车吧，让老师靠你身上。"

陈小艺帮着把徐佩兰扶上车，人车三轮飞跑起来。

在医院急诊室，医生检查后说："是急性胆囊炎，要住院的。喂，背到消化内科吧。"

徐佩兰无力地躺在病床上，护士开始为她输液。"阿姐，我老师情况严重吗？"朱红缨问。

"哦，她是你们老师啊？胆囊炎很疼，但也不怕，只是个小手术。"

"红缨，你在这里看着，我去办住院手续。小艺，你去安排几个女生,明天开始轮流照顾。"

"好,我立即回校。"

李震东跑上跑下,帮着办好了入院手续。

中午,徐佩兰疼痛减轻,当她睁开双眼时,发现许多同学来了。

"你们怎么都来啦?老师只是胆囊炎,没事的,大家回去吧。"

陈小艺说:"晚上先留下两位女同学吧,和红缨一起照顾老师。"

"老师,您好好休息吧。"同学们挥着手,依依不舍地离开了。

两天后,徐佩兰成功摘除了胆囊。在朱红缨和几位女生的照顾下,经过一周的调理,终于康复出院。

八十九

恢复了健康,徐佩兰又重新走上讲台。

下课了,李震东独自来到收发室,看看有没有大妹的来信。

果然,熟悉的笔迹映入眼帘,李震东迫不及待地拆开来信。

"别人都想着多加点班,多赚点钱。唯有你,一个打工妹,上什么夜校呢?上夜校回家去啊,来这里干什么?"

李震东把信放进口袋,沿着山顶操场一路狂奔。进入一条僻静的小路,他左手握住垂下的树枝,右手朝着自己的脑壳猛捶。

大妹，大妹，家里的情况你也知道，大哥对不住你啊！大哥明年就毕业了，我向你承诺，绝不让你再去打工了。大哥一定用自己的工资，供你好好读书。

李震东颤抖着点了一根烟，咬住烟嘴，一口气吸了大半截。他抬起头，眺望着窟窿一样的天空，一圈又一圈，吐出嘴中的浓烟。

"震东，你怎么啦？"

李震东回过头，看见朱红缨气喘吁吁跟了上来。"红……红缨……"

"刚才，我……我……看见你猛跑，就跟上来了。"

"我没事，上来散散心。"

"到底出什么事啦？"

看着朱红缨急切的样子，李震东只好把大妹来信的事说了。

"这样吧，明年让大妹回家读书，到时我领工资了，也来帮忙。"

"增加你的负担，绝对不行！"

"怎么就不行呢？要听我话，懂吗？"李震东望着朱红缨，叹了口气。

"哦，红缨，忘了问你，外嬷身体怎么样了？"

"唉，八十多岁了，卧床，身体越来越弱。震东，我是外嬷在乡下带大的。"

"怎么会把你送到乡下呢？"

"我妈那时在公社工作，休完产假就上班了。我公嬷身体不好，我爸又在外地，只好把我放在乡下，让外嬷带着。"

朱红缨低着头，抹了抹眼睛。

"我是外嬷用糊喂大的。外嬷家好几口人，每天三餐食糜。

239

从我记事开始,外嫲每次煮好糜,都会悄悄给我捞上一碗干的。"

李震东伸出手,搂住朱红缨,说:"那年代都穷啊。"

"我的一个母姨,有一次见到我在吃鸡蛋,生气地对外嫲说,锅里都能看出人影,干的给她就算了,连鸡蛋都给她,我们喝西北风啦。

"外嫲瞪了母姨一眼,说,'红缨才几岁呀?你个良心给狗咬去了。你要吃好一点,还不快去养鹅?'外嫲说完,独自在屋里流泪。

"小时候,外嫲常带我去看海,看海鸥低翔,白浪飞溅。一直到了七岁,我才回到城里读书。这一次,外嫲病得很重。摸着她的手,骨瘦如柴啊,甭提我有多心酸!"

朱红缨抱着李震东大哭。

"外嫲说,'我的心肝宝贝啊,你二十出头了,应该找对象啦,姿娘仔不能太晚。'我说找到了,您快点好起来,我带来给您看看。外嫲用力牵着我的手,笑了。"

"红缨,别哭啦!我找几张相片吧,你回去先拿给外嫲看。"

"好啊,你是自愿的?"朱红缨抬起头。

"难道在你眼里,我就是一头犟驴?"

朱红缨破涕为笑:"这一次回去,我要为外嫲唱首歌。"

"哦,唱什么歌?"

朱红缨平视前方,轻轻唱起来。

> 晚风轻拂澎湖湾
> 白浪逐沙滩
> 没有椰林醉斜阳
> 只是一片海蓝蓝

坐在门前的矮墙上
　　一遍遍怀想
　　也是黄昏的沙滩上
　　有着脚印两对半

听着熟悉的旋律，李震东也跟着唱起来。

　　那是外婆拄着杖
　　将我手轻轻挽
　　踏着薄暮走向余晖
　　暖暖的澎湖湾
　　一个脚印是笑语一串
　　消磨许多时光
　　…………

九十

朱红缨回去看望外嬷了。

外嬷躺在床上，眼睛紧闭，身上插着各种管子。

朱红缨俯下身，轻轻地拉了拉被角，望着外嬷像灰土一样的脸，禁不住流下眼泪。

大母妗走出房间，示意朱红缨出来说话。

"外孙妹啊，你来得正好，阿嬷昏迷几天了。"

"大妗，医生怎么说呀？"

"医生说老人寿元已到。阿嬷自己好像也知道，前段时间，后事也交代了。"

朱红缨一下子伏在大姈怀中，抽泣起来。

"生老病死，是正常的，阿嬷八十多岁，也算高寿了。"

朱红缨抹着眼泪，又走进房间，贴在外嬷的耳边说："阿嬷，我是红缨啊，您睁开眼睛看看啊！"

一遍遍地呼唤，一次次没有反应。大母姈大声地说："阿嬷，红缨来看您啦，她是您一手带大的啊！"

一会儿，老人慢慢睁开了眼睛，全家人高兴得抹着眼泪。"阿嬷，我是红缨呀！"

老人无力地点头。朱红缨拿出照片，靠前指着李震东说："阿嬷，这是我的男朋友。"

老人注视着照片，慢慢地说："后生仔，长得精神，就……就是头发……长了。"

大母姈说："外孙妹，回校后快叫他去剪头啊。"一家人都笑了。老人微笑着，又闭上眼睛。

吃完晚饭，朱红缨一直守在外嬷床边。临近午夜，大母舅见朱红缨连打呵欠，催促她回去睡觉。

天蒙蒙亮，门外突然"嘭嘭嘭"一阵响声。"红缨，红缨！快起床！"

"大姈，我来啦！"

朱红缨打开大门，大母姈哭泣着，说："刚刚，阿嬷走了！"

"啊！昨天下午，不是还好好的吗？""你不懂，那是回光返照啊！"

朱红缨哇的一声，哭出声来。

"阿嬷已经进祠堂了，到我家吃早饭再过去吧。"

生命像一根芦苇，说折就折了。穿着寿衣的外嬷，身体覆盖着白布，朱红缨跪地叩头，把三炷香插上香炉。

往事历历,瞬间在脑海涌现。

"别动!快好了。"外嬷一边说着,一边为朱红缨扎辫子。

"阿嬷,海是什么呀?""海是大地的眼睛。"

"哦!那如果没海的话,大地就是个瞎子。"

"海是永远不会枯干的,大地永远仰望星空。"

外嬷粗通文字,说出来的话,让少年的朱红缨充满遐思。外嬷有七个孩子,一手拉扯大的,却有八个。这第八个孩子,就是自己啊!

祠堂外的大埕,迅速停下一辆小车,朱红缨看见母亲打开车门,边跑边哭。

"我的妈呀!不孝女来迟了!"

母亲掀开覆盖的白布,端详着自己的母亲,失声痛哭。

大母妗扶住母亲,说:"大姑,人死不能复生,您别太悲伤啊!"

晚上第一次守灵,大母舅说:"大妹,你工作那么忙,别累坏身体,回去休息吧。"

"妈,这里有我跟舅舅就行了。"

母亲摇了摇头,说:"大哥,我长期在外,没有尽孝,这是最后一次机会啊!"

大母舅没有办法,只好对朱红缨说:"祠堂那边有间小屋,先扶你妈去休息一下吧。"

几天后,出殡的时辰到了。

长空雁叫,喇叭声碎。送别的路上披麻戴孝,哭声阵阵,外嬷驾鹤西去了。

朱红缨吃完丧宴,马上搭车赶回韩师。

刚进校门,就听见广播站播报的第一条新闻:

"本台记者报道,近日,由中文系90级本科班李震东、陈小艺合著的散文集《同心圆》正式出版,这是我校在读学生的第一部作品。著名诗人郭光豹在序言中,对作者痴心文学的精神给予充分肯定,认为作品起点不低,已显出水准和才华。"

九十一

朱红缨听到李震东和陈小艺准备合作出书,知道他们梦想成真,内心特别欣慰。

"喂!红缨,你回来啦。"

朱红缨抬起头,见李震东挥着手,快速跑过来。"外嬷怎么样了?"

朱红缨抱住李震东,像小孩一样哭泣起来。"别,这里人多,我们还是到外面说吧。"

来到广济桥头,李震东说:"这几天傍晚,我一直在这里等你。"

"猜到了吧,外嬷走了。"

"唉,人在自然规律面前,是渺小的。请节哀顺变!"

江水在眼前流逝,李震东掏出手帕,轻轻为朱红缨擦去眼泪。

朱红缨回过神来,望着李震东说:"哦,祝贺你和小艺!《同心圆》终于出版了。"

"这次师兄和丁晖姐,可是出了大力。"

"高山流水,知音难觅。书已经出版,我建议,应该让潮汕的媒体,也报道一下。"

"过几天就会报道。纪主任、邓老师已帮我们联系了媒体。前天,王老师还专门写了评论文章。"

"那太好啦！王老师是怎么评论的？"

"王老师认真分析了作品，说了很多鼓励的话，但也发出感慨。"

"为什么感慨呀？"

"他说，我不知道将来，他们还会不会执着于文学，这个社会正令人炫目地变化发展着，又有多少人能说清楚未来呢？"

"不会吧。我相信，我们对文学的热情是永远的。"

"红缨，这段时间你累了，我送你回去休息吧。"

送朱红缨回到宿舍，李震东刚走下楼梯，操场上突然人声鼎沸。

"小艺！好样的！"

辛志坚和班里的几名男生，大声吆喝着，合力把陈小艺抬起，一次又一次抛向天空。李震东小跑来到旁边，也跟着呐喊、鼓掌。

"震东，大家正找你呢！"

杨喜书冲上前，余粮、许春生、黄七月也跟上来，四人抬起李震东，用力抛向天空。

一阵喧哗后，大家放下李震东、陈小艺。

余粮整了整衣服，慷慨激昂地说："《同心圆》的出版，是中文系的一件大事。现在我代表全班，向震东、小艺表示热烈的祝贺！我提议，请大家面向作者列队！"

"立正，敬礼！"

余粮的一番话和同学们的深情，让陈小艺热泪盈眶。

李震东也感动不已，马上和陈小艺立正，向同学们敬礼！"衷心感谢同学们！同学情，情深似海；同窗义，义重如山。我和小艺只是开了个头，我相信，我们班将会创造出更多的文学成果！"

"未来可期!"操场上同学们挥舞着拳头,齐声大喊。一会儿,大家渐渐离去了。

李震东和陈小艺来到校团委办公室。"震东,什么是弄瓦之喜?"

"莫名其妙的,干吗问这个?"

"这是王老师说的。那天我问他,小虹姐是生男还是生女?"

"是这样啊,王老师是说,生女孩。瓦,是纺车的零件,古人把瓦给女孩玩,期望她长大后会女红,所以生女孩,称为弄瓦之喜。"

"我不懂,但也猜是女孩。哎,还是你有功底。"

"我有什么功底?学海无涯,凑巧我知道了。"

"那生男孩叫什么?"

"叫弄璋之喜。璋是美玉,大人把玉给男孩玩,期望他长大后有美德。"

"难怪某人对你那么崇拜。"

"干吗又胡扯呢?喂,书已经出版,宝鸾最近来韩师吗?"

"哦,忘了告诉你,她帮我们卖出了一些书,周末她会过来的。"

"行啊,太感谢了。"

"宝鸾跟我说,她特别想认识丁晖姐和红缨。"

"小艺啊,我建议,到时用我们卖书的钱,组织一顿大餐。"

"好,一醉方休!"

两人促膝长谈,不知道时间过了多久。

九十二

在雅怡园新房的客厅,丁晖端详着薛宝鸾带来的两幅装框的剪纸。

"丁晖姐,这是我剪的《喜鹊梅花图》,寓意喜上眉梢。"

"还有,这幅叫《风正一帆悬》,寓意一切顺利。"

"好啊,谢谢!"丁晖开心地接过剪纸。

朱红缨接着拿出一对毛织的、橙色的大橘,说:"丁晖姐,你看,这是我织的,祝您阖家大吉!"

"谢谢!宝鸾、红缨,你们太厉害啦。这指尖上的艺术,我得找时间,好好学习呀。"

黄启看了又看,也赞不绝口。

李震东说:"师兄,晚上这顿饭,请你批准,由我和小艺来请,你看吃什么好呢?"

"行啊,秋风起,蛇肉肥。喂,你们三位女生,敢不敢食蛇呢?"

薛宝鸾说:"这有什么不敢的?"

丁晖说:"你还别说呢,广东人食蛇习以为常,但北方人觉得很恐惧。"

朱红缨说:"是啊,当年韩愈莅潮,见蛇面目狰狞,不但不敢下箸,还吓得手心冒汗。"

"喂,你们知道吗?食蛇能去湿祛风,止咳消痰。毒蛇可入药,专治麻风、恶疮等。韩愈如果知道这些,我估计他闭着眼睛,也会吞下去的。"

大家听了哈哈大笑,黄启继续说:"同为文豪,同样被贬,苏东坡就不一样了,他在惠州期间,入乡随俗,吃得津津有味。"

朱红缨说:"哦!只知道苏东坡喜吃荔枝,没想到竟敢食蛇!"

薛宝鸾不由得背起来:"日啖荔枝三百颗,不辞长作岭南人。"

李震东说:"师兄,广东人食蛇的历史,应该很久了吧?"

"广州的朋友告诉我,南越王墓出土过人操蛇铜托座。这说明早在秦汉时期,广东人就有食蛇的习俗。"

"南越王墓还出土青铜烤炉,广东人吃烧烤和食蛇一样悠久。"

"黄启,时间不早了,我们到餐馆再说吧。"

丁晖提醒着,黄启看了看手表,说:"好的,走吧。"大家跟着黄启,一起来到市郊的一家蛇餐馆。

"黄兄啊,包厢为你留好啦,要怎么安排?"

"老熟客了,跟上次一样吧。"

"好嘞,请进厢上座。"

老板立即摆上酱料、花生米,熟练地把高汤加入火锅,点着后放进切块的玉米、苦瓜。

朱红缨帮着摆上碗筷、酒杯,薛宝鸾则把带来的白酒打开、满上。

一会儿,服务生端上几盘去皮的蛇肉,把蛇皮蛇骨倒入锅中。黄启拿起小油壶,把油淋在蛇肉上,拿筷搅拌起来。

"你坐吧,我来焯!"

丁晖左手拿起不锈钢漏勺,右手拿筷夹肉,放进漏勺焯起来。

几秒钟工夫,丁晖把焯熟的蛇肉倒入盘中,给每人夹了一块。

"嗯,好吃,又嫩又脆。"

大家对丁晖的焯技,赞赏有加。

黄启举起酒杯,说:"为《同心圆》的出版干杯!"

大家一饮而尽。丁晖又焯了一盘,为每人舀了一碗汤。

"小艺,来,我们敬一下师兄!"

黄启喝完,对丁晖说:"你坐下来吃吧。"

"没事,马上焯完。"

薛宝鸾又为三人添了酒。朱红缨夹了一块蛇肉,放进丁晖碗里。

"丁晖姐,你辛苦啦。"

丁晖摆了摆手,低着头吃起来。

"师兄,之子于归,宜其室家。"

"震东,什么意思呀?"

"这是《诗经》中的句子,是说这女子出嫁了,和顺旺家,夫妻美满。"

黄启一下子笑容满面。"丁晖确实是个好同志。"

陈小艺举起酒杯,激动地说:"我提议,大家敬丁晖姐,祝她青春永驻,红颜不老!"

"谢谢啊!"丁晖微笑着,以水代酒,碰杯后喝了一口。

餐桌上突然焦香四溢,黄启指着刚上的一盘吊烧蛇,说:"这是先用卤水腌制,再烧烤出来的。来吧,大家尝一尝。"大家开心地吃着吊烧蛇。陈小艺和李震东,又一起敬了黄启。

放下酒杯,陈小艺猛站起来,挥着手轻轻唱起来。

怎能忘记旧日朋友
心中能不欢笑
旧日朋友岂能相忘
友谊地久天长
我们曾经终日游荡
在故乡的青山上
我们也曾历尽苦辛

> 到处奔波流浪
> …………

大家齐齐拍手，沉浸在悦耳的旋律中。

九十三

"小艺，起来，快起来！"

一觉醒来，李震东大吃一惊，发现自己和陈小艺睡在客厅。

黄启坐在沙发上抽烟，笑嘻嘻地说："都醒啦？"

"师兄，不好意思啊！"

"喝酒嘛，安全第一。红缨、宝鸾睡一间，你们当然要打地铺啰。"

门铃响了，黄启起身开门，丁晖提着菜篮子回来了。陈小艺说："丁晖姐，这么早就去上市场？"

"是呀，习惯了。每天早上煮糜后，我就去买菜。"

听见声音，朱红缨和薛宝鸾也起床了。丁晖放下菜篮子，从抽屉里拿出牙刷、毛巾，递给每个人。"丁晖，早餐的配菜买了没有？"

"买了，在篮子里。"

"你歇一会儿吧，我去收拾。"

黄启用抹布擦了擦餐桌，把鱼饭、豆腐、咸菜分别装盘，连同淋上酱油的碟子，一齐摆上。

大家洗漱完毕，开始上桌吃饭。

"丁晖姐，这次给您和黄启兄添麻烦了。"

"宝鸾，再住几天吧，我陪你逛逛商场。"

"不了，我明天还有课，待会儿就回去了。"

吃完早餐，陈小艺送薛宝鸾前往车站坐车，李震东则带着朱红缨，赶回学校。

第二天上午，全班如期召开实习动员大会。

徐佩兰站在讲台上，激动地说："亲爱的同学们，浮世万千，吾爱有三，日月与卿。日为朝，月为暮，卿为朝朝暮暮。

"这朝朝暮暮的学习和相处，屈指算来，已经三年多了。时光如飞鸟啊，你们即将到中学实习啦。

"实习，虽然时间不长，却是本科教育的一个重要环节。今天，我没有太多的话要讲，只希望你们珍惜机会，认真对待。"

"请老师放心！"陈小艺带头表态。

303主动请缨，全员前往一所偏僻的山区中学。

山路不通汽车，蜿蜒盘旋。一场暴雨刚过，路面坑坑洼洼。自行车在路上摇晃颠簸，不时溅起朵朵泥花，洒泼在裤腿上。不到一个钟头，许春生上气不接下气，慢慢把车停靠在山旁。

"喂！大家停一下吧。"

"春生，怎么啦？"陈小艺马上踩住刹车。

"太累啦，休息一下吧。"

大家只好停了下来。李震东拿出军用水壶，递给了许春生。黄七月说："春生啊，平时大家打篮球，你就是不参加！"

一会儿，杨喜书见许春生恢复状态，背起《长征组歌》中的诗句。

"战士双脚走天下，四渡赤水出奇兵。乌江天险重飞渡，兵临贵阳逼昆明。"

辛志坚说："这样吧，我们速度放缓一点，一鼓作气，直达学校。"

余粮说:"我建议由小艺领队,一边骑车,一边背诵接龙。"

"余粮,背什么呀?"杨喜书问。

"背毛泽东的《七律·长征》,你说出第一句,我接上第二句,依次对接。"

"好啊!"

陈小艺第一个骑上车,大声喊出第一句:"红军不怕远征难!"

余粮马上喊出第二句:"万水千山只等闲!"

紧接着,许春生喊出第三句:"五岭逶迤腾细浪!"

泥水飞溅在辛志坚脸上,立即把他化成红军战士:"乌蒙磅礴走泥丸!"

黄七月不知疲倦,挥着手大喊:"金沙水拍云崖暖!"

"大渡桥横铁索寒!"

杨喜书车陷坑洼,用力猛蹬。

走在最后的李震东,大声喊出第七句:"更喜岷山千里雪!"

陈小艺注视着前方,脸上露出胜利的笑容:"三军过后尽开颜!开颜啦!"

声音在山谷中回响,自行车的轮子飞快地转动着。一会儿的工夫,学校出现在广阔的视野中。

九十四

"胜利啦,胜利啦!"

陈小艺第一个停下自行车,站在校门前举手高呼。其他人也相继到达,欢欣鼓舞。

大家推着自行车,轻快地进入校门。操场边的一间平房,吱呀的一声响了,走出一个五十岁左右、慈眉善眼的男人。

"你们好，辛苦啦！"

李震东停下车，马上迎上前去。

"您是文校长吧？我是韩师中文系的李震东，我们是来实习的。"

"我是校长，几天前，就知道你们要来，欢迎啊，热烈欢迎！"

李震东介绍了每一位同学，文校长微笑着，与大家一一握手。

"都累了吧？跟我来，先休息一下。"

文校长把大家带到宿舍，提起热水瓶，给每个人倒了一杯水。

"请坐，卫生已经搞好。叠铺和桌子都是老的，但也加固了，条件就这样，大家将就点。"

陈小艺说："这样已经很好啦，谢谢文校长。"

"好吧，你们收拾收拾，中午我们再一起吃饭。"文校长挥了挥手，上课去了。

整理好内务，李震东说："我们先到外面转转吧，熟悉一下环境。"

校园就在山脚下，面积不大。仅有的几排平房，是用砖石垒成的。

操场上两个木制的篮球架，迎风晒日，显得老旧孤单。从校门口放眼望去，远处是一座青山，近处是低矮的民房。民房前方有一条小溪流过，相向而行的是，一条通往外面的小路。

辛志坚笑着说："这里的一切，都是野生的。"

许春生接着说："唉，比我老家还闭塞！"

"刚才经过食堂，你们注意到没有？"余粮望着大家。

黄七月说："什么？我看见食堂有两个大水缸。"

杨喜书扶了扶眼镜,问:"余粮,你还看到什么?"

"我看见师傅用劈开的干柴,往土灶上添火。里面放着扁担和带绳的水桶,一看就知道是用来挑水的。"

下课的铃声刚好响了,陈小艺说:"吃饭去吧,别让文校长久等。"

大家来到食堂,文校长已把饭打好。桌子上摆着一盘鸡肉、两盘青菜和一碗汤。

"吃饭吧。这鸡是自养的,今天你们来实习,算是我个人的招待。"

文校长拿起筷子,给每个人夹了一块鸡肉。

李震东给文校长也夹了一块,说:"不好意思,让您破费了!"

大家拿起筷子,闷头吃饭。

"慢点吃吧,鸡肉还有。哦,对了,午休后,我再找你们聊聊天。"

下午,文校长准时来到宿舍。

"你们看了校园,什么感觉啊?山区中学嘛,确实没办法跟城市比。"

李震东说:"我们是来锻炼的,您的热情比什么都好。"

"条件有限,做得不够啊。"

余粮给文校长倒了杯水,说:"文校长,我们学校有几个班呀?"

"唉!从初一到初三,现在只有七个班了。"

文校长叹着气,继续说:"几年前,每个年级还有四个班,加起来,全校有十二个班。现在不行啦,今年的初一跟去年一样,只招到两个班。"

许春生摇着头,也感慨起来:"唉,我老家也是这个情况。"

杨喜书问:"为什么会这样呢?"

文校长说:"大多数是跟随父母,到珠三角打工。现在有的村,已变成老人村。"

黄七月说:"文校长,打工没文化不行啊!"

"这是你的想法,他们认为80年代发财的老板,也没多少文化。"

辛志坚说:"看来,这个局面短时间难以改变。"

文校长又长叹一声:"言归正题吧。实习教学的,你们肯定没问题。我想拜托的是,如果发现学生有辍学倾向,一定要及时做好工作。"

李震东说:"好,我们会的。"

陈小艺望着文校长,恭敬地说:"您的普通话讲得这么好,请问是哪所学校毕业的?"

"我是工农兵学员,毕业于华东师范大学。"

"哦,您咋不留在上海呢?"

"我是个孤儿,是村里的父老乡亲养大,并被推荐上大学的。

"我对山区孩子没书读的苦,刻骨铭心啊!我回来教书,是为了报恩,也是为了改变……"

说到动情处,文校长流下了眼泪。

大家注视着文校长,完全被他的奉献精神打动了。

九十五

集中听课学习之后,303全员围绕着备课、讲解、互动等环节,做了深入交流。

陈小艺满怀激情地说:"第一炮一定要打响,绝不能是哑炮!"

"我相信一定能打响！第一节课，关键是拉近师生距离，让学生信任我们。如何拉近呢？我认为，一靠方法引导，二靠水平吸引。"

"说得好啊，我建议你们，先了解所在班的情况，再对症下药。"文校长刚好走进来了。

大家迅速行动起来，分别找班主任了解交流。

"小艺，你不知道啊，初一（2）班不但基础差，而且调皮顽劣！开学还没多久，教英语的女老师，就被气哭了几回。作为班主任，说实话，我也很累。"

"老师，谢谢您，我明白了。"

听了情况介绍，陈小艺眉头紧锁，心里盘算着如何应对。实习的铃声终于敲响，陈小艺拿着讲义，朝初一（2）班走去。

远远地，一个脑袋从教室里伸出来，又马上缩了回去。走近门口，突然有人大喊起来："喂！大家请注意，狗来啦！"

一阵哄笑声立即炸开了。

"我听说，是从韩师来实习的。"

"是啊！我叫陈小艺。"

陈小艺快步走上讲台，用力扔下讲义。犀利的眼光，滑过每个角落。

"很开心是吧？有种你站起来！"

"如果我是你哥，你听了心里难受不？如果我让大家叫你狗，你会怎么样？初一了，还把无礼当本事！"

一会儿，陈小艺放缓了语气："请你们回答，我说得对吗？"

教室里鸦雀无声，同学们低下头，看着课本。

"既然大家都不回答，那从一号同学开始，站起来说说。"

话音刚落，后排迅速站起一位同学。"老师，这事跟其他同学没有关系，我向您道歉！"

"有种！你叫什么名字？"

"我叫张辉，刚才只是觉得好玩，没想到……"

"知道老师为什么生气吗？"

"知道！我保证今后改正错误。"

"请坐下，老师原谅你。知错能改，就是好学生。"

陈小艺恢复了平静，在黑板上写下上课的题目，开始讲解起来。

"老师，我们基础差，能不能讲慢一点？"张辉又站起来。

陈小艺停下来，发现其他人也和张辉一样，表情懵懂。"这样吧，我再找时间跟大家交流，看看哪种讲法，更适合你们。"

"说到基础差，我刚读初一时，可能比你们更差。"大家一听来了兴趣，目不转睛注视着陈小艺。

"我读小学时也很调皮，整天无心向学。记得初一上第一节数学课，老师提问，'小艺同学，什么是自然数？请举例子。'同学们猜猜，我是怎么回答的？"

张辉说："老师，不就是一、二、三吗？"

"我站起来，说：'老师，我不会。'大家立即哄堂大笑。我羞愧难当啊，如果当时地上有条缝，早钻进去了。"

陈小艺望着大家，继续说："经此大辱，我发誓一定要读书雪耻！后来我全心投入，第一次期末考试，就实现了突破。

"同学们！老师经过努力，最后考上了大学。这说明基础差，并不可怕！关键是要有决心和勇气，把自己的潜能激发出来！

"大家有没有信心啊？"

陈小艺鼓励的话语，期待的眼神，让同学们无比振奋。"我们有信心战胜困难！"

在初三级的尖子班，李震东旁征博引，用生动有趣的语言，把大家带进美妙的文学世界。

"同学们，我想多说几句。对待学习，应该像打仗一样，宜将剩勇追穷寇，不可沽名学霸王。

"对待生活，与其紧闭心扉，不如放眼欣赏。这里虽然偏远，但一弯新月挂枝头，涓涓溪水梅影疏。你们看看，美就在眼前啊！"

一节课的时间，不知不觉过去了。同学们挤上讲台，围绕着李震东，你一句我一句，攀谈起来。

九十六

宿舍里召开会议，就第一节课的教学，进行交流。

杨喜书说："我的课是从聊天开始的。我说学好语文，无非是多读和多写。读多了，你就知道，大致上秀才是高中生，举人是大学生，进士是研究生。写多了，长大了，你写的情书就能追到女生。从同学们的笑脸看，大家的兴趣是蛮高的。"

许春生说："讲到鲁迅文章，我没有直奔主题，而是先介绍鲁迅祖父的科场弊案，对其一生产生的影响。同学们对少年鲁迅的经历、磨难，充满同情。"

余粮说："上魏巍的通讯《谁是最可爱的人》，我延伸介绍了抗美援朝的历史背景，以及'血战长津湖'等五大战役。同学们听了摩拳擦掌。"

"学习朱自清的《背影》，我重点讲述作者如何通过细节描写、侧面烘托，向读者呈现深沉的父爱。"

黄七月学着朱父吃力爬上月台的样子，可惜的是体形太瘦，吃力没有仿成，反而引来一阵笑声。

辛志坚说:"我比较另类,先是介绍拙作《猫兄》,接着限时写课堂人物。有一同学写我,你们猜猜,他怎么写的?他说辛老师眼神狡黠,初看像个小偷,但仔细观察,又觉得可亲可爱。"

"行啊,大家第一炮都打响了,只有我,差点成了全校的笑话。"

陈小艺微笑着,具体介绍了遇到的课堂危机,以及化解的办法。

李震东说:"小艺,你也不赖呀!我讲的是毛泽东的《沁园春·雪》,这首词感情奔放,气势恢宏。为了讲好,我不敢懈怠,课前下了功夫。从反馈的情况看,还行吧。"

晚上吃饭,文校长十分开心,特意加了一盘卤鹅肉。"你们不但带来知识,而且带来活力,我代表学校,感谢你们!"

李震东拿起筷子,为文校长夹了一块鹅肉。"谢谢您的关爱!我们一定继续努力。"

实习教学日复一日。李震东拿着课本,像往常一样走出宿舍。

"老……老师!等一下。"

校门口走来的一名女生,突然扑通一声,跌倒在地。李震东抬头一看,立即冲上前去,把她扶了起来。

"老师……老师,我是来……"

"春花,别急!到那边说去。"李震东扶着春花,来到校长室。"春花,喝点水吧,慢慢说。"

"老师,您帮我修改的散文,在镇广播站播出了。"

"好啊!春花,你看,一努力就不一样啦。"

春花望着李震东,苍白的脸上露出了笑容。"老师,我是来向您道别的。"

"道别？为什么呀？"

春花咬着嘴唇，抽泣起来。"别哭，有事老师帮你。"

春花擦着眼泪，低头摆弄着手。

"我妈说，姿娘仔读书无用个，你十八岁了，趁早嫁人吧。"

"荒唐！这是犯法的！"

"我宁可辍学去打工，也绝对不嫁人！"春花站起来，飞也似的跑了。

"春花！等等……"

春花瞬间消失了。李震东回到教室，布置完作业就离开了。

"文校长，情况就这样，我和小艺去做做工作吧。"

"好，这是春花家的地址。"

陈小艺刚好没上课，在宿舍看书。了解情况后，马上和李震东骑上车，飞奔而去。

春花的家藏在山坳深处，半掩的木门油漆褪尽，墙边的土炉，放着一只熏满黑灰的大锅。

"春花，春花！"

"等一下，来啦。"

春花打开门，一下子目瞪口呆。"春花，你妈在吗？"

"在……在呀！妈，我的老师……"

"哦，老师，请坐……请坐。"

一个瘦弱的妇女，放下手中的绣花棚，搬出一条破旧的长凳。

"阿姨，我是春花的老师李震东，这位是陈小艺老师。"

"有什么事吗？"

李震东望着春花，微笑着说："阿姨，我想跟您商量一下，春花成绩不错，让她继续读书吧。"

春花一听，呜呜呜地哭泣起来。

"老师，春花的大哥考上大学要钱，二哥读高二也要钱，家里没有办法啊。姿娘仔，迟早是要嫁个，早得彩礼好帮家。"

"妈，无论介绍什么人，我都不要，我宁可去打工！"

"春花，二哥成绩那么好，你就忍心让他停下来？"

"阿姨，国家对结婚年龄是有规定的，十八岁嫁人是犯法的。"

李震东望着春花妈，继续说："春花的年龄还太小，如果让公安机关知道了，是要抓人的。"

春花妈露出胆怯的神情："我没文化，不知道啊！"李震东站起来，示意陈小艺到外面说话。

"小艺，我们卖书的钱，先不还师兄了，明白我的意思吗？"

"明白，这钱我一直带在身上。"

李震东接过钱，转身回屋，把钱塞给了春花。

"春花，希望你好好读书。这点钱，是我和小艺老师卖书得来的。"

"老师，谢谢你们……"春花抽泣起来，像个泪人。

"阿姨，您就支持春花吧。时间不早了，我们得赶回去。"李震东说完，迅速和陈小艺走出家门。

九十七

春花回校后，更加发奋刻苦。李震东看在眼里，心里十分欣慰。张辉在陈小艺的关爱下，成为班里上学最早、回家最晚的人。读完他充满真情的作文《忏悔》，陈小艺提笔写下一段批语。

"人非圣贤，孰能无过？有过而不改，则大错特错。有过而立改，则勇上加勇。"

老师，我没有忘记您的教导！我永远爱您！张辉端正的字体，朴实的语言，让陈小艺心暖如春。

辛志坚除了按进度上课，重点放在命题作文、材料作文的辅导上；杨喜书对字词、成语探本溯源，每次讲解，必要求实时造句运用；许春生重点训练阅读的概括、分析能力，为提高学习兴趣，有时也引入潮汕民俗；黄七月寓教于乐，不时露一手冷幽默，在轻松自如中讲授知识；余粮利用课余，大讲名人传记、励志故事，引导学生们立志向上。

李震东通过吴副书记，从韩师带来一批赠书。校园里少了往日的追逐和喧闹，多了一份宁静和温馨。每天朝阳初升，同学们在树荫下，在草坪上，手捧着课本，专注晨读。

实习的生活就像交响乐，高潮过后即将迎来尾声。

时间很快到了节点，303全员提着行李，依依不舍地走出宿舍。全校师生早在操场等候。文校长看见大家走来，马上举起右手。

"谢谢实习老师，祝你们前程似锦！"

李震东即席发言，向师生们表示感谢。大家跟随其后，立即列队。

"立正！向文校长、老师们、同学们敬礼！"

师生们迅速围上来。留恋的眼神，道别的话语，让大家感动不已。

文校长掏出手帕，擦了擦眼睛，说："你们有空，一定要回来看看啊。"

李震东双手紧握着文校长的手，说："您放心吧，我们一定会回来。"

时间像有使命，催得铃声大作。文校长和师生们挥着手，一步一回头地走向教室。

大家背起行李，推着自行车，缓步走向校门。

"小艺老师，你等一下。"

陈小艺回头一看，张辉手提一只装在网袋的公鸡，大喘着气跑上来。

"张辉，这是……"

"老师，这公鸡是我养的。今天我把它带来送给您！"

"干吗送这个呀？"

陈小艺望着张辉，哭笑不得。

"这鸡您拿回韩师，可以补补身体呀！"张辉注视着陈小艺，一脸认真。

"老师身体棒棒的，况且我也不会杀鸡。"

"韩师不是有食堂吗？叫师傅帮你吧。"

"不行！太麻烦了。"

"老师，要不先拿回宿舍，养起来，让公鸡为您报晓。"

陈小艺笑着摸了摸张辉的头，说："听我话，拿回家吧。"

"老师，您这是看不起山里人。再见，我上课去了。"

张辉挥挥手，一溜烟跑了。

望着张辉逝去的背影，陈小艺鼻头一酸，眼眶滚出了泪珠。

校门口的李震东正想骑车，没想到春花从旁边闪了出来。

"春花，你怎么没去上课呢？"

"老师，我有事找您。"

春花拿出一张纸条，递给了李震东。"老师，这是借条。"

"什么借条呀？"

"我家欠您和小艺老师的钱，将来一定偿还！"

"你傻呀！我们是真心实意的。"

"那可不是个小数目。你们辛苦的钱，都给我两个哥交

263

费了。"

"春花,这事你别放心上,好好读书吧。"

李震东把借条递了过去,春花又递了过来,死活不愿接手。

"老师,我会用成绩报答你们的!"

"我相信你会努力的!"

李震东干脆把借条撕了,说:"春花,回去上课吧。其他老师都在前面,我也必须赶上。"

春花突然双膝下跪,抱着李震东的大腿,大哭起来。

"老师!你们的恩情我永远记住!"

"春花,快起来!"

李震东扶起春花,泪水模糊了双眼。

春花松开双手,迅速转身离去。

九十八

旧店新开张。一番清扫之后,303又是303了。

陈小艺把公鸡拴在阳台上,从食堂弄来一盘生米。

天色尚朦胧,公鸡真如张辉所说,开始高声啼叫,为陈小艺报晓。

"叫,叫,叫!叫什么呢?你不知道我和小艺熬夜吗?"黄七月从蚊帐里伸出脑袋,敲着叠铺,朝公鸡大喊。

"七月,别生气啦!鸡有信德,时到它能不开口吗?"许春生爬起床,马上给它喂水。公鸡好像也知道感恩,用欢快的歌声,帮助303驱赶睡意。

辛志坚见陈小艺又躺下去,大声说:"再睡就对不起公鸡啦，它对你可是一往情深啊。"

杨喜书坐在床边，扶了扶眼镜。"小艺，我问你，鸡有几德？"

"几德？我只知道缺德。"

陈小艺揉揉眼睛，只好爬起来。

李震东来了兴趣，说："喜书，鸡除了春生说的信德，还有什么德呀？"

"古人认为鸡有五德。春生，把《韩诗外传》拿出来，念吧。"

"好，大家听清楚啊。头戴冠者，文也；足傅距者，武也；敌在前敢斗者，勇也；见食相呼者，仁也；守夜不失时者，信也。"

余粮扳着手指，说："五德就是文、武、勇、仁、信。唉，检讨起来，人有时不如鸡啊。"

黄七月嘟囔着："小艺，这鸡老养在阳台，也不是办法呀。"

"七月，我准备拿到食堂处理，送给班主任补补身体。"漫谈中天色渐明，许春生提起红桶，到食堂打饭了。

吃完早饭，303全员赶往教室，参加实习总结大会。听着各小组汇报的实习情况，徐佩兰频频点头，脸上洋溢着笑容。

"同学们，从刚才的汇报和各校的反馈看，大家在实习中的表现可圈可点，我为你们感到自豪！"

接着，徐佩兰宣读优秀实习生名单，教室里响起热烈的掌声。

学习转入选修阶段，李震东和朱红缨选修了纪传青的《汉赋研究》。

晚上月色朦胧，两人手拉着手，漫步在山顶操场上。"震东，我特别不喜欢司马相如。司马迁为他写传，抬得太高。"

"他是汉赋的代表性人物,司马迁在传记中,全文引用其赋,可以理解。你怎么会不喜欢他呢?"

"他与卓文君的感情,是一场劫色劫财的骗局。婚后一段时间,他就想纳妾。卓文君写了《白头吟》,才让他放弃'包二奶'的打算。"

"呵呵,就这原因啊?这说明文如其人的说法,绝不可信。北宋书法四家,本有蔡京,为什么会换成蔡襄呢?因为蔡京为人太卑鄙了。"

"明白。哦!有个事想跟你商量。"

"这么客气,什么事呀?"

"我爸妈星期天要来潮州办事,我想带你去见他们。"

"红缨,我听你的。以前一直不敢去你家,请多包容理解。"

朱红缨抱住李震东,贴在耳边轻语:"你是爱我的!"

星期天中午,朱红缨按照约定,把李震东带到一家餐馆的包厢。

"爸、妈,震东来啦。"

"叔叔、阿姨,你们好!"

"小李啊,来来来,请坐。"

朱母热情地招呼着,把一杯茶水递给李震东。"你喜欢吃什么菜,叔叔来点。"

"叔叔,您跟阿姨吃什么,就吃什么。"

朱父拿起菜谱,很快点好了菜。

"你的文章阿姨都看啦,很不错啊。小李,再过半年多,你和红缨就毕业了,阿姨想向县委推荐你进机关,你看怎么样?"

服务生开始上菜。朱母拿起筷子,为李震东夹了一块肉。

李震东没想到朱母直奔主题,一下子愣了。"震东,这事我妈考虑很久啦。"

大老伯的话像拉满的弹弓,立即又蹦了出来。

李震东抬起头,诚恳地说:"阿姨,让您费心了!毕业分配的事,还是我先去找吧。"

朱父望着李震东,又看了看朱母,变色的脸一下子拉得长长的。

"跟阿姨说说,为什么要自己去找呢?"

"阿姨,我和红缨相爱,我不想让别人说我吃软饭。"

"这叫吃软饭!什么逻辑啊?我级别比红缨妈低,难道这也叫吃软饭吗?年轻人,你……"

朱父怒气冲冲,吓得李震东不敢正视。

"老朱,冷静点!年轻人有自己的想法,是正常的。"

"这正常吗?别人牵线搭桥,求之不得,他却一口拒绝,我看是……"

"爸,别激动嘛,慢慢说。"朱红缨起身扶住父亲。

李震东站起来,欠身说:"叔叔,对不起!我不愿意让阿姨帮我安排工作。"

"好啊!你有骨气!有志气!红缨啊,你们先走吧。"李震东转过身,朝朱母鞠了一躬,迅速跑出餐馆。

九十九

"你别跑啊!等一下。"

李震东停下了脚步,朱红缨从后面急追上来。

"你……你呀,别……别放心里去!我爸是个急性子,刀子嘴豆腐心。"

"红缨，对……对不起！我知道，你爸妈，是……是为我好，我让他们失望了。"

两人喘着粗气，努力平缓呼吸。

"你太直接啦！你说我自己先去找，需要时，再请你们帮忙，不就行了吗？我不知道你到底经历了什么，非要自讨苦吃。"

"我在意社会的评价。如果别人认为我的进步，是朱家给的，那我会郁闷终生。"

"大男子主义！好！不勉强你！我只希望，将来不把我当妾。"

李震东搂住朱红缨，心疼不已。"为什么这样说？我不坏啊！"

"唉，谅你也不敢。如果你真坏了，我也不跟你。"

"今天把你爸气成这样，往后可怎么办？"

"我爸那性格，激动起来口不择言，一冷静就没事了。我妈呢，度量不会比你小。"

"唉，我是家族遗传，死脑筋啊！"

"什么遗传呀？"

"我阿公年轻时上街挑粪，遇到有人过来说事，他站着说话，担子不下肩。"

"那不很累吗？"

"肯定累啊，但他就是没放下，而是左肩累了，换右肩；右肩累了，换左肩。"

"阿公太迂腐了。"

"我不也一样吗？"

"你不，你是死要面子，活受罪！"

"红缨,我在想办法联系报社,看看毕业后,能不能去当记者。"

"行啊,祝你马到功成。喂,到江边说去吧。"两人在一个僻静的地方坐下来,互相依偎着,"震东,我问你,爱情的境界是什么?"

"心有灵犀一点通。心意若是相通,何须甜言蜜语?"

"那婚姻呢?"

"红袖添香夜读书。男的一卷在握,女的对炉添香,多幸福啊!"

朱红缨紧抱李震东,眼睛紧闭。两人的嘴唇,磁铁般地吸附在一起。

江水洁白如云,在晴空下流连。

又是一个周末,李震东决定动身回家。

看见李震东回来,奶奶站起来,焦急地说:"震东,大妹好吗?"

"好啊,上个月她还给我写信呢。阿嬷,有事吗?""阿嬷个心,七上八落啊!上个月,我梦见工厂起火,火大到无变咀。大妹的脸,乌到剩只目。后面,我看见她从窗口跳下,回来了。"

"回来要进门呀,怎么会从窗跳下来呢?阿嬷,这是梦,别当真!"

"阿嬷和你妈担心死啊,你还是去问一下吧。"

李震东正想出门,就听见大妹的喊声。奶奶一看,开心得像个小孩。

"大妹,你没事吧?"

大妹放下行李,号啕大哭。

"妹啊,回来就好,慢慢咀。"

奶奶牵着大妹的手,不停地安慰。母亲递给大妹一杯水,大妹喝完水,情绪平复下来。

"大哥,致丽厂发生大火灾啦。"

"什么啊?火灾!"

"是啊,死了八十七个,伤了五十一个。"

奶奶一下子目瞪口呆:"怪不得我一直心慌,祖宗显灵啊!"

大妹泪流满面。李震东拿起毛巾,给她擦了擦脸。

"好在大哥教过我自救的方法,不然,这一次死定了。"母亲一听,抱住大妹哭了起来。

"当时整座楼浓烟滚滚,许多人因吸入毒气,晕倒在地。我马上剪下衣袖,用水壶弄湿,捂住鼻嘴。幸好消防员最后把二楼和三楼窗户的防盗网斩断,才得以死里逃生。"

"谢天谢地啊!李家几代人积善积德,救了我孙女啊!"奶奶大哭,紧紧握住大妹的手。

"大妹,怎么不跑下楼梯呢?"

"大哥,四个楼梯门中有三个被锁死;唯一的通道,挤得动弹不得,有些人是被活活踩死的。我马上退到三楼,心里想着如果没救,就跳下去,别让眉目烧焦,留个全尸……"

看着大妹惊魂未定,李震东再也控制不住,失声痛哭。

"大妹啊,今后别去打工了。大哥明年毕业,一定供你读书。"

一家人抱在一起,哭成一团。

一〇〇

李震东登上回校的大巴,看见王老师斜歪着头,在座位上睡着了。

"哦，老师!"

话刚出口，正后悔不该打扰，没想到王老师立即抬起头来。"震东，你也回家啊?"

"是的，老师，您去哪啦?"

"去小虹学校，小女孩在那啊。"

"哦，小公主好带吗?"

"哎哟，小家伙日睡夜醒，昨晚又折腾了一夜。"看着王老师苍白的脸，李震东心里咯噔了一下。

"您现在两边跑，不是办法啊，小虹姐调动的事有进展吗?"

"还没进展啊。最近给那领导打电话，他老说有事在忙，慢点再联系。你看看，马上又寒假了。"

"老师，别打电话啦，直接去找吧。"

"嗯，看来只能这样了。"

王老师点了点头，眼神疲惫。

"老师，有个事不知道该不该问?"

"什么事？说嘛。"

"我听说您和邓老师被提拔了。"

"是，校党委已决定，邓老师任宣传部副部长，我任中文系副主任。"

"太高兴了，祝贺您和邓老师!"

"这次让我当学科带头人，我确实不知情啊。"

"这说明我们学校任人唯贤。"

"震东，告诉你个好消息，国家教委批准韩师升格为本科院校啦。"

"太好啦！我们为母校骄傲!"

271

"从这几年的情况看,韩师完全有能力办好本科。如果韩文公有知,我想他会感到欣慰的。"

"作为学生,我们是亲历者。教学水平不用说了,单从师生关系这一点,就足以证明。"

"震东啊,《同心圆》出版后,有些话,我一直想跟你谈谈。"

"谢谢老师对我的教育和爱护!"

"老师希望你,将来不管从事什么职业,都不要放弃文学。"

李震东深深点头,一脸认真。

"文学不像技术,没有立竿见影的作用。正因为文学无实用,所以才有大用。文学能让你认清人性的复杂和生活的本质。"

"学生永远铭记在心!"

"对创作,不要急于求成。现在这个社会太浮躁了,许多人希望一夜成名,没有谁愿意蛰伏下来。问题是基础不牢,终究是海市蜃楼。"

"老师,一部作品的生命力,建立在文化和生活的积淀上。"

"所以啊,要有十年磨一剑的耐心。伟大的作品,不是聪明人写出来的,而是孤独者熬出来的。"

"老师,不管时代如何变化,生活怎样困难,我一定练好内功,在适当的时候,写出一部有分量的长篇。"

"好!老师要的就是这句话。""学生绝不食言!"

师生俩不约而同,举手击掌。

"震东,等你将来阅历深了,我建议你写写大学生活。"

"老师,恕我直言,社会生活丰富多彩,而大学封闭单调,怎么会想到写这呢?"

"大学生活，不但值得抒写，而且在当代文学，这种题材基本上是个空白。"

"没有作家专门写过吗？"

"《围城》算是，但钱锺书主要是讽刺，我要你写的不是讽刺。"

"哦，我记住了。"

"中国文学，专写知识分子的长篇很少。据我所知，除了刚才提到的《围城》，就是吴敬梓的《儒林外史》和杨沫的《青春之歌》。"

"大学，是你们成长、成熟的黄金时期。一个知识分子，无论走多远，无论飞多高，一辈子魂牵梦绕的，只有两个地方，一个是故乡，另一个，就是大学。"

"是啊，老师说得对。"

"大学之道，在明明德，在亲民，在止于至善。"

"老师，这几句话出自哪里？"

"出自四书中的《大学》，意思是说，大学之道，在于弘扬光明的品德，在于使人弃旧图新，在于使人达到完善的境界。"

"这里'大学'的含义，跟我们今天讲的大学，不一样吧？"

"当然不一样，古代是指大人之学。但这几句话，用来概括今天大学教育的目标，不是很贴切吗？"

时间随着大巴到达车站，李震东提起王老师的行李，走下车来。

一〇一

"哦，震东，回来啦。"

李震东放下行李,看了看宿舍。

"余粮,就剩你一人,其他人去哪啦?"

"不知道,我也是刚刚回来。"

"你也回家了?"

"没有,我去找沈霞姐了。"

"哦,找她干吗呢?"

"明年我们就毕业了,这次去是找她帮忙。"

"她能帮什么忙啊?"

"震东,还记得肖贵清吗?"

"怎么不记得呢?沈霞姐丈夫,在组织部工作。"

"我想通过沈霞姐,让他帮我找找工作。"

"明白。你见到肖贵清吗?"

"见到了,沈霞姐在他面前,把我的优缺点都说了。"

"他什么反应?"

"看起来,对我还是认可的,他答应帮我想想办法。"

"具体有什么方向吗?"

"没说,沈霞姐要我慢点打电话过去。哦,他还问起你呢,说《同心圆》的文章,都拜读了。"

"我给沈霞姐寄过,谢谢啦。"

"我的目标是争取留在县城,跟芳芬在一起。"

"祝你心想事成!"

"震东,我准备把发表过的文章寄给肖贵清,让他进一步了解我。"

"好啊。芳芬知道这事吗?"

"知道,她说只要能在一起就很幸福了。"

"芳芬是明理的人,哦,她大哥最近没什么动作吧?"

"前段时间,余俊杰带了一个卫生局的去家里,芳芬妈很高兴。"

"芳芬没变吧？"

"没变。但那卫生局的，脸皮特别厚。芳芬被缠得受不了，最后跟他说，她有男朋友，并且给她睡了。"

"芳芬真这么说呀？"

"是啊！你可别看她平时很温和的。"

"余粮，老实交代，你真睡啦？"

"没有，我敢吗？芳芬说未婚先睡，就是耍流氓。她对我那么好，要先尊重她。"

余粮刚刚说完，杨喜书提着行李，走进来了。"哦，喜书，回来啦。"

杨喜书点着头，满脸疲惫。

"喜书，老叔怎么样啦？"李震东问。

"老叔走了。"

杨喜书抹着眼泪，别过脸去。"人老终有这一天啊。"

"唉！对老人家，对整个家族，都是一种解脱。"杨喜书叹息着。

"我爸说，我们实习那段时间，老叔自知不行了，多次交代不要抢救。"

余粮说："那怎么办啊？"

"一直在抢救啊。理智讲，抢救也没用，但不抢救，村里人不把我们骂死了？中国是没有安乐死的。"

李震东给杨喜书倒了杯水，说："我们都挺佩服你的。"

"都挺过去了。活着的，还要继续生活啊。"

"喜书，你休息一下吧。"李震东和余粮一起走出303。

日子又一天一天过去了，临放寒假，纪传青专门来到教室。

"同学们！你们不知道啊，当年韩师决定冲刺本科院校时，外界某些人是不看好的。他们认为，韩师的教师队伍，缺少学科带头人；这里僻处一隅，很难招到优质学生。实践证明，他们的看法，是完全错误的！"

"以前我说过，长风破浪会有时。不是吗？经过师生们几年的努力，国家教委终于批准啦！"

"同学们！我代表中文系，衷心感谢你们！没有首届本科班每一位同学的努力，就没有今天的局面！"

纪传青站在讲台上，朝着大家鞠躬。

"祝贺母校！感恩母校！"

陈小艺站起来大喊，立即响起雷鸣般的掌声。

"同学们！你们在校的时间，只剩下一个学期，希望你们继续保持艰苦奋斗、不骄不躁的学风，预祝大家顺利毕业！"

教室里再次响起热烈的掌声。

一〇二

同学们回到宿舍，拿起行李，各自回家了。

"爸，我放假啰。"

"哦，七月，回来啦。"听到喊声，黄七月的父亲摘下眼镜，放下在看的书本。

"爸，时间过得真快，再过一个学期，我就毕业啦。"

"我们镇的中学全面刷新了，最近又添了一些课桌、教具。"

"行啊，鸟枪换炮了。"

"你是幸运的，明年回来，环境和条件比过去好多了。"黄七月微笑着，点了点头。

"校长跟爸说了，要让你教高中语文。我在初中部，到时候我俩父子合力,把语文教学提上来。"

"好的,您不是语文组长吗?我一定在您的带动下,干好工作。"

"七月,爸有几句话想跟你说。"

"爸,有什么吩咐,说嘛。"

"爸觉得教书挺好的。你也知道的,每年,都有毕业的学生来看我。爸为什么一直不辞去民办教师呢,就是冲这一点。每次看到学生进步,甭提有多开心。"

"在镇里,您也算桃李满园了。"

"爸觉得你心直口快,不适合去干别的。古人说,教书和行医是最积德的事。"

"您放心,我会是一名好老师的。"

"哦,村里要修族谱,老人组开了会议,要我牵头执笔。你文化水平比我高,到时也要全力以赴。"

"爸,七月服从命令。"

父亲注视着黄七月,脸上露出了笑容。

许春生刚踏进家门,大姐就把他拉到阳台说话。

"春生啊,这次大姐回娘家,是来给你介绍对象的。"

"什么对象?我不谈!"

"你看你呀,年纪也不轻啦,先听我呾嘛。有个老同学托我,帮伊妹妹找个对象。"

"那您介绍给别人啊。"

"别人的事我不操心,反正,我已把你的照片给老同学啦。"

"大姐啊,您不征求我的意见,就把亲弟弟卖了?"

"我不是为你好吗?那人在镇卫生院当护士,跟你挺般配的。哦,我有伊个照片。"

"封建包办,我不看!"

"傻瓜！看一下就怎么啦？"

大姐从包里拿出照片，许春生接手一看，顿时傻了眼。"哦！玉兰……"

"怎么，你们认识呀？"

"她是初中时比我大一级的师姐。大姐，她姐跟您说什么没有？"

"她姐听我介绍后，看了你的照片，印象挺好的。"

"真的吗？"

"还能有假！"

许春生的记忆瞬间被唤醒了。

"春生，我考上卫校啦，开学后就给你写信。"

"好啊！明年，如果我也考上中专，就去找你。"

八年过去了，想到一直没有收到来信，许春生心里五味杂陈。

"春生，明天我带你去玉兰家，不算包办吧？"许春生低着头，脸一下子红了。

吃完早饭，许春生骑上车，载着大姐，一路奔驰。

"玉兰！我是春生！"

"春生，来啦！"

玉兰大声回应，迅速打开大门。"阿姨、阿姐，你们好！"

"来来来，请坐。"玉兰的母亲和大姐，笑容满面。

"你们食茶吧，我们几个在隔壁煎鸡蛋、煮甜面。"玉兰点点头，冲起了工夫茶。

"玉兰，这么多年了，你一点都没变。"

"春生，我去卫校时，给你写过几封信，你咋不回呢？"

"我没收到啊，骗你是小狗。"

"初三是冲刺的时候，谁要是早恋了，谁就是犯罪。"玉兰想起当年开大会,副校长说过的一句话。

"哎,过去的都别说了。春生,你没变吧?"

"没变啊,还是孤家寡人。"

玉兰含情脉脉,绯红的脸,像朝霞一样。许春生心里那个甜哟,像蜂蜜一样来劲。

"来啦,春生,食面!"

玉兰的母亲端上甜面,看了看许春生,又出去了。"玉兰,你吃吧。"

"我不吃,你吃吧。"

按照潮汕食甜的风俗,许春生吃了几口面和一个煎蛋。同时,把没吃的另一个煎蛋,夹成两半。

玉兰马上把碗筷端回灶台,许春生趁机上了厕所。大姐见目的达到,朝许春生使眼色,礼貌地告辞了。两人刚上路,大姐拎了一下许春生的耳朵。

"你不会撒尿吗?"

"哎哟!大姐,您说什么呀?"

"大姐是过来人。你撒尿要瞄准那个洞,撒得越响越好,让玉兰妈一听见,就知道你身体健康。过去农村人选女婿,都是这样的。"

许春生听了哭笑不得。"那您说吧,我和玉兰有戏没有?"

"有是有,但……"

大姐笑了起来,许春生禁不住也哈哈大笑。

一○三

爱情就像鸦片一样,让许春生兴奋不已。

情窦初开,一切都是朦胧的。玉兰考上卫校说的话,让许春生记住她清纯、端庄的模样。

初三时也曾盼望来信,但副校长那句"早恋就是犯罪"的断语,又让他自责和内疚。

感情在时间的稀释下,慢慢变淡了。高中时虽偶尔想起,但很快又被学海淹没。

一晃八年过去了,没想到玉兰还深爱着自己。

"桃花来你就红来,杏花来你就白。爬山越岭我寻你来呀,啊格呀呀呔……"

许春生心里呼唤着玉兰,脑海响起那首著名的民歌。疲倦最终打败了思念,辗转反侧中,许春生进入梦乡。

辛志坚主持召开会议,就许春生的情感问题,进行研讨。陈小艺说:"首先我代表303,对春生从天而降的幸福,表示祝贺。春生,你是不是有恋姐情结?"

"我……我……"

"问姐为何物,你前有小虹,后有玉兰。说到底,还是防贼、防盗、防师姐的问题。"辛志坚还是那副让人喷饭的模样。

"春生,你大姐疼你吗?"余粮循循善诱。

杨喜书说:"春生,恋姐情结存在于无意识中,为你所不自觉。我们可以判断,大姐一直特别疼你,你也很依赖大姐,所以在潜意识中,在爱情的选择上,你把这种感情转嫁给玉兰。"

"女大三,抱金砖!"黄七月嬉皮笑脸。

李震东说:"七月,不就比他大一级吗?哪有三岁?"

"喂喂喂,都给我停住!说到心理学,只有我有资格多言。你们懂吗?理论是死的,生活是活的,用弗洛伊德的理论,简单化分析春生的爱情,是片面的,甚至是粗暴的!"

徐佩兰高亢的声音，把许春生喊醒了。

现实版的辛志坚每天起早，和父亲到田园摘菜、割菜，推着小三轮到市场售卖。

傍晚时分，菜卖完了。辛志坚蹬着小三轮，载着父亲回到家里。

吃完晚饭，父亲数着零钱，开心地说："这个春节，家里的菜卖得还是可以的。"

看着父亲满是皲裂的双手，辛志坚心疼地说："爸，您太节俭了，我们卖菜的，吃的却是黄叶。"

"潮汕话咀，卖缶食缺（潮汕俗语：卖瓷器的人用缺损的碗吃饭）嘛。你想考研究生，不节俭点行吗？"

父亲慈祥的目光，像月光照在辛志坚脸上。"爸，我一直在努力。"

辛志坚端来热水，开始为父亲洗脚。父亲吸着烟，叹息起来："去年的收入还可以，今年就不一定啦。"

"风调雨顺的，为什么？"

"最怕的，就是风不调、雨不顺。""您想多了，杞人忧天。"

"后生仔不懂啊，今年是无春年，收成可能不好。老辈人都这样说，你勿认为个迷信，我经历过的。俗话咀，一年无春，寡妇遍地分。你想如果是好年景，就无照些咀了。"

"爸，什么是无春年啊？"

"就是农历的一年，没有立春。今年的立春，刚好出现在春节前。"

"我们读书的，生活经验比不上你们啊。"

"所以我个你咀，你们有点文化，千万不要自以为是。"

"您放心，我知道天高地厚。"

父亲擦干双脚，进里屋睡觉了。

倒掉洗脚水，辛志坚想起一叶障目的故事。

楚国有个穷书生，读书知道螳螂捕蝉时，用树叶做掩护，可以隐蔽自己，于是站在树下仰面摘叶，当看见螳螂攀着树叶侦察知了时，便想把这片树叶摘下来。没想到那片螳螂隐身的树叶掉下来，与地上的其他树叶混在一起。

书生把所有的树叶带回家，拿起一片遮住自己的眼睛，问妻子是否看见他，妻子如实回答，看得见。

书生又拿起树叶，一遍又一遍地询问。妻子被问得十分厌烦，只好哄骗他，看不见了。

得到妻子的印证，书生带着树叶进入市场。自遮后，当着别人的面盗取物品。

差役见状，把他捆绑送进县衙，县官知道后哈哈大笑。

千年嘲弄的笑声，让辛志坚警醒。他暗自告诫，无论是读书还是做事，都不能一叶障目，自以为是。

一〇四

伴随着响起的声声爆竹，1994年的春节来临了。

参加完村里的谜语竞猜，杨喜书带着小学三年级的侄子，回到家里。

"小弟，刚才猜谜说到孔子，我问你，这个'子'是什么意思？"

侄子低着头，怯生生地说："三叔，是不是老师呀？"

"对啊！大胆一点，即使错了也不怕嘛。子是古人对老师，或者有学问者的尊称。"

"那孟子、荀子的'子'，也是这个意思。"

"有悟性，这叫触类旁通。"

客厅的电视传来《我爱你，中国》的歌声。"知道我们国家为什么叫中国吗？"

侄子望着杨喜书，摇了摇头。

"古人认为，我们的国家处在天下的中心，所以自称中国。我们居住的土地辽阔美丽，故也自称中华。华，正是美丽可爱的意思。"

"那我们的民族，为什么叫汉族呢？"

"我们的民族原叫华夏族。汉朝时，国家统一，文明昌盛，人们就自称或被称为汉族，汉族使用的语言、文字，相应地称为汉语、汉字。"

"哦，我明白啦。"

"小弟，读书能让你看见别人看不到的世界。"

"三叔，我一定好好努力！"

"好啊，有志气。我回校前，还会跟你再讲讲传统文化。"

"耶！谢谢三叔。"

余粮的春节不像杨喜书，心里总惦记着毕业分配的事。趁着余俊杰外出拜年，余粮悄悄找了余芳芬。

"芳芬，我想打电话给沈霞姐，问问有没有进展。"

"余粮哥，现在离毕业还有一个学期，缓点吧，催紧了不好。"

"是啊，人家并没有义务帮我。"

"耐心点，沈霞姐对你印象不错，我相信这个忙她会帮的。"

"关键是贵清兄啊。"

"沈霞姐同意，贵清兄哪有不帮忙的？你想想，将来有些事我同意了，难道你会不支持？"

"呵呵，你说什么我都支持。"

"就是嘛，静候佳音。"

"那好吧。"

余粮回到家，母亲放下手中的针线活，迎了上来。"弟啊，有个事，我想个你咀。"

"妈，什么事啊？"

"自从芳芬来家找你，我就知道你们好了。"

"是啊，怎么啦？"

"她妈以前跟我挺好的，现在一见面，面乌乌就走开了。"

"哦！芳芬妈说什么没有？"

"那倒没有，但我劝你，死了这条心吧。"

"为什么啊？"

"唉！甭咀你也知。"

"妈，您别操心，芳芬对我很好。今年毕业，我争取留在县城。"

母亲看着余粮，再也没有说话。

临近午夜，余粮感觉十分疲倦，放下书上床睡了。"余粮，去镇中学报到吧。"

"不会搞错吧？贵清兄不是说我留城吗？"

"贵什么清？留城的，是老同学我。"

"钱兴，怎么又是你啊？"

"老同学，这是你的派遣证。"

"哎哟！钱兴，你踩到我脚啦！"

余粮迅速睁开眼睛，屋里一片漆黑，才知道原来是做梦了。

第二天早上，余粮再三寻思，决定前往沈霞家拜年。"沈霞姐，新年好啊！"

"余粮，正月的东西都吃不完，你还拿熏鸭来干什么？"

"顺便买的,熏鸭多放几天也没问题的。"

"放餐桌上吧。来,请坐。"

"贵清兄在吗?"

"跟老同学聚会去了。"

"时间过得真快,再过一个学期,我们就毕业了。"

"知道啊,昨晚我还跟贵清讲到你呢。"

"我留城的事,还得请你和贵清兄多多帮忙。"

"前段时间,贵清已托了关系,但还没有回音。"

"沈霞姐,我谈了个女朋友,在我们县医院当护士。我留城的目的,是想跟她在一起。"

"余粮,祝贺你!放心吧,留城的事,我会跟踪的。"

"谢谢你和贵清兄!"

"等会儿,我还要去参加他们的聚会,今天就不留你在家吃饭了。"

"明白。沈霞姐,我先回去了。"

"好的,再见!"

一〇五

乌飞兔走,瞬息光阴。春节过去了,韩师又迎来开学的日子。

"我愿是只小燕,天天飞到你的身边,迎着微微的暖风,带给你无限的春天……"

303 的空气又活跃起来。许春生哼着歌,拿出一袋橘子,给每人掰了一瓣。

"嗯,好甜。春生,唱什么歌啊?"李震边吃边问。

"80 年代老歌。"

陈小艺说:"这么开心,是有感而发吧?"

黄七月扔掉橘子皮,望着许春生,说:"对呀,以前没听过春生唱歌,今天怎么柔情起来啦?"

余粮说:"七月,歌为心声啊。你想想,春生为什么不愿做人,愿意做小燕?"

"哦!一定是谈恋爱啦。"杨喜书恍然大悟。

"春生,如实招来!"辛志坚表情严肃,一副准备开会的样子。

许春生禁不住大家的左施右压,只好和盘托出。

"祝贺啊,春生!气若兰兮长不改,心若兰兮终不移。"陈小艺话音刚落,立即响起掌声。许春生泛红的脸,洋溢着从未有过的幸福。

开学第一节课,纪传青注视着同学们,好像不多看几眼,马上就要离别一样。

"同学们,你们在校的时间屈指可数,希望大家除了上好选修课,认真撰写毕业论文,为顺利通过答辩,做好充分准备。"

纪传青转身拿起粉笔,在黑板上疾写起来。

> 读诸葛亮《出师表》而无动于衷者,其人必不忠;读李密《陈情表》而无动于衷者,其人必不孝;读韩愈《祭十二郎文》而无动于衷者,其人必不友。

"同学们,这是我作为系主任,最想对你们说的话。"接过三篇古文的复印件,同学们完全明白纪传青的用心和期望。

晚上的山顶操场寒星闪闪,朱红缨关切地询问李震东:"工作的事有眉目吗?"

"还没有。"

"你不是说要联系报社吗？"

"寒假我写了信毛遂自荐，但一直没有回音。"

"哦，找谁呢？"

"一位姓黄的副总编，是以前投稿认识的。我寄了一本《同心圆》请他指正，并表达我的心愿。"

"干吗不直接登门拜访？当面交流汇报，也是对人家的尊重。唉，非亲非故的。"

朱红缨把头靠在李震东肩上，突然抽泣起来。

"我本来就想直接去找的。"

"干吗不听我妈的话？你这是自讨苦吃！"

李震东抱紧朱红缨，贴耳说："红缨，你别哭好不好？"

"震东，毕业后你去哪，我就跟你去哪。"

"放心吧，我永远不会离开你！"

等不到黄副总编的回复，李震东决定动身前往报社。望着报社的办公大楼，李震东加快步伐，走了进去。

"站住！干什么的？"

门房突然冲出一个保安，怒眼圆睁。

"阿兄，我是来找黄总的。"

"找黄总？有预约吗？"

"没……没有。"

"看你这个模样，我就知道是个闲杂人，出去！"李震东一听，右手攥紧拳头。"竹竿仔！长头毛！一看就不是……"

"喂！小李！小李啊！"

李震东回过头，只见黄副总编提着公文包，从门口走进来。

"黄老师，您好！我是来找您的。"

黄副总编走上前，瞪了保安一眼，生气地说："你！给我规矩一点！"

"黄总，对不起！我……我不知道……是您，您的朋友。"保安吓得面如死灰，连忙道歉。李震东跟着黄副总编，来到办公室。

"请坐，喝点水。我正想给你回信呢。"

"黄老师，给您添麻烦了。"

"小李啊，你的写作能力，我是认可的。"

"谢谢黄老师！"李震东身体不自觉地前倾。

"你毕业要来报社工作，我帮不了啊。我跟教育局沟通过，他们不同意放行，说是教师缺员严重，国家培养一个师范生不容易。"

李震东的情绪，一下子从沸点跌到冰点。"唉！我只是个副职，能力确实有限啊。"

"您已为我尽力，谢谢！黄老师，您也忙，我就不再打扰了。"

李震东马上起身，跟黄副总编握手道别。

一〇六

黄副总编的话犹如当头棒喝，把李震东的梦敲得粉碎。尽管历经生活的艰辛，李震东仍不免悲凉。他觉得自己就像一匹负重前行的小马，汗流浃背，腿脚僵硬。

车窗外突然乌云密布，接着狂风呼啸，暴雨倾泻。司机打开雨刷，放缓车速，踩住制动停下来。

李震东抬头望去，只见一个满水的大坑横在眼前。"师傅，怎么不开过去呢？"

"这坑很深的，你看，两边的土都快垮了，开过去会熄火，陷进去，就出不来啦。"

"哦，那怎么办？"

"后退啊，绕道行驶。"

司机看着观后镜，小心翼翼地退着车，然后拐入进村的一条小路。

司机的经验和明智，让李震东明白遇险而止的道理。是啊，进报社的路不通了，那就后退吧，另觅出路。

经过三弯四转，大巴又驶入前往潮州的大路。到达汽车总站时，已是雨过天晴。李震东快步下车，直奔黄启的公司。

黄启见李震东头发凌乱，脸色疲惫，拍着他的肩膀说："身体没问题吧？"

"没事。今天去报社求职，泡汤了。"李震东把黄副总编说的话，复述了一遍。

"那就改弦易辙嘛！"

"师兄，道理是这样，但现在已无路可走。"

"那就曲线救国啊！"

"怎么救呀？"

"现在潮汕三市，都在发展中等职业技术教育，你可以先找个中专学校，慢点再想办法调往报社。"

"唉，到时教育局肯定又不放行。"

"傻瓜！中专学校，实行归口管理，教育局是管不着的。比如农业学校，宏观上归农委管，假如你分配进去，几年后报社同意调入，只要农校放行，就可以啊，明白吗？震东啊，你是预备党员，是学生干部，在校又与小艺出书，这些都是优势，是别人比不上的。你要围绕目标，创造机遇。我相信，船到桥头自然直。"

黄启条分缕析的一席话，让李震东茅塞顿开。

"师兄，谢谢您的点拨！我想起来啦，大妹曾说，她同桌的亲戚在一所中专学校,不知道那边需不需要语文老师?"

"这是个门路啊,赶紧问问,兵贵神速!"黄启指着桌上的电话。

李震东拨通了父亲单位的电话,简明扼要说明了目的。"好,知道啦,我交代你妹去找同学。"

"爸,让大妹带上我的简历和一本《同心圆》。"

"行啊。震东,忠忆叔来信了,大老伯问你毕业分配的事呢。"

李震东放下电话,告辞回校了。

走进广济桥,就听见有个熟悉的声音在喊:"喂!震东,回来啦!"

"红缨,你怎么在这?"

"等你呀!哦,工作的事有希望吗?"

看到朱红缨期待的神情,李震东心中一阵酸楚。理智告诉他,绝不能直言直语,让她失望难过。

"事情还在进行中,黄副总编对我是认可的。"

"那就好啊!"

"红缨,事情还要有一段时间,才能知道结果。快毕业了,你工作上的事,要尽快联系,不能等我啊。"

"你分配在哪里,我就跟着你去哪里。"

"听我话,好吗?阿姨和叔叔希望你进高校,要尽快落实。"

"如果毕业后,我和你不在同个城市怎么办?我怕,怕离你远。"

"都在潮汕工作,不远啊。你先确定下来,让我放心。即使暂时分开,缓一点我调过去陪你。"

"一言既出,驷马难追。"

"红缨,今晚一起到潮雅苑吃饭吧。"

朱红缨伸手挽起李震东,一起朝校门走去。

一〇七

日子在等待和焦虑中度过。

李震东来到校外的电话亭，拨通父亲单位的电话。"爸，大妹了解情况没有？"

"有啊！是汕头的一所中专学校。"

"那边缺语文老师吗？"

"正好缺一个！震东，洪叔看了你的简历和文章，评价不错，已向校党委推荐你。"

"真的啊？那太好啦！"

"还能有假？洪叔是大妹同学的亲叔，现任学校图书馆馆长。"

"爸，我想早点去拜访一下。"

"行啊，你先回来吧，顺便带上一点土特产。"

"好的，再见。"

李震东一直高悬的心，终于放下了。

回到校园，李震东把消息告诉了陈小艺，让他也抓紧时间，寻找毕业出路。

"小艺，分配的事有没有进展？"

"我爸正在找门路。唉，自从谢书记调入县政协以后，就断线了。"

"谢书记有人脉啊，我不认为他无法帮你，关键是他赏不赏识你。有这种关系，你应该立马行动起来。"

"五一节快到了，我回去找找吧。"

陈小艺归心似箭，节日刚到，立即打道回府。"爸，门路找到没有？"

"门路是有，但你妈不同意。"

"妈，干吗不同意呢？"

"小艺，先听你爸说嘛。"

"还记得以前给谢书记拜早年，那位林经理吗？"

"记得啊，戴着金项链。"

"林经理是我们镇上的能人，我找的人就是伊。"

"他答应了没有？"

"林经理咀，你个挲仔入镇政府的事，包在我身上。刚好，我也有个事，想请你帮忙，如果事成了，我还要重谢你。"

"爸，什么事？"

"伊想到村里租二十亩地。"

"那就租给他嘛，现在不都招商引资吗？"

"伊要租五十年，而且把租金压得很低。我盘算过，这样集体要损失十多万。林经理看我无开口，咀老陈啊，两全其美的事你不办，你傻啊！有权不用，过期作废。"

母亲接过话说："小艺啊，妈坚决不同意。租五十年绝对不合法，而且少交了十多万，如果让乡里人知道，骂都会被骂死的！我家绝不干损阴德、累及子孙的事！"

"妈，我明白了。"

父亲望着陈小艺，叹了口气。"可惜啊，谢书记走了。"

"爸，这次回家前，震东跟我分析过，一定要找谢书记。"

"我在村里干了这么多年，看惯了社会现实。你转行可不是个小事，无实权是办不了的。去年谢书记临走时，我看伊面乌乌，就无咀出来。"

"我已转变思路，只要能留在县城就行。谢书记认识的人肯定多，请他帮忙推荐吧。我自己也有点条件，除了与震东出书，老师说，很快就是预备党员啦。"

"老陈,你打个电话吧,看能否跟谢书记约个时间,带小艺一起去。"

父亲点着头,起身打电话去了。

真是吉星高照,没想到谢书记听清来意后,爽快答应了。

"谢书记,给您添麻烦啦。"

"老陈,别客气,快请坐。"

"哦,这是我个孥仔。"

"谢书记,您好!我叫陈小艺。"

"见过,在韩师中文系读书吧?"

父亲马上接话:"是,领导的记忆力真好!"

"老陈,直接说吧,要我怎么帮?"

"小艺,别傻,快汇报!"

"谢书记,我本科快毕业了,想请您帮忙,留在县城工作。"

"韩师有本科吗?"

"有,但文凭是华师的。我们中文首届本科班,是两校联合办学。"

"这么说吧,你是韩师产品,华师商标。"

谢书记的幽默缓和了气氛,陈小艺趁机把事先签名的《同心圆》呈上。

"这是我跟同学合作的集子,请您赐教!"

"一些篇章我看过。小陈啊,我推荐你到县委党校,怎么样?"

"谢谢您的栽培!"

"谢书记,您的恩情,叫我如何报答啊!"

"老陈,一家人不说两家话。"

谢书记说完,朝里房喊了一声:"喂,阿敏!"

"大姑丈,我来啦。"话音刚落,一位女生微笑着走到客厅。

"来,给你介绍一下,这位就是《同心圆》作者之一,陈小艺。"

"哦,你好!我叫徐惠敏,之前看过你和李震东的《同心圆》。"

"惠敏,认识你很高兴!"

"小陈,阿敏在广州读大学,也是今年毕业,她喜欢文学,你们留个联系方式吧。"

徐惠敏立即递上纸笔,陈小艺提笔写下了通信地址。"哇!书法,真漂亮!"

徐惠敏赞叹不已,接着也写下自己的通信地址。

一会儿,谢书记说:"老陈,我这就去找领导。"

"好啊!太谢谢您啦!"

父亲和陈小艺高兴万分,起身告辞了。

一○八

徐惠敏跟着走下楼梯,把陈小艺父子送到小区门口。"小艺,你什么时候离校呀?"

"快了,下个月吧。"

"我也是。放心吧,一有消息,大姑丈会打电话给叔叔的。"

"好的,谢谢!"

"叔叔、小艺再见!"

回到家里,陈小艺把谢书记的话说了,奶奶和母亲听了眉开眼笑。

"几天前,阿嬷为你个事去问老爷,跋了个胜杯。"

"阿嬷,老爷又不会说话,问什么呀?"

"孥仔鬼,勿乱咀话!老爷赐我胜杯,就是咀事成。"母亲说,"小艺,今后对谢书记,你一定要知恩图报。"

"妈,您放心吧。"

回到韩师,陈小艺第一时间把消息告诉李震东。

"看来,谢书记对你是赏识的,进党校应该没问题。"

"是吗?哦!震东,你呢?"

"我去了一趟汕头,洪叔带着我去见校长啦。"

"校长怎么说?"

"校长说,完全符合条件,我们要定了。"

"耶!"陈小艺张开双手,紧紧抱住李震东。

"喂,一起去跟黄启兄、丁晖姐说一声吧。"

"好啊,我骑车载你。"

两人风驰电掣,来到雅怡园。

"黄启兄,我和震东分配的事,有着落啦!"

"行啊!先坐下,慢慢说。"

黄启拿起水瓶,朝电热壶倒水。李震东环顾四周,发现丁晖不在。

"师兄,丁晖姐呢?"

"回老家了,跟我妈去拜娘娘。"

"丁晖姐有喜了吧?"

"有啦。唉,其实从怀孕开始,生男生女就注定了。"

陈小艺说:"那就不用去拜了。"

"是啊,但我妈非得这样,说我没什么可操心的,关键是要有个男孩,将来可以接班。嗯,没办法啊,做儿女的要孝顺,只能委屈丁晖了。"

"黄启兄,祝您早生贵子!"

"好,谢谢!说说你们毕业分配的事吧。"

两人各自把事情复述了一遍。

"祝贺你们!从历年师范生分配的情况看,这样可以啦,

295

退可守,进可攻。"

"能跟宝鸾在一起,我已经心满意足了。"

"喂,震东,红缨呢?"

"正在联系汕头大学。"

"红缨本身就是才女,她妈又是副县长,我估计能成。"

"但愿吧。师兄,您在社会闯荡多年,经验丰富。我和小艺即将踏入社会,希望得到您的指点。"

"什么指点啊?就当聊天嘛,你们出题,我来答题。震东,你先来。"

"请问如何把握机遇?"

"我认为有三个层次。时未到,那就要耐心等待。时已到,那就要紧紧抓住,明明肉到嘴里,你还吃不下,怪谁呢?最重要的,还是要创造机遇。我为什么做劳务生意?这是审时后,主动出击的结果。好,小艺,你说吧。"

"参加工作后,需要注意什么?"

"第一印象很重要,我觉得首先是守时勤快,其次是循规蹈矩。在公共场合,千万别标新立异,别油嘴滑舌,不然只会引来异样眼光。"

"明白,谢谢点拨!"

"我没那么高。喂,给你们说个事,春节我跟丁晖爸喝酒,大醉啦。"

"自家人,醉就醉嘛,怕什么?"李震东望着黄启。

"但胡言乱语,说什么有商业眼光,我将成为潮州的李嘉诚。狂妄如此,如果是跟合作伙伴,你们说怕不怕?反正,我是怕了!"

"最近,我想了很多,男人在江湖,有很多诱惑必须自警。比如吸毒和赌博,吸上毒,人变鬼;爱上赌,卖妻子。"

"师兄您也知道,大妹原来那个厂的老板就是因为赌博,最后倾家荡产的。"

陈小艺说:"还有呢,我们村有个干部嫖娼被抓,弄得抬不起头,家无宁日。"

"所以啊,黄赌毒,男人一定不要去沾染。好啦,食杯茶。哦,等会儿我要去车站接丁晖。"

"那行,我们喝完就走。"

一〇九

时光如射出的鸣镝,呼呼而过。

上完选修课,转眼间,同学们又通过论文答辩。

最后的班会即将召开,教室里的空气,像是被谁调换了,让人感到沉闷。

徐佩兰站在讲台上,一言不发,脸上满是伤感。

李震东从后排搬出一张藤椅,走上前说:"老师,您请坐吧。"

摸着熟悉的藤椅,徐佩兰唏嘘不已。"这藤椅啊,是以前开班委会我坐的,今天就不坐啦。"

同学们抬起头,默默注视着徐佩兰。

"同学们!明天上午将举行毕业典礼,感谢你们四年来对我的支持配合,祝你们芝麻开花,节节高!"

"请全体起立!向老师致敬!"

听到陈小艺的口令,同学们迅速起立,齐刷刷抬起右手,向徐佩兰敬礼。

"谢谢同学们!请坐下!"

徐佩兰挥手示意,滚烫的泪珠一下子夺眶而出。"韩江岸晓风明月,汝等此去,良辰美景成虚设!"

徐佩兰说完,朱红缨走上讲台,抱住她不放,其他女生也跟着围上来,呜呜咽咽。

"老师,我们爱您!讲台三尺培桃李,粉笔一支写春秋。"杨喜书站起来大喊。

"春蚕到死丝方尽,蜡炬成灰泪始干。我提议,为老师鼓掌!"

教室里随即响起雷鸣般的掌声。

余粮冲上讲台,激动地说:"现在,有请七月同学,为老师专题朗读!"

"敬爱的佩兰老师:新竹高于旧竹枝,全凭老干为扶持。明年再有新生者,十丈龙孙绕凤池。"

"七月,诵得好啊!"

余粮话音刚落,同学们站起来,排山倒海的掌声又响起来。徐佩兰满脸泪水,激动得说不出话。

辛志坚马上递上军用水壶。同学们望着徐佩兰,自觉坐下来。

陈小艺想起吴奇隆那首《祝你一路顺风》,就唱起来:

  我知道你有千言
  你有万语
  却不肯说出口
  你知道我好担心
  我好难过
  却不敢说出口

徐佩兰放下军用水壶,走下讲台,接着唱:

当你背上行囊
卸下那份荣耀
我只能让眼泪
留在心底
面带着微微笑
用力地挥挥手
祝你一路顺风

徐佩兰面带微笑,轻轻挥手。同学们也面带微笑,拍着手一起合唱:

当我离开韩师
从此一个人走
我只能深深地祝福您
深深地祝福您
最亲爱的老师
祝您一生平安

"谢谢同学们!祝你们工作顺利,前途无量!""感恩老师!祝您身体健康,生活愉快!"

学校的广播站准时响起了乐曲,同学们才知道到了傍晚。李震东握住徐佩兰的双手,哽咽着说:"老师,我们永远是您的学生,请回吧。"

"同学们!后会有期!"

"请全体起立!目送老师离开教室!"

同学们纷纷起立,目送徐佩兰缓步走出教室。

一一〇

晚上,李震东和陈小艺代表首届本科班,登门对老师们四年来的栽培表示感谢。

从纪传青家出来,两人看见揭时提着公文包,缓步走在前面。

"老师,请等一下!"

揭时听见喊声,马上回过头来。

"老师,我和小艺代表同学们,来跟您道别,感谢您的栽培和教导。"

"唉,今后我们见面就不容易啦,走吧,到我家去。"踏进家门,揭时放下公文包,马上摆上工夫茶具。

"坐吧,先祝你们心想事成!"

"谢谢老师!哦,您也喜欢工夫茶啦。"

"是啊,入乡随俗嘛。"

李震东说着插上电热壶,拿起冲罐,准备纳茶。

陈小艺说:"老师,这么晚拿着公文包,您不会去上周易吧?"

"是去上课,而且是义务的。"

"干吗要义务呢?"

"唉,我必须站出来正本清源!"

"为什么呀?"

"不知道你们留意没有?现在各种《周易》培训班,正在全国各地,如火如荼地举办。"

"传播周易文化是好事啊!"

"刚开始我也这样认为,但调查以后,我发现舍本求末,鱼龙混杂。你看,他们一上来课本经不讲,义理不谈,口中念念有词,三个乾隆通宝一甩,就在预测吉凶,然后铁口直断,说什么是天意,是注定的。请问,如果一切都是注定的,那人的努力毫无意义,过马路也不用看啦。如果真有这么神,那气象台可以撤销,让他们去预报天气吧。还有,书摊上很多书,什么测字啊,算命啊,风水呀,都贴上'周易'的标签。这'周易热'啊,跟80年代的'气功热',异曲同工。"

"老师,当年的一些场景我还记得,练功者头顶锅盖,用意念接收宇宙气场。有位大师振振有词,说大兴安岭特大火灾,是他发功扑灭的。"

"这无稽之谈,当时居然也有人相信。好在科学家已经证伪,这几年,人们逐渐看清了。"

李震东冲好茶,说:"老师,请喝茶吧。"

"回到《周易》本身,我希望你们不要放弃学习,因为它是人生指南。如果学通了,你们就会知道,刚刚参加工作,正处在乾卦初爻的时位,潜龙勿用。这爻辞提醒你们,要先打好基础,进德修业,不要急于表现,强出风头,否则自取其辱。"

"您放心吧,我和小艺一定坚持到底。"

"那就好!这样吧,你们明天就要离校,回去收拾收拾。"

"好的,老师,再见!"

两人回到303,还没开口说话,正好熄灯。辛志坚马上点上蜡烛,接着从铺下搬出一箱啤酒。

余粮摆上水杯,打开后逐一满上。

"来!干杯!"

七个杯立即碰在一起,刹那间,七个空杯放在桌上。"小艺啊,将来如果我摔倒了,你没机会背我啦。"辛志坚低着头,给每人又倒上一杯。

"志坚,谢谢你的照顾,来,我敬你!"陈小艺举起杯,喉咙哽咽。

"震东,还记得第一学期,我自以为是的笑话吗?"

"七月,别说了,我敬你!"

许春生说:"七月,当时我单恋成疾,谢谢你的陪伴、引导。"

杨喜书举起杯,说:"我老叔临走那段时间,谢谢大家对我的关心、理解。来,我干!"

李震东也举起杯,说:"喜书每次为我们讲课,都给人以启迪。我提议,敬喜书一杯。"

"干!"大家举起杯,又一饮而尽。

余粮放下杯,打开一本歌词集,念起来:"尽管我们天各一方,往来书信叙情谊;尽管我们分手时长,心儿连在一起;同学友谊难忘却,相聚多甜蜜……"

"敬余粮一杯!"陈小艺举着杯,摇晃着站了起来。

夜深了,七人不自觉趴在桌上,鼾声大作。第二天,毕业典礼在山顶操场如期举行。

校长戴着眼镜,站在主席台上致辞,临近结尾,突然提高声音。

"同学们!无论是过去、现在,还是将来,人生从来都不是旅程,而是征途!希望你们迈开坚实的步伐,以无畏的姿态,在风雨中不断前进!"

校长手握拳头,振臂一挥,台下的掌声响彻云霄。

吴副书记站起来,拿起话筒,大声地说:"请老师们起立,目送同学们走上新的征途!"

李震东和陈小艺立即出列,带头朝主席台敬礼。接着,陈小艺喊出口令:"立正！向前看！出发！"

同学们迅速转过身来,朝校门口跑去……

四年的大学生活结束了,梦中我满脸泪水,跟着李震东离开了校园。

"老伙计,别伤感了,天下没有不散的筵席,散是聚的开始。"

"是啊,花落才有花开,日落才有月圆。"

"老伙计,谢谢您真诚地书写。"

"我一直担心亵渎你们的青春。之所以坚持下来,是因为同学们给予我信心与力量。"

"你太谦虚了。哦,有个问题,长篇一般是分章的,你为何舍弃不用,分节呢?"

"我的考虑是,将来如果出版,读者随手一翻,可以在一节的篇幅,确定是否值得阅读。我实在不想平白无故,浪费别人的时间。"

"明白。老伙计,尽管我们的人生经历不同,但对生活的酸甜苦辣,应该感同身受,期待您续写好吗?"

"如果你们能提供素材,我愿一直写下去。"